ちくま文庫

チーヴァー短篇選集

ジョン・チーヴァー
川本三郎 訳

筑摩書房

チーヴァー短篇選集　目次

photo/Aflo

ジョン・チーヴァー　John Cheever（1912－82）

チーヴァー短篇選集

さよなら、弟

私の家族は精神的な結びつきが非常に強い。父は私たちが子どものときヨットの事故で溺れ死んだ。それ以来、母は私たちに、わが家の家族の結びつきは、ほかのどこにもないような長つづきのするものといい続けている。私自身はふだん家族のことをそれほど考えていないが、それでも母や兄弟のことや、海辺の家、私たちの血のなかに沁みこんでいるような海の塩の匂いのことなどを思い浮かべると、自分はポメロイ家のひとりなのだと思い出され幸福な気持になる。鼻の形、顔色、長生きしそうな体質といったポメロイ家の特色を私もまた持っている。私の一家は由緒ある家系ではないが、それでも全員が集まると、私たちはついポメロイ家は特別であると思いこんでいい気分になる。こんなことをいうのは、私が家族の歴史に興味を持っているからでも、ご大層に自分たちが特別だと考えているからでもない。ただ私は、私たち家族はそれぞれ性格が違っていても、お互いに尊敬し合っているし、ケンカしたりすると、そのことで苦しんだり悩んだりするといいたいだけなのだ。

私たちは四人兄弟である。妹のダイアナと、男が三人——兄のチャディ、弟のローレンス、そして私。子どもがみんな二十歳過ぎてしまった家族はどこでもそうだと思うが、私たち兄弟も、仕事や結婚や戦争のために、最近ではほとんど顔を合わさなくなっている。私は現在、妻のヘレンとロングアイランドに住んでいる。子どもが四人いる。中学校の教師をしている。もう教頭か、あるいは校長になってもいい年齢だが、いまだに一教師である。しかし、私は仕事を愛している。兄のチャディは、兄弟のなかではもっとも成功していて、妻のオデットと子どもたちとマンハッタンに住んでいる。母はフィラデルフィアに住んでいる。妹のダイアナは離婚したあとフランスに住んでいるが、夏には一か月ローズ・ヘッドで休暇を過ごすためにアメリカに戻ってくる。ローズ・ヘッドはマサチューセッツ州の島のひとつにある海岸の避暑地で、私たち家族は昔からそこに別荘を持っている。一九二〇年代に父が建てた大きな家で、海に面した崖の上に建っている。サントロペとアペニン山脈の村々は別にして、私が世界でいちばん好きなところだ。私たち兄弟はこの家を均等に所持していて、等分に維持費を払ってきている。

いちばん年下のローレンスは弁護士で、戦後クリーヴランドで仕事をしている。この四年間、誰も彼には会っていない。そのクリーヴランドの仕事をやめて、オールバニのある会社の仕事に変ることに決めたとき、ローレンスは、母に手紙を書き、オールバニに行く前に十日間ほど、妻と二人の子どもと一緒にローズ・ヘッドで休暇を過ごしたいといってきた。ちょうどその時期、私も休暇を取ろうと決めていた。――私は夏休みもサマースクールで仕事をしていた――ヘレン、チャディ、オデット、ダイアナも休暇をローズ・ヘッドで過ごす予定でいた。それでその夏、家族全員が再会することになった。ローレンスは家族の誰とも似たところがない。私たちはめったに彼に会わない。私たちがいまだに彼のことを、ティフティと、彼の子どものころのニックネームで呼ぶのはそのためだと思う。子どものころ、彼が朝食を食べに食堂へ階段を降りて来るとき、スリッパが〝ティフティ、ティフティ、ティフティ〟〔ペタ、ペタ、ペタ〕と音をたてたのでそうニックネームがつけられた。はじめに父がそう呼び、みんなもそれにならった。彼が大きくなると、ダイアナはときどき彼のことを〝小さなキリスト《リトル・ジーザス》〟と呼ぶようになった。母はよく〝不満屋《クローカー》〟と呼んでいた。私たちはローレンスのことを好きではなかったが、恐れと身内意識のまじりあった気持で、また、弟を取戻した喜びも少し抱いて、彼が夏の別荘に戻ってくることを楽しみにしていた。

ローレンスはその夏遅く、ある日の午後四時の船で島にやってきた。チャディと私は、港に彼を迎えに行った。島に渡る夏のフェリーの発着風景は、外見だけは、まるで長い船旅が始まるかのように仰々しい。汽笛、ベル、手押し車、再会、海の匂い。しかし、実際はたいしたものではない。その日の午後、船が紺碧の港に入ってくるのを眺めながら、私は取るに足らない船旅がいま終ろうとしているのだと思った。同時に、ローレンスも同じことを考えているだろうと思った。船から車が何台も出て来た。私たちは彼を探した。すぐに見つかった。それから彼のところに走って行き、握手を交し、彼の妻と子どもたちにぎこちなくキスをした。「ティフティ！」とチャディが大きな声でいった。「よく来たな、ティフティ！」。一般に兄弟のひとりが年を取ったかどうか外見で判断するのは難しいが、チャディと私は、ローズ・ヘッドへ向かう車のなかで、ローレンスは昔と変っていないと意見が一致した。家に着くとローレンスは真っ先に車から降りて家に行った。私たちはスーツケースを車から降ろした。私が家に入ると、彼はちょうどリビング・ルームに立って母とダイアナに挨拶をしているところだった。彼女たちはいちばんいい服を着て、宝石をありったけつけ、着飾ってローレンスを迎えていた。家族全員が彼を心から歓迎していると見えるように努力していた。そしてその努力は簡単に実ろうとしていた。その時ですらも、私は部屋のなかにかすかな緊張を感じた。ローレンスのスーツケースを三階の部屋に運びながらその緊張感のことを考えると、私は、みんなの気持のなかに彼に対する愛情と同様に、嫌悪感もまた深く根付いてしまっていることに気づかざるを得なかった。私は、二十五年前、子どものころ、ローレンスの頭を石で殴ったときのことを思い出した。そのとき彼は、何とか立ち上がると、まっすぐに父のところに告げ口に行ったものだった。私はスーツケースを三階の彼らの部屋に運んだ。ローレンスの妻のルースが、子どもたちをくつろがせていた。彼女は若く、やせていた。旅で疲れているように見えたが、私が、下から何か飲みものを持ってこようかといっても、結構ですと断った。

下に降りるとローレンスの姿は見えなかったが、みんなはカクテルを始めるところだった。私たちは彼にかまわずに酒を飲んだ。ローレンスは家族のなかでただひとり酒をたしなまない。私たちは、飲むなら崖と海と東の島々を見ながらにしようと、カクテルを持ってテラスに出た。ローレンスの家族が別荘に戻ってきたので、いつもの見慣れた風景が生き生きとして見えるようだった。久しぶりの再会だったので、彼らが感じる喜びや、美しい海の色が私たちにも分け与えられたような感じだった。私たちがテラスで飲んでいると、ローレンスが浜辺から道を上がってきた。

「きれいな浜辺でしょ、ティフティ?」と母がいった。「やはり家はいいでしょ?マティーニはどう?」

「なんでもいい」ローレンスがいった。「ウィスキー、ジン——なんでもいいよ。ラムを少しもらおうかな」

「ラムはないわ」母がいった。はじめて母はきついいい方をした。母はいつも、私たちに、なんでもいいという答え方をしてはいけないといっていた。ローレンスのような答え方はいけないと教えてきた。それに母は、いつも家のなかの秩序がきちんと保たれることに心をくばっている。ストレートのラムを飲んだり夕食のテーブルに缶ビールを出すことは彼女の価値基準からすれば礼儀に反することで、それは、寛大でユーモアのセンスのある彼女にも我慢出来ないことなのだ。しかし、彼女は、きついいい方をしたことに気づいてすぐに雰囲気を和らげようとした。「ティフティ、アイリッシュ・ウィスキーにしたら?」と彼女はいった。「アイリッシュが好きだったでしょ? 戸棚に少しあるわ。アイリッシュになさいよ」。ローレンスは何でもいいといった。彼は自分でマティーニを注いだ。やがてルースが降りて来たので、私たちは夕食の席に着いた。

ローレンスを待つあいだ、夕食前に実は私たちはすでにかなり飲んでいた。それにもかかわらず、なんとか夕食を楽しいものにしようとしていた。母は小柄で、顔は若いころの美しさの名残りをとどめている。いつもは会話が上手いが、その晩は、母は島の北のほうで行なわれている干拓のことなどを話題にした。ダイアナは若いころの母を思わせる美人で、陽気で愛敬がある。いつもは、異性関係のさかんなフランスの友人たちの話を楽しくするのに、その晩は、ふたりの子どもが入っているスイスの寄宿学校の話をした。夕食はローレンスを喜ばすために作られたものであることが私にはわかった。つまり、その晩の夕食は、質素なものだった。贅沢が嫌いな彼を不安にさせる夕食ではなかった。

食事がすむと、私たちはまたテラスに戻った。雲は血のような色をしていた。私は、この真赤な夕日はローレンスの帰還にふさわしいと思った。しばらくしてエドワード・チェスターという男がダイアナを迎えに来た。ふたりはフランスで会ったか、帰りの船で会ったかした仲だった。彼は村の旅館《イン》に十日間の予定で滞在していた。ローレンスとルースへの紹介が終ると、彼とダイアナはデートに出かけて行った。

「あれが彼女がいま寝ている相手か？」ローレンスがいった。

「なんていうことというの！」ヘレンがいった。

「あやまるべきだよ、ティフティ」チャディがいった。

「知らないよ」母がうんざりした声でいった。「私にはそんなことわからないよ、ティフティ。ダイアナはいま自由なのよ。そんなあからさまなこと聞けないでしょ。彼女は一人娘だけど、めったに会えないの」

「彼女、フランスに戻るつもり？」

「再来週にはね」

ローレンスとルースは、輪の形に並べられた椅子にではなく、テラスの端の椅子にみんなと離れて坐っていた。弟は口を閉じ、まるでピューリタンの聖職者のような厳しい表情で私を見た。ときどき弟の精神構造を理解しようとするとき、私は、アメリカに最初にやってきた一族のことを思い出す。とくに彼が、ダイアナと彼女の恋人に対して冷ややかな態度を取ったのを見ると、初代ポメロイ家の人々のことを思い出す。ポメロイ家の初代は厳格な牧師で、疲れを知らず悪魔との闘いを説教し続け、そのことでコットン・メーザー〔初期のアメリカのプロテスタント神学者〕に賞讃されたような人間だった。ポメロイ家は十九世紀なかばまで代々牧師だった。彼らは人生を厳しく考えた――人間は悲惨な存在である。この世のすべての美は、人を誘惑し、堕落させるものだ。その考えは代々、書物や説教の形で残されている。一族の性格はその後変化し、考え方も厳しさがなくなってはきた。しかし、私は、子どものころ、親戚の老人たちのなかに、一族が牧師をしていた暗い時代を思わせるような人間がいたことを憶えている。彼らにとっては、人間は永遠に罪深い存在であり、いずれ必ず神によって罰せられるという考えこそが喜びだった。こういう環境で育てられると――私たち一家がそうなのだが――罪の意識、自己否定、寡黙、懺悔といった一族の美徳に抗うことは精神的につらいことになる。ローレンスは、結局はこの精神的なつらさに耐えきれないで、いまだに一族の美徳にしがみついているのだと思う。

「あの星、カシオペア?」オデットが聞いた。

「ちがうよ」チャディがいう。「あれはカシオペアじゃない」

「カシオペアって誰だったかしら?」とオデット。

「ケフェウスの妻で、アンドロメダの母親ですよ」と私が答えた。

「料理のおばさんは、ニューヨーク・ジャイアンツ(現在のサンフランシスコ・ジャイアンツ)のファンなんだ」チャディがいった。「ジャイアンツの優勝に五分五分で賭けるぞ」

あたりは暗くなってきて、ヘロン岬の燈台の光が空を横切るのを見ることが出来た。崖下の暗い海からは、ひっきりなしに波が砕ける音が聞えてくる。夜になるといつもそうだし、この日は夕食の前にだいぶ飲んでいたこともあって、母は、この家の修理のことを話しはじめた。屋根、バスルーム、庭。近いうちに修理しなければならない。

「この家は、五年もすれば海に沈んでしまうよ」ローレンスがいった。

「不満屋のティフティらしいご意見だな」チャディがいった。

「ティフティって呼ぶな」ローレンスがいった。

「それじゃリトル・ジーザスにしよう」とチャディ。

「堤防の壊れがひどいよ」ローレンスがいった。「昼間、見て来たんだ。四年前に堤防を直したろ。八千ドルもかかった。四年ごとに手を加えていくなんてもう無理だよ」

「やめて、ティフティ」母がいった。

「事実は事実だよ」ローレンスがいった。「そもそもいつ沈むかわからないような崖の上に家を建てたのが馬鹿だったんだ。これまでに、庭の半分がもう削り取られている。昔、バスハウスに使っていたところは四フィートも水の下だ」

「さあ、もっと一般的な話をしましょう」母が厳しい口調でいった。「政治の話とか、ボート・クラブ主催のダンス・パーティの話をしましょう」

「事実の問題として」ローレンスがいった。「この家も庭やバスハウスと同じ運命にあるんだ。大きな波がひとつでも来たら、ハリケーンで海が荒れたりしたら、堤防が壊れて、この家も終りだ。みんな溺れ死んでしまうかもしれないよ」

「やめて、我慢できないわ」母がいった。それから、食器室に行き、ジンをグラスいっぱいに入れて戻ってきた。

私は、もう他人の感情を判断出来るなどと思う年齢ではないが、ローレンスと母のあいだに緊張があることはわかった。ふたりのあいだには昔から緊張があった。ローレンスは十六歳になるかならないころにもう、自分の母親は、派手好きで、軽薄で、破壊的で、過度に自分の意見を押しつける人間だと決めつけてしまった。そう決めてしまうと、彼は、母親と離れて暮すことを決心した。彼は寄宿制の学校に入った。クリスマスにも家に帰って来なかったことを覚えている。彼はクリスマスを友人と過ごした。母親を否定的に決めつけてしまったあとには、めったに家に帰って来なかった。たまに帰ってくると、彼はいつも会話のなかで、自分は母親を拒絶しているという態度を母に見せた。ルースと結婚したとき、彼は母に、結婚したといわなかった。子どもたちが生まれたときにも母にいわなかった。しかし、そうやって長いこと意識的に母から離れようとしていても、彼は、他の兄弟のように、母から離れていることを楽しんでいるようにも見えなかった。そしてひとたびふたりが一緒になると、すぐに、はっきりとはわからないが緊張が生じるのだ。

母がその夜、酔っていたのは、ある意味で不幸だった。そういつも酔っ払うというわけではないが、酔っ払うのは彼女の特権だった。その夜、幸いにも、母は好戦的ではなかった。しかし、私たちはみんな、ふたりのあいだに何が起きているのか敏感に感じていた。静かにジンを飲みながら、母は、悲しげに私たちから離れ、旅だって行くように見えた。彼女は旅路のさなかにいた。そのうち彼女の気分は旅人から被害者に変った。彼女は何かいったが、いらいらしていて脈絡がなかった。グラスがほとんど空になると、彼女はボクサーのように頭を少し動かしながら怒ったように目の前の暗闇を見つめた。私には、いま彼女の心のなかは、傷つけられた想いでいっぱいになっているのがわかった。子どもたちは馬鹿ばかり。夫は溺死してしまった。使用人は盗人。おまけにいま坐っている椅子は坐り心地が悪い。突然、彼女は空になったグラスを置くと、野球の話をしているチャディをさえぎった。「ひとつだけ、はっきりわかることがあるわ」彼女は、つぶれたような声でいった。「もし来世があったら、私はまったく違う家族を持つことになるの。とてもお金持で、ウィットに富んだ素晴しい子どもたちを持つわ」。彼女は立ち上がるとほとんど倒れそうになってドアのほうに歩き始めた。チャディが彼女を抱きかかえ二階へ連れていった。ふたりがやさしくおやすみをいいあう声が聞え、やがて、チャディが戻ってきた。私は、ローレンスは長旅と家族との再会で疲れているのではないかと思ったが、彼は相変らずテラスに坐っていた。まるで、私たちが最後によからぬことをするのを見とどけようと待っているようだった。私たちは彼をそこに残し、夜の海に泳ぎに行った。

次の朝、目が覚めたとき、いや、目が覚めかかったとき——、誰かがテニス・コートにローラーをかけている音が聞えた。岬のはずれに浮かんだ鉄のブイにつけられているベルの不規則な音よりもかすかで深い音だった。私にはその音はいつも夏の一日のはじまりを知らせる、いい前触れに思える。下に降りていくと、ローレンスのふたりの子どもたちが、飾りのついたカウボーイの服を着てリビング・ルームにいた。ふたりともやせている。おどおどしている。彼らは私に、父親がテニス・コートにローラーをかけているが、自分たちはドアの下のところでヘビを見たので外に出たくないといった。私は彼らに、従兄弟たち——つまり他の子どもたちはみんな台所で朝食を食べているから、ふたりとも早く台所に行ったほうがいいとすすめた。それを聞くと男の子のほうが泣きはじめた。妹もそれに続いた。台所に行って食事をするのは侮辱だといわんばかりの泣き方だった。仕方なく私は彼らを隣に坐らせた。ローレンスが家のなかに入ってきた。私はテニスの相手をしようかといってみた。彼は、チャディとならシングルをしようと思っていたようだったが、私にはしたくないといった。彼とチャディは私よりテニスがうまかったから、彼の判断は間違ってはいなかった。朝食のあと、彼はチャディとシングルスをした。しかし、そのあと、他の兄弟が来て、家族どうしのダブルスをしようとすると、彼は姿を消してしまった。私は彼の態度に当惑した——どうして当惑したのかはわからない。ただ、たしかに家族どうしのダブルスの試合など面白くないものだとしても、愛想よくみんなに付合ってもいいのにと思った。

午前中遅く、テニス・コートからひとりで戻ってくると、ティフティがテラスで、ジャックナイフを使って壁から羽目板を一枚はがしていた。「どうした、ローレンス?」私はいった。「シロアリでもいるのか?」。実際、家にシロアリが巣喰っていて、私たちはそれに悩まされていた。

彼は、一列になった羽目板の端のところを示して見せた。大工がつけた青いチョークの線がかすかに残っていた。「この家は建ってから二十二年くらいしかたっていないはずだろ」彼はいった。「ところがこの板は二百年はたっている。父さんは、この家を建てたとき、わざと古い家に見せるために、このあたりの農家から古い板を買い集めたに決まっているよ。大工がつけたチョークはその板を釘づけするためのものだと思うね」

すっかり忘れていたが、板のことは弟のいうとおりだった。この家を建てたとき父だったか建築家だったかが、大工に、わざと風雨にさらされた、古びた板を使うようにいったのだ。ただ私には、そんなことがさも家族のスキャンダルであるかのように考えるローレンスが理解できなかった。

「このドアもそうだ」ローレンスは続けた。「ほらこのドアと窓枠」。私は彼について、テラスに向かって開かれている大きなオランダ式ドアのところに行き、それをよく見てみた。比較的新しいドアだったが、誰かが新しいものであることを隠そうと苦労して手を加えていた。表面は何か金属で深く傷がつけられている。白いペンキには、さも海水や風雨にさらされたかのように、こすってはがしたあとがある。「新しい家を古く見せるために何千ドルも使うとはね」ローレンスはいった。「そんなことをする人間の精神構造を想像してみろよ。過去に住みたいからって、大工に金を払ってフロントドアに細工するとはね」。そのとき私は、ローレンスが時代に敏感で、過去を大事にしようとする私たち家族の気持に対して否定的な意見を持っていることを思い出した。何年か前、彼は、こんなことをいったことがある。私たちの家族や友人や私たちと同じようなアメリカ人は、現代のさまざまな困難に対抗しきれなくなると、人生に失敗した大人のように、古き良き昔に戻ってしまう。私たちが昔の家を再現しようとしたり、ろうそくの光を愛したりするのを見ると、私たちがもはや成功の見込みのない敗残者になったことがよくわかる。チョークのかすかな青い線を見て、彼は、過去に対して否定的な自分の意見を思い出したのだ。傷だらけのドアを見て、彼は、ますます自分の意見を確信するようになったのだ。証拠は次から次へ出てきた――ドアに付けられた船尾灯、大きな煙突、床板の幅と木釘に見えるように床板に打ちこんだ木片。ローレンスが、この家のそうした欠陥を私に指摘してみせているとき、母や兄たちがテニス・コートから引きあげてきた。母はローレンスを見ると、すぐに敏感に反応した。専制君主と取替えっ子《チエンジリング》の関係がよくなる兆しはまったくなかった。彼女はチャディの腕に手をからませた。「さあみんなで泳ぎに行って浜辺でマティーニを飲みましょうよ」彼女はいった。「素晴しい朝を楽しみましょう」

その朝、海は苔むした石のように濃い青色をしていた。ティフティとルース以外の全員が浜辺に行った。「あの子のことなんて気にしていないわ」母はいった。彼女は興奮していた。そしてグラスを軽く叩いて、ジンを砂の上にこぼした。「あの子のことなんてどうでもいいわ。あの子が無礼で陰気で嫌な人間でも私にはどうでもいいの。ただ私には、あのいじけた子どもたちの顔だけが我慢出来ないの。おそろしくみじめな子どもたちだわ」。うしろが高い崖にさえぎられている安心感からか、私たちは怒りにまかせてローレンスの悪口をいった。あいつは育ち方がよくなかった。あいつは兄弟の誰とも似ていない。みんなの楽しみをわざとぶち壊している。私たちはみんなジンを飲んだ。悪口は最高潮に達した。それから、ひとりひとり真っ青な海に泳ぎに行った。海から戻るともうローレンスの悪口をいう人間はひとりもいなかった。泳いだことでまるで洗礼を受けたように感じ、人の悪口をいう気分がなくなってしまっていた。私たちは濡れた手を拭い、タバコに火をつけた。それからはローレンスのことが話題になっても、どうしたら彼を喜ばすことが出来るかという、やさしい気持になった。あいつは、バリン湾までヨットで行きたいんじゃないか、泳ぎたいんじゃないか。

いま思い出してみると、あの夏、ローレンスが別荘に来たとき、私たちはいつもよりよく泳ぎに出かけた。それはこういうためだったと思う。彼がそばにいるとみんないらいらしてくる。だんだんローレンスに対してだけでなく、お互いに相手に我慢出来なくなってくる。それで私たちは泳ぎに出かけ、冷たい水で興奮を冷ましたのだ。私は、いまでもみんなが、ローレンスの態度に傷ついて砂の上に坐っている姿を思い浮かべることが出来る。みんな、波打ち際を歩いたり、海に深く潜ったり、浅瀬で泳いだりしている。やがてみんなの声を聞いていると、彼らが興奮をさまし、なんとかまたローレンスと親しくしようと思っているのがわかる。海に入ることで気分を変える。もしローレンスがこの気分転換——浄化の幻想——に気づいたら、彼はその気持の変化に、精神医学の用語か、大西洋の神話学の用語のなかからもってまわった言葉を見つけ出して命名したことだろう。しかし、彼はこの私たちの気持の変化に気がつかなかったと思う。彼は、広々とした海が持っている治癒の力に名前をつけようとしなかった。これは彼が、私たちを見下す機会を逃がした数少ない例だった。

その夏、別荘にいた料理人は、アンナ・オストロヴィクという名のポーランド人の女性だった。夏のあいだだけ来てもらっていた。彼女は素晴しい女性だった――大きく、太っていて、心がこもっていた。勤勉で自分の仕事を真面目に考えていた。彼女は、料理することを愛していたし、自分の作った料理をみんながおいしいといって食べるのを見るのが好きだった。私たちの顔を見るたびに、いつも、さあ食べて下さいといった。彼女は週に二、三回、朝食にホット・ブレッド――クロワッサンとブリオッシュを作った。そして自分でダイニング・ルームに運んで来るとみんなに「食べて、食べて、食べて！」というのだ。メイドが皿を片づけて食器室に運んで行くと、ときどきアンナが「よかった！　みんな食べてくれたわ！」という声が聞えてきた。彼女は清掃夫や牛乳配達や庭師にも料理を食べさせた。「食べて！」と彼らにもいった。「食べて、食べて！」。木曜日の午後には、彼女はいつもメイドと映画を見に行ったが、映画を心から楽しめなかった。俳優たちがみんなやせていたからだ。彼女は映画館の暗闇のなかに一時間半坐って、食事を楽しむ人間がひとりくらい出て来ないかと期待して映画を見ていた。しかし、ベティ・デイヴィスは、アンナには、少しも食べない女という印象しか残さなかった。「みんなすごくやせているわ」というのが映画館を出るときの彼女の口癖だった。夜、私たちにたらふく食べさせ、ポットと皿を洗ってしまうと、彼女はテーブルの上の食べ残しを集め、庭に出て、それを生き物にやった。その年、私たちはニワトリを数羽、飼っていた。その時間、ニワトリはまだ小屋に戻っていなかったが、彼女は残りものをえさ入れに入れた。彼女はまた果樹園の鳥や裏庭のシマリスにも残りものをやった。彼女の姿が庭の隅に現われ、せきたてるような声が聞えてくる——「食べて、食べて、食べて!」——その光景は、ボート・クラブから聞えてくる日没を知らせる銃の音や、ヘロン岬の燈台の光と同じように、夕暮れ時にふさわしいものになった。「食べて、食べて、食べて」とアンナのいう声が聞えてくる。「食べて、食べて……」。その声とともにあたりは暗くなる。

ローレンスが来てから三日目に、アンナは私を台所に呼んだ。「お母様にいってください」彼女はいった。「あの人が私の台所に入ってこないようにしてくださいって。あの人が台所に入って来るなら、私はやめさせていただきます。あの人はいつも台所に来ると、私が哀れな女だっていうんです。私が働き過ぎで、給料が安い、きちんと休暇を取れるようにユニオンに入ったほうがいいっていつもいうんです。余計なことですよ! あの人、あんなにやせていて、それで私が忙しいときに台所に来ては、私を哀れんでくれるんです。でも、私はべつに哀れな女なんかじゃありませんよ、あの人と同じように、他の人と同じようにいい暮しをしています。しょっちゅう他人に台所に来られて、哀れまれるなんてご免です。私はこれでもちょっとは名の知られた、腕のいい料理人です。仕事はいくらでもあります。この夏、お宅で働いているのは、ただ、いままで一度も島で暮したことがないからというだけのことです。明日にだって他の家で働けます。あの人がこれからも台所に来て、私を哀れんでくださるというのなら、私はやめさせていただきます。お母様にそういってください。私は、みなさんと同じようにいい暮しをしています。あのやせっぽちにしょっちゅう哀れまれるなんてご免ですよ」

私は、彼女も私たちと同じ考えを持っていたのを知ってうれしくなったが、同時に、ことは慎重にしなければと思った。もし母がローレンスに、台所に入るなといったら、彼は文句をいうに決まっている。だいたい何にでも文句をいう男だ。夕食のテーブルに彼が暗い顔で坐っているのを見ると、機会をとらえては彼が口に出す、人を見下したような言葉に、自分で感動しているように見えるときがあるほどだ。私は、料理人の不満を誰にもいわなかったが、その後、なぜか彼女は文句はいわなくなった。

次にローレンスに対して腹が立ったのは、バックギャモンのときの彼の態度だった。

ローズ・ヘッドにいるとき、私たちはよくバックギャモンをする。八時に、コーヒーを飲み終えると、ゲーム用の盤《ボード》を取り出す。私たちのいちばん楽しい時間のひとつだといっていい。部屋の灯りはまだつけられていない。アンナの姿が暗い庭に見える。彼女の頭上の空は、暗いなかに星が光っている。空全体が大陸のように見える。母が灯りをつけ、ダイスをかちゃかちゃいわせる。それがゲームの始まりの合図になる。通常、一人、三回する。三回とも相手が違う。金を賭ける。一回のゲームで動く金は百ドルのこともあるが、通常は賭け金はもっと低い。ローレンスも昔はやったと思う――私は憶えていない、しかし、現在ではもうやらない。彼はギャンブルをやらない。金がないからでも、ギャンブルに関して何か主義を持っているからでもない。ただ、ギャンブルは愚かなことで、時間の無駄だと思っているからに過ぎない。そのくせ、彼は、私たちがバックギャモンをやるのを見て、時間を無駄に過ごすのだ。毎晩、ゲームが始まると、彼は盤のそばに椅子を引き寄せ、駒《チエッカー》とダイスを見つめる。軽蔑した表情をしているが、それでも彼は注意深くゲームを観察する。なぜ、毎晩、毎晩、そんなことをするのか、私には疑問だったが、彼の顔を見つめているうちに、わかってきたような気がする。

ローレンスはギャンブルをしない。だから賭け金を取ったり、失ったりする興奮を理解出来ない。彼はゲームのやり方をもう忘れていると思う。だから複雑な賭けの仕組みは彼の興味をひかない。彼がゲームを観察しているのはただ、バックギャモンはくだらないゲームで、偶然に支配されている、盤はこんな遊びをしている自分の家族が無意味な存在であることを示す象徴である、という事実を確認するために過ぎない。ギャンブルの面白さも、賭けの仕組みも理解していないとしたら、彼の興味をひくものは、プレイをしている私たちひとりひとりのことしかない。ある晩、私は義姉のオデットとプレイをした――すでに母とチャディから三十七ドル勝っていた。そのとき私は、彼が何を考えているかわかったような気がする。

オデットは黒い髪と黒い目をしている。白い肌が太陽にさらされないようにずっと気を配っているので、黒い髪と目とそして白い肌のあざやかなコントラストは夏のあいだも少しも損われていない。彼女は人に美しいと賞められるのが好きだし、その価値もある――賞讃こそ彼女を満足させるものだ――彼女はふざけてどんな男にも媚びを見せる。その晩、彼女は肩をむき出しにしていた。ドレスは深くカットされていて乳房の谷が見えたし、盤にかがむと乳房が見えた。彼女は負け続けた。媚びを見せ続けた。負けるのも媚びのように見える。チャディは別の部屋にいた。彼女は三ゲームとも負けた。三回目のゲームが終ると、彼女はソファにもたれて、私の顔をまっすぐに見つめ、ゲームの負けを返したいから一緒に浜に行こうというようなことをいった。ローレンスは聞き耳をたてていた。私は彼を見た。彼はショックを受けたようだった。同時に、私たちが遊んでいるのは金という空しいもの以外に何か別の目的があるとずっと疑っていて、事態がそのとおりになったので満足げに見えた。もちろん、私の考えは間違っているかもしれない。しかし、ローレンスは私たちがバックギャモンをするのを見ながら、自分はいま痛ましい悲劇が進行しているのを観察しているのだと感じていたと思う。私たちが勝ったり負けたりしている金は、実は表面的なもので、本当はその悲劇に支払われる罰金の象徴でしかない。ローレンスはまるで、私たちのしぐさにすべて重大な意味があり、それを何とか読み取ろうとしているかのようだった。そして彼が、私たちの行為から勝手に意味を探り出そうとすればするほど、彼自身の浅ましさをあらわにしてしまうのだ。

チャディが私とプレイをするために部屋に入ってきた。チャディと私は、お互いに負けるのが嫌いだった。子どものころ、私たちはゲームを禁じられていたものだった。最後はいつもケンカになるからだ。お互いに相手の気性をよく知っていると思っている。私は彼が慎重な人間だと思っている。彼は私を馬鹿だと思っている。私たちが何か試合をすると必ずケンカになる――テニス、バックギャモン、ソフトボール、ブリッジ――だからときには、相手を自分のいいなりに抑えつけるのが目的でプレイしているようになる。チャディに負けると私は口惜しくて眠れなくなる。こうしたことはすべて私と兄の競争関係を半分しか語っていないが、それでもそれはローレンスにもわかる事実だった。私は二回兄に負けてしまった。ローレンスがテーブルのそばで見ているので、私は負けたことに意識過剰になった。盤から離れて立ち上がったとき、努めて怒っているのを悟られないようにした。ローレンスはじっと私を見ていた。私はテラスに行き、暗闇のなかで、チャディに負けたときにいつも感じる怒りにじっと耐えようとした。

しばらくして部屋に戻ると、チャディと母がプレイしていた。ローレンスはまだゲームを見つめている。直感で彼はすでに、オデットが私に対して性的誘いをかけたのを感じ取っていたし、私がチャディに対して腹を立てたのも感じていたはずだ。今度は彼は、目の前で行なわれているチャディと母のゲームを見て何を感じ取っているのだろう。彼は、あたかもいま駒と盤を使ってふたりの決死の闘いが行なわれているかのように、プレイをうっとりと眺めていた。光の輪のなかの盤、ひとことも口をきかないプレイヤー、外から聞えてくる波がくだける音。すべてが彼にはドラマチックに思えたに違いない！　彼には、ゲームは、相手を食い殺そうとする精神的なカニバリズムが目に見える形であらわれたものだった。いま彼の目の前の盤の上で行なわれているのは、相手をむさぼり食おうとする人類の貪欲さの象徴そのものだった。

母は、抜け目のないプレイヤーだ。ゲームに熱中する。相手の邪魔をする。彼女はいつも両手を敵方の盤の上に置く。お気に入りのチャディとするときはとくに熱が入る。ローレンスはそれに気づいているはずだ。母は情にもろい女性だ。善良で、他人の涙や、弱さにすぐに感動してしまう。それは、美しい鼻と同じようにいくつになっても変らない彼女の特徴だった。他人の悲しみに彼女は心を動かされる。彼女はときどき、チャディのなかに無理に、悲しみや喪失感を見てとろうとするようだ。自分だけがその悲しみと喪失感に手をさしのべ、慰めることが出来る。そうすれば子どものチャディが病気になったときの、あの母と子の関係を再び作ることが出来る。彼女は弱い人間や子どもを保護するのが好きだ。しかし、子どもたちがみんな大きくなってしまったので、もう守ってやる楽しみがない。お金とビジネス、男たちと戦争、狩猟と釣り、そうした世界を彼女は憎んでいる（父が溺死したとき、彼女は父の釣竿《フライロッド》と銃を捨ててしまった）。彼女は私たちにいつも自立しなさいといっていたが、それでいて私たちが彼女に慰めと助けを求めて戻ってくると――とくにチャディがそうすると――生き生きとして見える。ローレンスは、年老いた母と息子がお互いの心を賭けてゲームをしているとと思ったのではないか。

彼女は負けた。「強いわね」と彼女はいった。負けるときはいつもそうだが、彼女は傷つき、見捨てられたように見えた。「眼鏡を取って。小切手帳も。それからお酒を頂戴」。とうとうローレンスは立ち上がり、脚を伸ばした。彼は沈んだ表情で私たちを見た。風が強くなっていた。波も高まっていた。彼はたとえ心地よい波の音を聞いたとしても、それが自分のさまざまな暗い疑問に対する暗い答えとしか思わないだろう。波がせっかくの浜辺の焚き火の、琥珀のように美しい炎を消してしまったと彼はことさら暗く考えているだろう。ウソつきが自分のそばにいるのは耐えられないことだ。そして彼はウソの固まりのように思えた。私は彼に、金を賭けて遊ぶことの、単純で、緊張にみちた喜びを説明することが出来なかった。私には彼が、盤のそばに坐り、私たちは結局お互いの心を賭けて遊んでいるだけだ、という結論を出すことが間違っているように思えた。彼は二、三度、せわしなく部屋のなかを歩きまわった。それからいつものように、捨てゼリフを吐いた。「みんな頭がどうかしているよ」彼はいった。「毎晩、毎晩こんなことをしているなんて。さあ、ルース、行こう。もう寝るよ」

その夜、私はローレンスの夢を見た。彼の特徴のない顔がどんどん拡大し、醜くなっていった。朝、起きたとき気分が悪かった。眠っているあいだに、勇気とか心とか、大きな精神的なものを失ってしまったようだった。弟に悩まされ続けているのは馬鹿馬鹿しいことだった。私には休暇が必要だった。気分転換が必要だった。学校では私たちは寄宿舎のひとつで暮している。食堂で食事をする。そこから逃げることが出来ない。私は冬と夏の学期に英語を教えるだけでなく、校長室の仕事もするし、運動会のときにはピストルも撃つ。こうした生活や、他のさまざまな心配事から逃れることが必要だった。私は、弟と顔を合わさないことにした。その日の朝早く、ヘレンと子どもたちを連れてヨットで海に出た。そして夕食まで家に帰らなかった。次の日は、ピクニックに出かけた。その次の日は、一日だけ仕事でニューヨークに戻らなければならなかった。島の家に戻ると、その日は、ボート・クラブでコスチューム・ダンスが開かれる日だった。ローレンスは出席するはずもなかったが、私には毎年楽しいパーティだった。

その年の招待状には、今年はお好きな衣裳でお出でくださいと書いてあった。ヘレンと私は、しばらく相談して、何を着ていくか決めた。もう一度なりたいものがあるの、と彼女はいった。花嫁よ。それで彼女はウェディング・ドレスを着ていくことに決めた。私にはそれはいいアイデアに思えた——正直で、陽気で、それに金がかからない。彼女がウェディング・ドレスに決めたことに影響を受け、私は古いフットボールのユニフォームを着ることにした。母は、屋根裏に古いジェニー・リンド〔十九世紀スウェーデンのソプラノ歌手〕風の衣裳があったので、それを着ていくことに決めた。他のみんなは、貸衣裳を借りることにした。ニューヨークに出かけたとき、私がその衣裳を借りてきた。ローレンスとルースは、こうした遊びに加わろうとはしなかった。

ヘレンはダンス委員になっていたので、金曜日一日、クラブの飾りつけをした。ダイアナとチャディと私はヨットで海に出た。そのころ私が好んで出かけたのはマンハセットの海だった。帰りはいつも石油を積んだはしけと、ボート小屋のブリキの屋根を目印にして帰って来る。その日、帰りに、ヨットのへさきを村の白い教会の尖塔に向けたままにし、入江のなかでも外洋と同じように緑色に澄んだ水を眺めているのは気持がよかった。ヨットから降りると、私たちはヘレンを迎えにクラブに立ち寄った。ダンス委員たちの努力で会場は、まるで海のなかのように飾りつけられていた。飾りつけがうまくいったのでヘレンは非常に幸福な気分になっていた。私たちは車でローズ・ヘッドに戻った。素晴しい午後だった。しかし、家に帰る途中、海のほうから東風の匂いがしてきたのに気づいた——ローレンスだったらその風を、暗い風と呼んだだろう。

妻のヘレンは三十八歳になる。髪は染めていなかったら、白髪が目立つと思う。彼女は髪を、人目につかない程度に黄色く染めている——枯れ草のような色だ。彼女には似合っている。その晩、彼女が着付けをしているあいだ、私はカクテルを作った。カクテルを持って二階に上がると、結婚以来はじめてウェディング・ドレスを着ている妻を見た。妻は、結婚式のときよりずっときれいに見えた。そういっても意味はないかもしれないが、妻を見てこれまでになく私が感動したのは事実である。それはおそらく私が年を取り、感情が豊かになってきているからだろう。さらに、それは、その晩の彼女の顔に、若さと老いがともにあらわれていたからだろう。彼女が、いままでも若いころのように見せようと努力していながら、同時に、上品に年を取っていたからだろう。私はすでにフットボールのユニフォームを着ていた。ユニフォームの重み、ズボンと肩のガードの重量感のために、私の気持に変化が起きていた。若いころのユニフォームを着たことで、私は日ごろの不安や悩みを取払ったように思えた。私たちは結婚前の時代に、戦争前の時代に戻ったような気持になった。

コラード夫妻がダンスの前に大きなディナー・パーティを開いた。私の家族は、ローレンスとルースを除いて、みんなこのパーティに出かけた。そのあと、九時半ごろ、車で霧のなかをダンス・クラブに出かけた。オーケストラはワルツを演奏していた。レインコートをクロークに預けているとき、私の背中を叩く者がいた。チャッキー・ユーイングだった。面白いことにチャッキーもフットボールのユニフォームを着ている。ふたりとも同じ格好をしてきたのがおかしかった。私たちは大声で笑いながらダンス・ホールへ降りていった。私はドアのところで立ちどまってパーティを見た。美しい光景だった。ダンス委員たちの手でホールの両側と天井に漁の網が張られている。天井の網にはカラーの風船がたくさん付けられている。光は柔らかで、強さは一定でない。そして友人や隣人たちがその柔らかな光のなかで〝朝の三時〟に合わせて踊っている。まるできれいな絵のようだった。そのとき私は、女性たちが白いドレスを着ているのに気がついた。ヘレンと同じようにみんなウェディング・ドレスを着ている。パッツィ・ヒューイット、ギア夫人、ラックランド家の娘たち。みんな花嫁衣裳を着てワルツを踊っている。ペップ・タルコットがチャッキーと私が立っているところに来た。彼はヘンリー八世の格好をしていたが、私たちに、アウアバックの双子とヘンリー・バレットとドワイト・マグレガー、みんなフットボールのユニフォームを着ている、それに、さっき数えたところでは花嫁衣裳を着て踊っている女性が十人いるといった。

あまりの偶然の一致にみんな大声で笑い続けた。この偶然の一致でその晩のパーティはこれまでにない楽しいものになった。はじめ私は、女性たちは示し合わせてウェディング・ドレスを着てきたのかと思った。しかし、踊りの相手をした女性たちはみんな偶然の一致だといった。確かにヘレンも自分ひとりで決めていた。すべてはスムースにすすみ、夜中近くになった。ルースがフロアの隅にひとりで立っているのが目に入った。彼女は赤いロングドレスを着ていた。明らかに不釣合いだった。パーティの気分に合っていない。私は彼女の相手をしたが、他に誰も彼女と踊ろうとする者はいなかった。ひと晩じゅう彼女と踊るのかと思うとうんざりしてきたので、彼女にローレンスはどこかと聞いた。彼女はドックにいるといった。私は彼女をバーに連れていき、そこに彼女をひとり残してローレンスを探しに外に出た。

東からの霧は厚く湿っている。彼はひとりでドックにいた。衣裳はつけていない。漁師か水夫に見せる努力もしていない。彼はいつもより陰気に見えた。霧は私たちのまわりを冷たい煙のように動いている。東からの深い霧の夜は、人間嫌いの弟にはおあつらえ向きの舞台だった。私は霧がなければよかったのにと思った。ブイのベルの音がうめき声のように聞えてくる。ブイは水夫には必要で、頼もしい設備だったが、弟にはブイのベルの音が半分人間の声のような、それも溺れかけている人間の叫び声のように聞えているのだろう。さらに私には、燈台から聞えてくる霧笛も、彼の耳には海の漂流者や迷い子を探している音に聞えていることもわかっていた。人間嫌いの弟には、明るいダンス音楽さえ陰気に聞えているのだろう。「来いよ、ティフティ」私はいった。「女房と踊るとか、女房に相手を見つけてやるとかしろよ」

「なぜ、僕が？」彼はいった。「なぜ、僕がそんなことを？」。そして窓のところに歩いて行き、パーティを覗いた。「見ろよ」彼はいった。「あれを……」

チャッキー・ユーイングが風船をひとつつかんで、フロアの真ん中でみんなにスクラムを組ませようとしているところだった。他の人間はサンバを踊っている。私には、ローレンスが、風雨にさらされた羽目板を見ていたときのように、暗い気持でパーティを見ているのがわかった。ここでも彼は、みんなが時間を無駄にし、歪めていると感じているようだった。いい年をして花嫁やフットボールの選手の格好をするとは、私たちが、いまだに青春時代にいて、それがとうの昔に終ったことに気づいていないという事実を、さらに、信念と原則がないままに私たちは、馬鹿で哀れな存在になってしまったという事実をさらけ出してしまったようなものだった。私には、彼が、ここにいる心やさしく、幸福で、寛大な人間たちのことをそう考えているのがわかった。私は腹がたってきた。彼が、現実離れした嫌な人間に思えてきた。彼が私の弟で、ポメロイ家の一員であると思うと恥ずかしかった。彼の肩を抱きかかえるようにしてなかに入れようとしたが、彼はどうしても入ろうとしなかった。

私は会場に戻った。ちょうど最後のグランド・マーチが始まるところだった。仮装の最優秀者に賞品が手渡されたあと、みんなで天井の風船をはずした。部屋のなかは暑かったので、誰かがドックに面した大きな窓を開けた。東からの風が渦を巻いて吹き込んできて、また外に出ていった。風船の多くはその風に運ばれて、ドックを越えて海に浮かんだ。チャッキー・ユーイングが風船を追って、外に走って出た。彼は風船がドックから海に落ちて浮かんだのを見ると、フットボールのユニフォームを脱いで、海に飛び込んだ。エリック・アウアバックがそれに続いた。そのあとルー・フィリップスと私がやはり海に飛び込んだ。真夜中過ぎのパーティでみんなが海に飛び込みはじめたのは壮観だった。私たちは大半の風船を回収した。それから服をかわかして、また踊った。家に帰ったのは朝だった。

次の日は、フラワー・ショウが開かれる日だった。母とヘレンとオデットは、自分の花を出品していた。私たちは簡単な弁当を作った。そしてチャディが車で女と子どもたちをショウの会場に連れていった。私は少し昼寝をした。そして三時ごろ、泳ぎに行こうとトランクスとタオルの用意をした。家を出るとき、洗濯室を通りかかると、ルースがいた。ルースはいつも洗濯をしている。なぜいつもそんなに忙しげにしていなければならないのかはわからないが、彼女はいつも洗濯をしたり、アイロンをかけたり、服の修理をしたりしている。若いころに、女はそうするものだと教えられたのかもしれない。あるいは彼女も、いつのまにかポメロイ家特有のあの、人生とは罪の償いであるという強い考えにとらわれてしまっているのかもしれない。彼女が、熱心に洗濯をしたり、アイロンをかけたりするのは、罪の償いのためかもしれない。ただ私には、いったい彼女がどんな悪いことをしたのかわからない。洗濯室には彼女の子どもたちもいた。私はいっしょに浜辺に行こうと誘ったが、彼らは行きたくないといった。

八月ももう終りに近かった。島のいたるところに野生の葡萄が実っていて、島じゅうワインの匂いがした。道がつきるところにヒイラギの小さな林がある。そこを抜けると砂山に出る。そこには雑草の他、何もはえていない。海の音が聞えてくる。子どものころチャディと私は、そこで海の神秘について話したことを憶えている。私たちは、海のない西部には絶対に住みたくないと心に決めていた。山に住む知人の家を訪ねたときなど、私たちは、まず丁重に「いいところにお住いですね」という。そしてこう加える。「でも、私たちには大西洋がないと」。私とチャディは、神の啓示のような素晴しい海とは無縁の暮しをしているアイオワやコロラドの出身者を軽蔑したものだった。太平洋でさえ軽蔑した。波の音が私の耳に大きく聞えてきた。重なりあい、反響しあっている。その音は、子どものときと同じように私を喜ばせてくれる。波の音は心を清める力を持っているようだ。そのおかげで私は、何にまして、あの洗濯室でまるで自分が罪深いことをしたかのように働いているルースのイメージを振り払うことが出来たような気持になった。

いい気分になっていたとき、浜辺にローレンスがいるのに気づいた。彼は浜辺に坐っていた。私は、彼に声をかけずに海に入った。水は冷たかった。海からあがるとシャツを着た。そして彼に、これからタナーズ岬まで歩こうと思っているといった。彼はいっしょに行きたいといった。彼と並んで歩くためには努力しなければならない。彼の歩幅は私と変らないのに、彼はいつも私より少し先を歩こうとするからだ。彼のうしろを歩きながら、そして、彼の下を向いた頭と肩を見ながら、私は、弟はこの風景の素晴しさがわかっているのだろうかと疑問に思った。砂山と崖。それが尽きるところに、野原がある。秋が近づいていて野原は緑色から茶色に変りつつある。ここは羊の放牧に使われている。この牧歌的な風景を見ても、ローレンスは、土壌が浸食されている、これ以上羊を飼えば土の浸食はもっとひどくなると考えているのだろう。野原を過ぎると、浜辺に沿っていくつか農場がある。四角い、こぎれいな建物が建っている。この風景を見ても、ローレンスなら、島の農家の暮しがどれほど苛酷なものであるか指摘してみせるのだろう。農場と反対側には、大西洋が広がっている。私たちはいつも家に来た客に、この海の東はポルトガルの海岸ですと説明する。ローレンスにとっては、ポルトガルの海岸から話題をスペインの専制政治に変えることなど簡単なことだ。波の砕ける音は私には「万歳、万歳、万歳」と喜びの音に聞える。しかし、ローレンスには「さよなら、さよなら」と聞えているのだろう。彼の、悲観的で、皮肉な心には、この海岸も、ただの土砂の堆積物、人類が誕生する以前から積み重ねられてきた土砂のいちばん上の部分、としか映っていないに違いない。彼は心のなかで、いま私たちが歩いている海岸は、しょせんは、事実としても、また精神的な意味でも、既知の世界のはじっこでしかないと思っているのだろう。あるいは、そこまでは考えていなかったとしても、海軍の飛行機が以前この近くの無人島を爆撃したことがあるから、それを思い出して彼もそう思わざるを得ないだろう。

浜辺は、広々として、自然のものとは思われないほど清潔だった。無駄のない景観だった。まるで月の一部のようだ。繰り返し打ち寄せる波の力で浜辺の土は堅くなっていて、歩きやすかった。浜辺にはいろいろなものが打ち上げられていたが、波に洗われてすっかり形が変っていた。貝殻のとげ、ほうきの柄。瓶のかけらとレンガのかけら。どれも粉々になっていて原形をとどめていない。ローレンスは頭をうなだれたままだった。壊れたものを次々に目にして、彼の心はまた悲しみにみたされているのだろう。彼のペシミズムに付合っているうちに私はいらいらしてきた。そして彼に追いつくと、肩に片手を置いて「ただの夏の一日じゃないか、ティフティ」といった。「夏の一日をただ楽しめばいいじゃないか。いったいどうしたんだ？　ここが嫌いなのか？」

「この島が嫌いなんだ」彼は目を上げずに、ぶっきらぼうにいった。「家の権利はチャディに売るつもりだ。来る前から楽しい休暇になるなんて期待していなかった。ここに来たのはただみんなに別れをいっておきたかったからだ」

私はまた彼が先を歩くままにさせた。彼のうしろを歩いた。そして彼の肩を見ながら、彼がこれまでしてきたすべての別れを思い出してみた。父が溺れ死んだとき、彼は教会に行って父に別れを告げた。それからわずか三年しかたたないうちに、彼は、母を軽薄な人間だと決めつけ、彼女に別れを告げた。カレッジの一年生のとき、彼はルームメイトと親友になったが、その男が酒飲みだとわかると、春の学期の初めにルームメイトを変え、親友に別れを告げた。カレッジに二年いるうちに、学校の雰囲気があまりに現実離れしていると結論を出し、イェール大学に別れを告げた。コロンビア大学に入学し、そこで法学士の資格を取った。しかし、最初に入った弁護士事務所の社長が不誠実な人間だとわかると、六か月たったところで、せっかくのいい職場に別れを告げた。彼はルースとは簡単にシティホールで結婚式をすませ、プロテスタントのエピスコパル教会に別れを告げた。彼らはタカホーの裏町に住み、中産階級の暮しに別れを告げた。一九三八年には、民間企業に別れを告げて、ワシントンに行き、政府機関の弁護士になった。しかし、ワシントンに八か月いただけで、ルーズヴェルト政府はセンチだと結論を出し、政府に別れを告げた。彼らはワシントンからシカゴの郊外に引越したが、そこでも彼は、隣人たちに、ひとり、また、ひとりと別れを告げた。理由は、隣人たちが酒を飲むから、下品だから、馬鹿だから、といったものだった。彼はシカゴに別れを告げて、カンザスに行った。次にカンザスに別れを告げて、クリーヴランドに移った。そしていま彼は、クリーヴランドにも別れを告げて、再び東部に戻ろうとしている。その途中、ローズ・ヘッドに立寄って、海に別れを告げようとしている。

あまりに悲しい生き方だった。頑迷で心が狭かった。慎重なのもいいが度を超していた。私は彼を助けたかった。「もういい加減にやめろよ」私はいった。「やめにしろよ、ティフティ」

「やめろって、何を？」

「そんな陰気な生き方はやめるんだ。もっと明るくなるんだ。せっかくの夏の一日じゃないか。お前は自分の休暇だけでなく、みんなの休暇を台無しにしているよ。みんな、休暇が必要なんだ、ティフティ。私もだ。みんなそうなんだ。それなのにお前はみんなを緊張させ、不愉快にさせている。私の休暇は今年はたった二週間しかない。二週間だよ。お前は、自分のペシミズムをひどくご大層なものと考えているようだが、ただ現実から逃げたいだけなんじゃないか」

「現実って何だ？」彼はいった。「ダイアナは馬鹿で、だらしない女だ。オデットもそうだ。母はアルコール依存症だ。あのままだったら、一、二年先には病院暮しになるよ。チャディは正直じゃない。昔からそうだ。おまけにあの家は、海のなかに消えようとしている」

彼は私を見ると、いま思いついたかのように付け加えた。「兄さんも馬鹿だよ」

「どうしようもない陰気な男だな」それを聞いて私はいった。「お前は、どうしようもなく陰気だよ」

「あっちに行ってくれ」と彼はいうと、ひとりで歩いていった。

それから私は、浜辺にころがっている木の根をつかむと、彼のうしろに近づいた。これまで、うしろから人を殴ったことはなかったが、海水を含んでずっしりと重い木の根を振りかぶると勢いがつき、弟の頭に命中した。彼は膝から砂の上に崩れ落ちた。頭から血が出てきて、髪を黒く濡らしはじめていた。私は彼が死んでいればいいと思った。埋葬がすんだのではなく、いままさに埋葬されようとするところであってほしかった。彼を現実から除去してしまう。私たちの意識から捨ててしまう。その儀式だけはきちんとしたかった。私は、家族のみんなが――チャディ、母、ダイアナ、ヘレンが、二十年前に取り壊されてしまったベルヴェデーレ・ストリートの家で弟の喪に服している姿を想像した。全員がドアのところで葬式に来た知人や親戚に挨拶をしている。彼らの形式どおりのお悔やみの言葉に、形式どおりの悲しい表情で応えている。葬儀は弟にふさわしくすべて礼儀正しく行なわれてゆく。だからたとえ弟が浜辺で殺されたとしても、みんな、その退屈な儀式が終らないうちに、彼はもう人生の晩年を迎えていたのだから、死んだのは自然の理にかなった美しいことなのだと思うようになるだろう。ティフティは、冷たい、冷たい地面に埋葬されるのがふさわしいと思うだろう。

彼はまだ倒れたままだった。私はあたりを見まわした。月面のような、何もない浜辺は、視界の果てまで続いていた。くだけ散った波頭が、きらきら走りながら、狙いを定めたように、彼の倒れているところに迫ってくる。私はまだ彼が死んでしまうといいと思っていたが、それでも、殺人者と善きサマリア人の両方を持ったような矛盾した行動を取り始めていた。白い波が、空洞のなかに音が響いているような、大きな音をたてながら、すごい速度で彼にぶつかってくる。波は彼のまわりでうず巻き、肩のところで白く泡立つ。私は引き波にさらわれないように彼の身体を支えた。それから彼を波の届かないところに運び上げた。血が髪の毛にべっとりとこびりつき、髪は黒く見えた。私はシャツを脱いで引き裂くと、包帯のかわりにして彼の頭に巻いた。意識があった。たいした傷ではないと思った。彼はひとこともロをきかなかった。私も黙っていた。それから彼をそこに残して立ち去った。

浜辺を少し歩いてから、彼を振り返ってみた。私はそのときはもう自分のことしか考えていなかった。彼はすでに立ち上がっていた。しっかりしているようだった。日の光はまだ明るい。しかし、海面には風に吹き飛ばされて水滴が舞っていて、薄い霧のように見える。少し離れてしまうと、その霧のためにもう彼の姿は見えなくなった。浜辺全体に、湿っぽい、塩の匂いのする風が吹いていた。それから、私は彼に背を向けて歩いていった。家に近い海で、私はもう一度泳いだ。その夏、ローレンスと顔を合わせたあとにはいつもそうしたように、海に入った。

家に帰ると私はテラスに横になった。母たちが帰ってきた。母がフラワー・ショウで優勝した作品をけなしている声が聞えた。家の人間は誰も入賞しなかった。それから、その時間はいつもそうだが、家のなかは静かになった。子どもたちは夕食を食べに台所にゆく。他の人間はシャワーを浴びに二階に上がってゆく。それからチャディがカクテルを作る音がした。フラワー・ショウの審査を批判する声がまた聞えた。そのとき母の叫び声がした。「ティフティ！　ティフティ！　まあ、どうしたの、ティフティ！」

彼はドアのところに立っていた。死にそうに見えた。血だらけの包帯をはずして、手に持っている。「兄さんがやったんだ」彼はいった。「兄さんがやったんだ。浜辺の石か何かで僕を殴ったんだ」。彼の声には、自分で自分を哀れむ気持があらわれていた。泣き出すのではないかと私は思った。誰も何もいわない。「ルースはどこにいる？」彼はいった。「ルースはどこだ？　ルースはどこにいるんだ？　荷作りをさせなくては。こんなところでもう時間を無駄にするのは嫌だ。しなくてはならない大事なことがたくさんある。大事なことがいろいろあるんだ」。そして彼は階段を上がっていった。

次の朝、ローレンスの家族は、六時の船に乗るために、朝早く家を出た。母が別れをいうために起きたが、そうしたのは彼女だけだった。専制君主と取替えっ子がお互いに、愛情とは裏腹の失望感でお互いに見つめ合っている、味気ない姿を容易に想像出来る。彼の子どもたちの声と、車が去っていく音が聞えた。私は起き上がると窓のところに行った。素晴しい朝だった！　とても素晴しい朝だった！　北からの風が吹いている。空気は澄んでいる。朝の光を浴びて、庭のバラがストロベリー・ジャムのような匂いを立てている。着替えをしていると、出発を知らせる船の汽笛が最初は弱く、次に二回強く聞えた。前のデッキにいる乗客が紙のコップでコーヒーを飲んでいるのが見える。ローレンスはへさきに立っている。海に「海め《タラツサ》、海め《タラツサ》」といっているに違いない。臆病で不幸な彼の子どもたちは母親の腕に抱かれてあたりの風景を見つめている。ローレンスの耳にはブイの音も、喪に服しているように聞えるに違いない。朝の優雅な光のなかにいたら誰だって喜んで腕を広げ、希望の誓いをしたくなるはずなのに、ローレンスの目は、船のうしろに遠去かっていく暗い海を追っている。彼は、暗く不気味な海の底のことを考えているのだろう。父が沈んでいる深い海の底のことを考えているのだろう。

こんな男にいったい何をしてやれるだろう？　何が出来るだろう？　群集のなかで、彼はわざわざ頬におできのある人間とか、腕の悪い人間を探し出してしまうのだ。どうしたらそれをやめさせることが出来るだろう。どうしたら人間はかけがえのない、偉大な存在であるということに、人生は表面は無意味に見えても美しいものだということに、彼の目を向けることが出来るだろう。どうしたら恐怖や不安を無力にしてしまう確かな真実があるということを彼に教えてやることが出来るだろう？　その朝の海は、虹のように輝いていて、青い色をしていた。妻と妹が――ヘレンとダイアナがその海で泳いでいる。彼女たちの黒と金色の頭が、青い海のなかに見える。やがて彼女たちが海からあがってきた。裸の彼女たちは、堂々として、美しく、優雅さにあふれていた。私は、裸の彼女たちがゆっくりと海からあがってくるのをじっと見つめた。

小さなスキー場で

ある冬の夜、ハートレイ夫妻と娘のアンの三人がペマクウォッディ・ホテルに着いたとき夕食の時間はもう過ぎていた。ちょうどお客のあいだでブリッジが始まるところだった。ハートレイ氏は旅行カバンを持って広いポーチを横切り、ロビーに入ってきた。夫人と娘が後に続いた。三人とも非常に疲れて見える。彼らは明るく、家庭的なホテルのなかを、緊張と危険からようやく解放された人間のようにほっとして眺めた。朝早くから先も見えないような雪嵐のなかをニューヨークからずっとドライヴしてきたのだ。途中ずっと雪でしてね、とハートレイ氏はいった。彼はカバンを置き、スキーを取りに車へ戻った。夫人はロビーの椅子に腰を降ろした。疲れた様子のおとなしい娘は母親のそばに行った。髪には雪が少しついている。母親が指でその雪を払い落とした。この小さなホテルのオーナーである未亡人のバターリック夫人がポーチに出ていき、ハートレイ氏に車はそのままにしておいていいと大きな声でいった。誰か、うちのものにやらせますからと彼女はいった。ハートレイ氏はロビーに戻り宿泊簿にサインした。

彼は人に好かれそうな人間に見えた。声ははっきりしているし、物腰は誠実でていねいだった。夫人は黒髪の、美しい女性だった。疲労でぐったりとしている。娘は七歳くらいだった。バターリック夫人はハートレイ氏に以前ここに泊ったことがあるかどうか尋ねた。「予約をいただいたとき」彼女はいった。「お名前を聞いてピンときたんですよ」
「八年前の二月に来たことがあります」ハートレイ氏がいった。「二十三日に来て十日間泊りました。日にちをはっきり覚えているのはとても楽しかったからです」。それから三人は二階に上がっていった。彼らはしばらくしてまた降りてきてガスレンジのうしろで、温められていた残り物で夕食をとった。子どもは疲れきっていて、食べながらいまにもテーブルに顔をつけて眠ってしまいそうだった。夕食を終えると彼らはまた二階に上がっていった。

冬のあいだ、ペマクウォッディではアウトドアのスポーツが生活の中心になる。酒好きや病気を口実に外に出たがらない者は肩身が狭い。たいていの客はスキーに熱中する。朝、彼らはバスに乗り、谷間を通って山に行く。そして天気のいいときはランチを山に持っていって午後遅くまで斜面で過ごす。ときにはホテルの近くのリンクでスケートをすることもある。このリンクは一メートルくらいの深さに大量に水を注ぎ込み人工的に作ったものだ。ホテルの裏には小さな丘がひとつあり、山のコンディションが悪いときにはそこでスキーをすることもできる。この丘にはスキーヤーを上に運ぶための簡単な仕掛けのロープが設置されている。バターリック夫人の息子が作ったものだった。「息子はハーバード大学の四年生のときにロープを上に引き上げるモーターを買ったんですよ」バターリック夫人はロープのことを話すときはいつもそういった。「使い古した車にモーターを積んできたんです。息子はそのライセンス・プレートもついていない古い車を、ある晩、ケンブリッジからここまで運転してきたんです！」。この話をするときは彼女はいつもまだ息子がその危険なドライヴをしているかのように胸に手をやった。

ハートレイ一家は、着いた次の朝からさっそく新鮮な外気のなかでスキーをするというペマクウォッディの日課を取り入れた。

ハートレイ夫人はどこか心ここにあらずという様子だった。その朝、彼女は山に向かうバスに乗り、席に着いて乗客とお喋りを始めてからスキーを忘れたことに気がついた。夫がスキーを取りに戻った。そのあいだみんなを待たせていた。彼女は明るい色の、毛皮の飾りがついたヤッケを着ていた。彼女より若い女性の着るものだった。そのために彼女は疲れて見えた。夫のほうは、名前と階級が刷り込まれた海軍の服を着ていた。娘のアンは可愛い子どもだった。髪はきれいに編まれている。小さな鼻の上には鞍のような形でそばかすがある。彼女はその年齢の女の子特有の冷たい、理知的な目であたりを探るように見回していた。

ハートレイ氏はみごとなスキーヤーだった。スキーをパラレルにし、膝を曲げ、肩で優雅に半円を描きながら斜面を上がったり降りたりした。夫人のほうはそれほどうまくはなかったが、彼女は自分のやり方を心得ていて彼女なりに冷たい大気と雪を楽しんでいた。ときどき転んだ。誰かが彼女に手を貸そうとした。そんなとき、あるいは冷たい雪に触れて火照った顔がいっそう赤味を増したときなど、彼女は実際よりずっと若く見えた。

娘のアンはスキーができなかった。斜面の下で両親が滑るのを見ていた。彼らはアンに呼びかけて誘ったが彼女は動かなかった。しばらくして彼女は震え始めた。母親が彼女のところに行き、滑るように励ましたが、子どもは不機嫌にそっぽを向いた。「ママに教わりたくないの」彼女はいった。「パパに教えてもらいたいの」。ハートレイ夫人は夫を呼んだ。

ハートレイ氏がかまってやると彼女はそれまでのように尻ごみをしなくなった。彼女は父親と一緒に斜面をのぼったり降りたりした。父親が一緒にいる限り彼女は自信に満ち、幸福に見えた。ハートレイ氏は昼食の後までずっとアンといた。それから娘を、初心者のクラスを斜面まで連れていくインストラクターにまかせることにした。ハートレイ夫妻は初心者のグループと一緒に斜面のふもとのところまで行った。そこでハートレイ氏は娘を脇に呼んだ。「パパとママはこれからちょっと遠くまで滑りに行くからね」彼はいった。「お前はリッターさんの教室に入って出来るだけたくさん教えてもらうんだ。アン、スキーを習うつもりだったら、パパの手を借りないでやらなくてはいけないよ。パパたちは四時ごろには戻るからね。戻ったらどれだけうまく滑れるようになったか見せてくれるね」

「わかったわ、パパ」彼女はいった。

「さあみんなのところに行きなさい」

「わかったわ、パパ」

ハートレイ夫妻はアンが斜面をのぼり、初心者のクラスに合流するまで見送った。それから彼らは遠出に出発した。アンはインストラクターをしばらく見ていたが、両親が行ってしまったのがわかると自分だけ列から離れ、斜面を山小屋に向かってゆっくりと滑り降りた。「きみ」、インストラクターが彼女を呼びとめようとした。「きみ……」。彼女は返事をしなかった。山小屋に入り、ヤッケと手袋を脱ぎ、それを乾かそうとテーブルの上にきれいに広げた。そして顔が見えなくなるほど頭を下げて、暖炉のそばに坐った。午後ずっと彼女はそのままの姿勢で坐っていた。暗くなる少し前、両親がブーツの雪を払いながら小屋に戻ってくると、彼女は父親のところに飛んでいった。彼女の顔は泣き腫れていた。「パパ、もう戻ってこないのかと思ったわ！」彼女は両腕で父親に抱きついて顔を埋めた。

「おい、おい、おい、アン」彼はいった。彼は娘の背中をやさしく叩き、ふたりの様子に気づいた人たちに笑顔を見せた。アンは帰りのバスのなかで父親の隣に坐り、腕をしっかりつかんだ。

その晩、ホテルで、ハートレイ一家は夕食前にバーに行った。壁際の席に坐った。ハートレイ夫人と娘はトマト・ジュースを飲んだ。ハートレイ氏はオールド・ファッションを三杯飲んだ。彼は娘に自分の飲み物に入っているオレンジのスライスと甘いチェリーを与えた。アンは父親のすることを何でも面白がった。父親のタバコに火をつけてやり、マッチを吹き消した。父親の腕時計をいじった。父親がどんなジョークをいっても笑った。はっきりした、楽しそうな笑い声だった。

一家は静かに話していた。ハートレイ夫妻はふたりで話すよりもアンに話しかける方が多かった。ふたりの結婚生活は何も話すことがない段階まできているように見えた。ふたりはぽつりぽつり雪や山のことを話した。なんとか会話をしようとしていた。ハートレイ氏の口調がなぜかきつくなった。ハートレイ夫人はテーブルからさっと立ち上がった。泣いていたのかもしれない。彼女はロビーを走り抜けると階段を駆け上がっていった。

ハートレイ氏とアンはバーに残っている。夕食を告げるベルが鳴ったとき、彼はデスク・クラークに、妻に食事を持っていってくれるように頼み、食堂で娘と夕食をとった。夕食のあと彼は談話室に坐って「フォーチュン」誌の古い号を読んだ。そのあいだアンはホテルに泊っている他の子どもたちと遊んだ。子どもたちはみんな彼女よりいくらか年が下だったのでアンは彼らを手際よく、やさしく取り仕切った。まるで大人の真似をしているようだった。彼女は彼らに簡単なトランプのゲームを教えた。それからお話を読んでやった。年下の子どもたちがベッドにやられたあとは彼女はひとりで本を読んだ。九時ごろ父親は彼女を連れて二階に上がった。

そのあと彼はひとりで下に降りてきてバーに行った。ひとりで酒を飲みながらバーテンダーとバーボンのブランドのことを話した。「私の父はケンタッキーから自分の好きなバーボンを小さな樽で送ってもらっていましたよ」ハートレイ氏はいった。かすかにしゃがれた声や、いつもながらの真面目でていねいな物腰のために、なんでもないことでも重大なことを喋っているように聞えた。「私の記憶では樽は小さかった。一ガロンも入らなかったと思います。父はそれを一年に二回送らせていました。祖母が樽の中身は何と聞くと、父はいつもサイダーと答えていました」。バーボンの話が終ると彼らは村のことや、ホテルが昔と変ってしまったことを話題にした。「ここには前に一度だけ来たことがあります」ハートレイ氏はいった。「八年前になります。八年前の二月です」それから彼は前の晩に宿泊手続きをしたときにいったことと同じことを繰り返した。「二月二十三日に来て、十日間泊まりました。日にちをはっきり覚えているのはとても楽しかったからです」

ハートレイ一家のその後の日々は第一日目とほぼ同じだった。ハートレイ氏は一日のはじめは子どもにスキーを教えて過ごした。女の子はすぐにスキーを覚えた。父親と一緒のときは彼女は大胆に、優雅に滑った。しかし、父親が遠出に行ってしまうと山小屋に戻って暖炉のそばに坐る。毎日、昼食のとき、父親は彼女に独立心について繰り返し説教した。「パパとママはこれからスキーに行くからね」彼はいつもそういった。「自分で滑れるようになるんだよ、アン」。彼女はそういわれると、いうとおりにするとうなずいた。しかし父親の姿が見えなくなるとすぐに山小屋に戻り、そこで父親が戻ってくるのを待っていた。ある時――三日目のことだったが――、父親はついに怒った。「よくお聞き、アン」彼は大声でいった。「滑れるようになりたいんなら自分で覚えようとしなくてはだめだ」。父親の大きな声は彼女を傷つけた。しかし父親が怒っても効果はないようだった。彼女は自分の力でスキーを覚えようとしなかった。午後になると、暖炉のそばに坐っている彼女の姿はおなじみのものになった。

ときどきハートレイ氏はしつけ方を変えてみた。三人は午前中の早いバスでホテルに戻ってくる。そして彼は娘をスケート・リンクに連れていき、そこでスケートのやり方を教える。そんなときはふたりは遅くまで外にいた。ハートレイ夫人はときどき談話室の窓からふたりを見つめた。リンクはバターリック夫人の息子が作った手造りの引き上げロープの足もとにあたるところにある。ロープを支える柱が、夕暮れのなかで絞首台のように見えた。ハートレイ氏と娘は深い悔恨にとらわれた忍耐強い人間に見えた。ふたりは何度も何度も熱心に真剣に、小さなリンクの上で弧を描いた。ハートレイ氏は娘にスポーツというより、何かもっと神秘的なものを教えようとしているようだった。

ホテルにいる人間は誰もがハートレイ一家に好感を持った。しかし、あの一家は最近何かを失って苦しんでいるに違いないという印象を持ったのも事実である。経済的な痛手を受けたのか、あるいは、ハートレイ氏が職を失ったのか。ハートレイ夫人は来たときからずっと心ここにあらずのままだった。他の滞在客は、彼女がいつもそういう様子をしているのは、何か不幸があって心が平静ではいられなくなったためだろうと感じていた。彼女は他の客たちと親しくなりたがっているようだった。孤独な女によく見られるようにあらゆる会話に加わっていった。父は医者でした、と彼女はいった。彼女は父親のことを偉大な力を持った大人物のように話した。子ども時代のことを楽しげに話した。「グラフトンにあった母の家のリビング・ルームは四十五フィートもある部屋でした」彼女はいった。「両端には暖炉がありました。素晴しい、ヴィクトリア朝時代の家でした」。彼女によればホテルの食堂にある戸棚のなかの陶磁器は母親が持っていたのとよく似ているし、ロビーにあるペーパーウェイトは彼女が少女時代にもらったものとよく似ている。ハートレイ氏も自分の両親のことをときおり話した。バターリック夫人が一度、食卓のラムの脚をナイフで切りわけてくれるようにハートレイ氏に頼んだとき、彼はナイフをとぎながら「これをするといつも父のことを思い出しますよ」といった。ホテルの玄関にあるステッキのコレクションのなかに一本、銀細工をほどこしたブラックソーンのステッキがあった。「あのステッキはウェントワース氏が父のためにアイルランドで買ってきたブラックソーンにそっくりです」とハートレイ氏はいった。

アンは父親に夢中だったが、母親のことも好きなようだった。夜、彼女は疲れるとソファにいる母親の隣に坐り、頭を母親の肩に乗せた。彼女にとって父親が世界でただひとりの絶対的存在になるのは環境がまったく違う山の上でだけのようだった。ある夜、ハートレイ夫妻はブリッジをしていた——夜もふけていてアンはすでにベッドについていた——、そのときアンが父親を大声で呼び始めた。「私が行くわ、あなた」ハートレイ夫人はそういって席をはずし二階に上がっていった。「パパじゃなくちゃいや」と女の子が叫ぶ声がブリッジのテーブルにいる人間たちの耳に聞えた。ハートレイ夫人は彼女をなだめてまた一階に戻ってきた。「アンはこわい夢を見たの」と彼女は説明してまたトランプを始めた。

次の日は風が強く暖かだった。午後のなかばに雨が降り出した。大胆なスキーヤー以外はみんなホテルに戻ってきた。バーはすぐに満員になった。天気予報を聞くためにラジオがつけられる。熱心な客がひとりロビーの電話で他のスキー場の様子を聞いた。ピコは雨？　ストウェは雨？　セント・アガサも雨？　夫妻はその午後バーにいた。ハートレイ夫人はここに来て以来はじめて酒を飲んでいたが、楽しんでいるようには見えなかった。アンは談話室で他の子どもたちと遊んでいる。夕食の少し前、ハートレイ氏はロビーに行ってバターリック夫人に夕食を二階でとることが出来ないかと聞いた。夫人は二階にご用意しましょうといった。夕食を知らせるベルが鳴るとハートレイ夫妻は立ち上がった。メイドが彼らの夕食をのせたお盆を二階に運んでいった。夕食後、アンはまた他の子どもたちと遊ぶために談話室に降りてきた。食堂がすっかり片づいたあとでメイドはハートレイ一家のお盆をさげに二階に行った。ハートレイ一家のベッドルームのドアの上の窓が開いていた。廊下を歩きながらメイドの耳にハートレイ夫人の声が聞えてきた。その声は自制心を失った、しわがれた、苦しそうな声だったのでメイドは思わず立ちどまり、夫人が危険にさらされているのではないかと聞き耳をたてた。「なぜ昔の場所に来なければならないの？」ハートレイ夫人は泣いていた。「なぜ昔の場所に来なければならないの？　昔、楽しかったからってどうしてまた同じ旅行をしなければならないの？　こんなことしていいことがあるの？　意味があるの？　電話帳を調べて十年も前の知人たちの名前を探し出して、電話をかけて夕食に誘うなんて何の意味があるの？　わたしたち、昔いっしょに行ったレストランや山や家にまた行ってるわね。近所の家にもまた行ったわ。スラムも歩いたわ。そうすればまた幸せになれるかもしれないと考えてるのね。そんなことはもう無理よ。なぜこんなみじめなことを始めたの？　いつまでこんなこと続けるの？　どうしてまた別れられないの？　別れているほうがよかったわ。そうじゃない？　アンにとってはそのほうがよかったわ。あなたがなんといおうが別れたほうがアンのためにはよかったのよ。私がまたアンを引き取るわ。そうすればあなたは町に住めるでしょ。どうしてそれができないの、どうして、ねえ、どうして……」。メイドはそれを聞いておびえ、廊下をあとずさりしていった。メイドが階段を降りると、アンは談話室に坐って年下の子どもたちに本を読んでやっていた。

その晩、雨はあがり、寒くなった。あらゆるものが凍結した。朝、バターリック夫人は滞在客に山の上のスキーコースはどれも閉鎖されてしまった、リフトも動かないと伝えた。ハートレイ氏は他の何人かの客とホテルの裏にある丘の表面の雪をならした。雇い人のひとりが、スキーヤーを上に運ぶための簡単なロープを動かし始めた。「息子はハーバード大学の四年生のときにロープを上に引っぱるモーターを買ったんですよ」モーターの力のない音が聞えてくるとバターリック夫人がいった。「古い車に積んできたんです。息子は、そのライセンス・プレートもついていない古い車をある晩、ケンブリッジからここまで運転してきたんです！」。ホテル裏の丘の斜面だけがこのあたりで唯一スキーができる場所になった。そこに昼食後、他のホテルからたくさんの人間がおしかけてきた。彼らは岩肌が見えるようにロープの下の雪をかきだしてシャベルで道路に捨てた。ロープはもうだいぶすり切れている。バターリック夫人の息子はロープをきちんと設置していなかったので、これを使って上にのぼるスキーヤーたちはかなり苦労しなければならなかった。ハートレイ夫人はアンにロープを使わせようとしたが、彼女は父親が先に行くまでロープを握ろうとしなかった。父親は彼女にどうやってうまくバランスをとって立つか、ロープを握るか、膝を曲げるか、ストックをひきずるか、ロープの使い方の手本を示した。彼が丘をのぼりはじめるとすぐに彼女も喜んであとに続いた。午後いっぱい彼女は父親について丘をのぼったり降りたりした。父親がいつも見えるところにいたので彼女は機嫌がよかった。斜面の雪はうまく固められていたので滑り具合はよかった。ロープを利用して上までのぼり、スキーで下るのは不自然で苦労がいったが、のぼったり降りたりも次第にひとつのリズムになってきた。

素晴しい午後だった。雪雲がかかっていたが、明るくまぶしい日の光が雲を通り抜けてくる。丘の上から見るとあたりの田園風景は黒と白だけの世界だった。唯一の色は燃えつきた火の色だった。その色は強烈な印象を与えた――冬の寂しさ以上の荒涼とした感じがした。何か大きな火事があったあとのようだった。スキーヤーたちは、スキーをしながら、あるいはロープをつかむ順番を待ちながら当然お喋りをするものだが、お互いに声が聞えず会話にならない。モーターの排気の音に加えて、ロープを回転させる鉄輪がまわるキーキーいう音がうるさかったからだ。スキーヤーたちはまるで突然口がきけなくなったように、のぼったり滑り降りたりするリズムに身をまかせていた。その日の午後はこのサイクルの無限の連続だった。斜面の左手にスキーヤーたちが一列になり、すり切れたロープをつかみ、丘の上に来るとそれぞれの下りコースを選んでひとりひとり離れてゆく。彼らは丘の表面で何度も何度も同じ動作を繰り返している。浜辺で指輪か鍵をなくしたので同じ砂のなかを何度も探している人間のように見える。その静けさのなかで突然子どもが叫び声を上げた。アンの腕がロープにからまったのだった。彼女は地面に投げ出された。そのまま残酷にもロープにひっぱられ上にひきずられていった。行く手には鉄の輪があった。「ロープをとめろ！」父親が叫んだ。「ロープをとめろ！　ロープをとめろ！　ロープをとめろ！」丘にいた全員が叫びはじめた。「ロープをとめろ！　ロープをとめろ！」。しかしロープをとめられる人間は誰もいなかった。女の子の叫び声はかすれてきた。恐怖に震えていた。ロープから自由になろうともがくほど彼女は荒々しく地面に叩きつけられた。広大な空間と冷気がロープをとめるようにと叫んでいる人間たちの声を――声のなかの苦痛さえも――消してしまうように見えた。しかし女の子の悲鳴だけは人の胸に突きささってきた。その叫び声は彼女の首が鉄の輪で打ち砕かれたときにやんだ。

ハートレイ夫妻はその晩暗くなってからニューヨークに帰っていった。彼らは地元の霊柩車のあとについていてひと晩じゅう車を運転する予定だった。何人かがかわって車を運転しようと申し出たが、ハートレイ夫妻は自分たちで運転したいといった。夫人は夫に運転してほしいようだった。準備がすべて終ると、打ちひしがれた夫妻はポーチを歩いて横切った。夜の美しさにとまどったように目をやった。大気は冷たく、空はきれいに晴れていて、星はホテルや村の光よりも輝いて見えた。ハートレイ氏は妻に手を貸して車に乗せた。そして妻の脚の上に毛布をかぶせてやった。それから彼らは長い、長いドライヴに出発していった。

クリスマスは悲しい季節

クリスマスは悲しい季節である。目覚まし時計に叩き起こされたあとすぐにチャーリーの頭に浮かんだのはこの言葉だった。前の晩ずっと彼を悩ませた、ぼんやりとした憂鬱を説明するのにいい言葉だった。彼はベッドのなかで身体を起こし、目の前にぶらさがっている電燈の鎖を引っぱった。クリスマスは一年のうちでとても悲しい日だ、と彼は思った。ニューヨークには何百万人もの人間がいるが、クリスマスの朝、まだ暗くて寒い午前六時に起きなければならない人間は自分だけだ。

彼は服を着た。そして下宿屋の最上階から下に降りていった。聞えてくるのは眠っている人間のいびきの音だけだった。目に入る光は消し忘れた光だけだった。チャーリーは終夜営業の屋台で簡単に朝食をすませ、高架鉄道に乗ってアップタウンに向かった。三番街からサットン・プレイスに入る。あたりは暗かった。街灯の光に照らし出されているどの家の窓も灯りが消えて真暗だった。何百万人という人間がまだ眠っている。他の人間がみんな眠っていると考えると、自分だけが見捨てられたような気持になった。まるで街が滅亡し、時間が止まってしまったようだった。彼はこの六か月間エレベーター係として働いている高級マンションの、鉄とガラスのドアを開け、エレベーター・ホールを通り抜け、裏のロッカー・ルームに行った。真鍮のボタンのついたストライプの入ったヴェストを着、まがいもののアスコット・タイをつけ、ライトブルーのストライプの入ったズボンをはき、コートを着た。夜勤のエレベーター係は聞きとりにくい声でドアマンが病気になってしまった、今日は休むそうだといった。ドアマンが病気ではチャーリーは昼食の休みもとれそうになかった。住人にタクシーを呼んでやる仕事も増えるだろう。

チャーリーが仕事についてすぐに十四階のベルが鳴った。ヒューウィング夫人だった。チャーリーがたまたま知ったところでは彼女は道徳的とはいいかねる女性だった。ヒューウィング夫人はひと晩じゅう起きていたようだった。毛皮のコートをはおり、その下に長いドレスを着てエレベーターに乗り込んできた。二匹の妙な格好の犬を連れている。彼は彼女を階下に運び、彼女が暗がりに出て犬を歩道のへりに連れて行くのを見ていた。外には数分しかいなかった。彼は戻ってきた彼女をまた十四階に運んだ。エレベーターを降りるとき彼女は「メリー・クリスマス、チャーリー」といった。「でも、私には祭日なんていえるもんじゃないんです、ヒューウィングさん」彼はいった。「私にいわせればクリスマスは一年のうちでもとくに悲しい日ですね。いえ、ここの人たちが親切じゃないっていってるんじゃないですよ——みなさんチップをたくさんくださいます——しかし、私は家具付きの部屋でひとりで暮していて、家族などありません。そんな人間にはクリスマスは祭日ではないんですよ」
「お気の毒ね、チャーリー」ヒューウィング夫人はいった。「私も家族はないの。ひとり暮しだとなにかと寂しいわよね？」彼女は犬を呼んで犬のあとから部屋に入った。彼は一階に降りた。

静かだった。チャーリーはタバコに火を付けた。地下室に設置されている暖房装置はこの時間は規則正しく静かな振動で建物全体にスチームを送っている。一巡して戻ってきたスチームが重苦しい音を響かせ始めた。音ははじめはロビーに、それから十六階全体に響き渡り始めた。しかしこれは人間ではなく機械が目覚めただけだった。それだけでは彼の孤独や憂鬱を明るくすることはなかった。ガラスのドアの外の暗闇がブルーに変り始めていた。しかしブルーの光がどこからきているのかはわからない。光は空中に浮かんでいるようだった。涙に濡れた光だった。その光が人のいない通りを浮かび上がらせたとき彼は泣きたいと思った。タクシーが一台近づいてきた。ワルサー夫妻が降りた。夫妻は酔っていた。夜会服を着ている。チャーリーはふたりを彼らのペントハウスまで運んだ。ワルサー夫妻に会ったあと彼は、家具付きの部屋での自分の暮しと、この建物に住んでいる人間たちの暮しの違いを考え込んで憂鬱になってしまった。おそろしい違いだった。

それから朝早く教会に行くのが習慣になっている住人たちがエレベーターのベルを鳴らし始めたが、その朝はまだ三人だけだった。八時にまた何人かが教会に出かけた。ベーコンとコーヒーの匂いがエレベーター・シャフトに漂い始めたものの、建物の大半の住人はまだ眠っていた。

九時少し過ぎに子守のメイドが子どもを連れて降りてきた。ふたりとも日焼けしている。バミューダから戻ったばかりだと彼にはわかっていた。彼はバミューダに行ったことは一度もない。彼、チャーリーは、一日八時間、六フィート×八フィート四方のエレベーターに閉じ込められている囚人だった。そのエレベーターは十六階の高さのシャフトに閉じ込められている。彼はさまざまな建物でこの十年間エレベーター係として暮しを立てていた。距離にすると一日平均八分の一マイルくらいにはなった。彼は自分がこれまで何マイルもエレベーターで旅してきたことになると考えた。それだけの距離があればカリブ海の霧のなかをドライヴしてバミューダのサンゴの浜辺に行き着くことも出来たかもしれない。そう考えると、自分が狭いエレベーターに閉じ込められているのは乗客のせいだと彼らを非難したくなった。彼を狭い場所に閉じ込めているのはエレベーターそのものではなく、彼らの贅沢な生活が与える圧迫感であるかのように思える。ここの住人たちが彼の羽根を切り取ってしまったかのように感じた。

彼がそんなことを考えているとき九階のデュポウル夫妻のベルが鳴った。彼らはメリー・クリスマスといった。

「私のことを考えてくださるのは有難いんですが」彼は夫妻を下に運びながらいった。「私には祭日といえるもんじゃないんです。貧しい人間にはクリスマスは悲しい季節です。私はいま家具付きの部屋にひとり暮していまして家族はいません」

「ディナーは誰とするの、チャーリー？」デュポウル夫人が聞いた。

「クリスマスのディナーなんか私には縁がないんですよ」チャーリーがいった。「サンドイッチを食べるだけです」

「まあ、チャーリー！」デュポウル夫人は太った女性で、すぐに他人に同情してしまう心を持っていた。チャーリーの嘆きが、突然の豪雨のように彼女を襲った。「ぜひクリスマス・ディナーを一緒にしましょう、ね」彼女はいった。「ね。私、ヴァーモントの出身なの。子どものとき、ね、うちではいつも人をたくさん食事に呼んだの。郵便屋さんとか、ね。昔みたいにディナーをあなたと一緒にしたいわ、ね。絶対そうできるわよ。あなたがエレベーターを離れられないというのならだめだけど――、どう？　でも夫がガチョウの肉を切り分けたらすぐに私、ベルを鳴らすわ。そしてあなた用のディナーのお盆を用意するわ、ね。そしたらあなた、上にあがってきて、一緒にテーブルにつくのは無理でもうちのクリスマス・ディナーが食べられるわよ」

チャーリーは彼らに礼をいった。彼らの親切に驚いた。しかし、友人や親戚がやってきたら彼らはいまいったことなど忘れるのではないだろうか。

それからギャズヒル老夫人がベルを鳴らした。彼女がメリー・クリスマスというと彼は頭を垂れた。

「私には祭日といえるもんじゃないんです、ギャズヒルさん」彼はいった。「貧乏人にはクリスマスは悲しい季節です。私には家族はないんです。家具付きの部屋でひとり暮ししているんです」

「私にも家族はないのよ、チャーリー」ギャズヒル夫人がいった。そういったが不機嫌ではないことは明らかだった。ただ彼女の優雅さには無理にそうしているという痛ましさが感じられた。「つまり、今日は子どもたちは誰も来てくれないの。子どもが三人、孫が七人いるんですけれど、クリスマスを私と一緒に過ごそうとわざわざ東部にまでやってくる人間はひとりもいないの。もちろん彼らに事情があるのはわかっているわ。クリスマスに子どもを連れて旅行するのは大変ですものね。それでも私があの子たちの年にはいつもなんとかやりくりしたと思うけれど。でもいまは考え方が違っているのね。自分が理解できないからって子どもたちを非難してはいけないわね。でもあなたの気持はわかるわ、チャーリー。私も家族がいないの。あなたと同じように私もひとりぼっちよ」

ギャズヒル夫人の言葉を聞いても彼は心を動かされなかった。彼女はたしかに孤独かもしれない。しかし、彼女には部屋が十もある家がある。召使が三人もいる。お金をたくさん、ダイヤモンドをたくさん持っている。一方、スラムには貧乏な子どもたちがたくさんいる。彼らは彼女のコックが捨てる食べものに幸運にもありつけたらそれだけで幸福になるだろう。それから彼は貧しい子どもたちのことを考えた。ロビーの椅子に坐って彼らのことを考えた。

子どもたちにはいまが最悪の季節だ。秋の初めにクリスマスの興奮があちこちで始まる。貧しい子どもたちにとってそれはどんな日になるのだろう。感謝祭が終るころには彼らの目にはいやでもクリスマスの興奮が入ってくる。花輪や飾りがいたるところにある。ベルが鳴る。公園にはクリスマス・ツリーが立つ。町角のいたるところにサンタクロースがいる。雑誌や新聞の写真、町のあらゆる壁やショウウィンドウの写真は、いい子にしていれば欲しいものがもらえると語りかける。字が読めない子どもでもクリスマスの興奮を感じ取る。目が見えない子どもでもそうだ。貧しい子どもたちが吸い込む空気のなかにクリスマスが入り込んでしまっているのだ。町を歩くたびに子どもたちの目にショウウィンドウに飾られた高い玩具が入ってくる。彼らはサンタクロースに手紙を書く。両親は手紙を出すと約束する。そして子どもが寝てしまったあとに、手紙をストーヴで燃してしまう。そしてクリスマスの朝が来る。サンタクロースは金持の子どものところにしかやって来ない、いい子のことは気がつかないと、どうやって貧乏な子どもたちに説明すればいいだろう。子どもにあげられるものが風船かロリポップしかないとき、どうして彼らの顔を見ることができるだろう。

数日前の夜、仕事を終えて家に帰る途中、チャーリーはひとりの女と子どもが五十九丁目を歩いているのを見た。小さな女の子は泣いていた。泣いていると彼は思った。彼には女の子が泣いているのは玩具のショウウィンドウで玩具をたくさん見たのに、それがどうして自分のものにならないのか理解できないからだとわかっていた。母親は家政婦だろうと思った。あるいはウェイトレスかもしれない。彼らは自分と同じように緑色の壁の、暖房のない部屋に住んでいる。クリスマス・イヴに彼らはその部屋に帰って缶詰めのスープで食事をする。彼にはその姿が思い浮かんだ。そして小さな女の子はボロのストッキングを吊るして眠りにつく。母親は財布を開けストッキングに入れるものがなにかないか探す。——彼がそんなことを考えていると十一階のベルが鳴った。彼は上にあがった。フラー夫妻が待っていた。彼らがメリー・クリスマスというのに答えて彼はいった。「でも私には祭日なんていうものじゃないんです。貧しい人間にはクリスマスは悲しい季節なんです」

「子どもはいるの、チャーリー?」フラー夫人が聞いた。

「生きているのが四人」彼はいった。「死んだのがふたり」彼は自分の嘘の重さに圧倒された。「おまけに妻は身体が不自由なんです」彼は付け加えた。

「つらいでしょうね、チャーリー」フラー夫人はいった。エレベーターが一階のロビーに着くと彼女はエレベーターから出た。そして振り返った。「お子さんに何かプレゼントをあげたいわ、チャーリー」彼女はいった。「夫と私はこれから出かけなければならないけれど、戻ったらあなたのお子さんに何かプレゼントをしたいわ」

彼は彼女に礼をいった。四階のベルが鳴った。彼はウェストン夫妻を迎えに上にあがった。

「私にはとても祭日とはいえません」彼らがメリー・クリスマスといったとき彼はいった。「貧乏人にはクリスマスは悲しい季節です。私は家具付きの部屋にひとりで暮しているんです」

「かわいそうなチャーリー」ウェストン夫人がいった。「あなたの気持はわかるわ。

戦争中、夫がいなかったとき、私もクリスマスをひとりで過ごしたの。クリスマス・ディナーも作らなかったし、クリスマス・ツリーも何も用意しなかった。そしてひとりでスクランブル・エッグを作って坐って泣いたわ」先にロビーに出たウェストン氏がいらいらしながら妻を呼んだ。「あなたの気持はわかるわ」ウェストン夫人がいった。

昼ごろには、エレベーター・シャフトのなかの匂いは、ベーコンとコーヒーの匂いから七面鳥やカモなどさまざまな鳥を焼く匂いに変った。建物は大きな農場の雰囲気になり、クリスマスのお祝いの準備で忙しくなった。子どもたちとメイドも全員セントラル・パークから戻っていた。祖母や叔母たちがリムジンで到着した。ロビーを通る人間のほとんどは色紙で包んだプレゼントの箱を持っている。みんな最高の毛皮と新しい服を着ている。チャーリーは住人がメリー・クリスマスと挨拶するたびに愚痴をこぼし続けた。気分が変るたびに、孤独なひとり暮し、哀れな父親と話の内容を変えた。しかし、いくらそうやって憂鬱な気分を吐き出し、住人の同情をひいたところで彼の気分は少しもよくならなかった。

一時過ぎに九階のベルが鳴った。上にあがるとデュポウル氏が家のドアの前でカクテル・シェイカーとグラスを持って立っていた。「ちょっとしたクリスマスのごちそうだ、チャーリー」と彼はいってグラスに酒を注いだ。それからメイドがナプキンをかぶせた皿を載せたお盆を持ってあらわれた。デュポウル夫人がリビング・ルームから出てくる。「メリー・クリスマス、チャーリー」彼女はいった。「夫がちょっと早くガチョウを切ってしまったの。だからもらって、ね。デザートはお盆に載せたくなかったの。溶けるといけないでしょ、ね。だからディナーの時間がきたらまたお呼びするわ」

「プレゼントのないクリスマスなんてないだろう?」デュポウル氏はそういってホールから大きな平らな箱を持ってくるとそれをナプキンをかぶせた皿の上に置いた。

「おかげで本当のクリスマスが来たみたいです」チャーリーがいった。涙が目にあふれた。「有難うございます。有難うございます」

「メリー・クリスマス!　メリー・クリスマス!」デュポウル夫妻は大きな声でいって、チャーリーがお盆とプレゼントを持ってエレベーターに乗り込むのを見送った。彼は下に降りるとお盆と箱をロッカーにしまった。お盆の上には、スープと魚のクリーム煮のようなものとガチョウが何切れか載っていた。ベルがまた鳴った。しかし彼はそれに答える前にデュポウル夫妻にもらった箱を破って開けてみた。なかには部屋着が入っていた。彼らのやさしさとカクテルがきき始めた。彼は心を弾ませて十二階に行った。ギャズヒル夫人のメイドがお盆を持ってドアのところに立っていた。そしてギャズヒル夫人がそのうしろに立っていた。「メリー・クリスマス、チャーリー！」彼女がいった。彼は彼女に礼をいった。涙がまた目にあふれた。下に降りる途中、彼はギャズヒル夫人のお盆の上にあったシェリーを飲み干した。ギャズヒル夫人がくれたのは焼肉《グリル》だった。彼は指でラム・チョップを食べた。ベルがまた鳴っていた。彼はペーパー・タオルで顔をふき十一階に行った。「メリー・クリスマス、チャーリー」フラー夫人がいった。彼女は腕に銀紙で包んだ包みをたくさんかかえてドアのところに立っていた。広告の写真そっくりだった。となりにはフラー氏が彼女を抱いて立っている。ふたりともいまにも泣き出しそうに見えた。「お子さんに持っていってもらいたいものがあるの」フラー夫人がいった。「それから奥さんとあなたのものもあるわ。まずこれをエレベーターのところにもっていくといいわ。そのあいだにあなたのためのディナーを用意するわ」彼は包みをエレベーターに運び、ディナーのお盆をもらいにまた戻った。「メリー・クリスマス、チャーリー！」フラー夫妻はドアを閉める彼に向かって大きな声でいった。彼はディナーとプレゼントをロッカー・ルームにしまい、自分の印がついた包みを破って開けた。なかにはワニ革の財布が入っていた。角のところにフラー氏のイニシャルがついていた。彼らのディナーもガチョウだった。彼は指でひと切れ食べ、カクテルで流し込んだ。その時ベルが鳴った。彼は上にあがった。こんどはウェストン夫妻だった。「メリー・クリスマス！」といって彼らはカップ一杯のエッグノッグと七面鳥とプレゼントをくれた。彼らのプレゼントも部屋着だった。それから七階のベルが鳴った。彼は上にあがった。またディナー、それにまた玩具だった。それから十四階のベルが鳴った。上にあがるとヒューウィング夫人がネグリジェのようなものを着て、片手に乗馬靴、もう一方の手にネクタイを何本か持ってホールに立っていた。彼女はずっと泣きながら酒を飲んでいたようだった。「メリー・クリスマス、チャーリー」彼女はやさしくいった。「あなたに贈り物をしたいの。私、午前中、ずっとあなたのことを考えていたのよ。部屋じゅう探したんだけど男の人に喜んでもらえそうなのはこれしか見つからなかったの。ブリュワーが残してくれたのはこれだけ。あなたが乗馬靴を使うとは思えないけれどネクタイはお好みじゃないかしら？」。チャーリーはネクタイをもらい彼女に礼をいい、ベルが三度鳴ったので急いでエレベーターのところに戻った。

三時までにチャーリーはテーブルとロッカー・ルームの床の上にディナーを十四種

類も広げていた。それでもベルは鳴り続けていた。ひとつ食べようとすると上にあがっていってまたひとつもらってくる。パーソンス夫妻にもらったローストビーフを食べている途中で彼は上にあがってデュポウル夫妻のデザートを取ってこなければならなかった。ロッカー・ルームのドアを閉めておいた。マンションの住人たちは慈善をほどこしているのは自分だけだと思いたいだろうし、彼の孤独を慰めようとやっているのが自分ひとりではないとわかると失望すると思ったからだった。ガチョウ、七面鳥、ニワトリ、キジ、ライチョウ、鳩。さらにマス、サケ、クリームをかけたホタテ貝とカキ、ロブスター、カニ、しらうお、クラム、プラムプディング、ミンスパイ、ムース、溶けてぐちゃぐちゃになったアイス・クリーム、レーヤーケーキ、トルテ、エクレア、バーバリアン・クリームがふた切れ。さらにまた部屋着、ネクタイ、カフスボタン、ソックス、ハンカチ。住人のひとりは彼の首のサイズをとらせてくれといって彼に緑色のシャツを三枚くれた。ジャスミン・ハニーというラベルの貼ってあるガラス製のティーポット、アフターシェイブ・ローションが四びん、縞大理石のブックエンド、そしてステーキ・ナイフが一ダース。彼が呼びおこした慈善行為がなだれとなってロッカー・ルームをいっぱいにした。彼はいまやためらいを感じざるを得なかった。女性の心のなかの泉に触れてしまったようだった。その泉から湧き出る食べものと部屋着で生き埋めになりそうだった。彼はもう食べものには手をつけなかった。一人前はどれも異常に大きかったからだ。ひとり暮しをしていると食欲が獣みたいにあると思われたようだった。本当はいない子どもたち用にもらったプレゼントも開いてはいなかったが、もらった飲みものはぜんぶ飲んでしまっていた。彼のまわりにはまだ少し、マティーニ、マンハッタン、オールド・ファッション、シャンパン・ラズベリー・シュラブ・カクテル、エッグノッグ、ブロンクス、サイドカーがあった。

彼の顔は赤くなっていた。彼はいまやこの世の中を愛していた。そして世の中も彼を愛していた。自分の人生を思い返してみると、それが豊かで素晴しい光に包まれているように見えた。驚くべき体験とふつうでは得られない友人にあふれているように思えた。彼は、エレベーター係の仕事――何百フィートもの危険な空間を上がったり下がったりする――は飛行士と同じ勇気と知性が求められるものだと思った。部屋の緑色の壁や何か月もの間の失業といった彼の人生を圧迫しているものは消えた。誰もベルを鳴らしていなかったが、彼はエレベーターに乗るとフルスピードでペントハウスまで上がりまた下にさがった。この空間を支配しているのは自分だという素晴しい気持をためすために上がったり下がったりした。

そうしているときに十二階のベルが鳴った。彼はゆっくりエレベーターをとめてお、いてギャズヒル夫人が乗ってくるのを待った。エレベーターが下がり始めると彼はすっかりうれしくなって発作的にハンドルから手を放して叫んだ。「安全ベルトをお締めください、ギャズヒルさん！　これから宙返りとまいりましょう！」。ギャズヒル夫人は悲鳴をあげた。それからどうしたわけかエレベーターの床に坐った。彼女はどうして顔色が悪いんだろうと彼は不思議に思った。どうして彼女は床に坐っているのだろう？　彼女はまた悲鳴をあげる。彼はエレベーターをゆっくりと、巧みにとめた。自分ではそう思った。そしてドアを開けた。「こわがらせたとしたらお許しください、ギャズヒルさん」彼はおとなしくいった。「ふざけただけです」彼女はまた悲鳴をあげた。それから彼女は叫び声をあげて管理人を呼びながらロビーに走り出た。

管理人はチャーリーをクビにすると、自分でエレベーターを運転した。チャーリーは仕事を失ったという事実をしばらく考えていた。その日はじめて体験する人間の不親切な行為だった。彼はロッカー・ルームに坐って鶏のドラムスティックをかじった。酒のおかげで酔っぱらい始めていたが、完全には酔っていなかったので、いずれ酔いがさめてみじめな気持になるだろうと思った。もらいすぎてしまった食べものとプレゼントの山を見て、彼はうしろめたさと恥ずかしさを感じ始めていた。子どもがいると嘘をついたことを苦く後悔した。彼はつつましい望みしか持っていないひとりものだった。上の階の住人たちの善意を悪用した。恥ずかしかった。

それから酔っぱらった頭が汽車みたいに走り出し、やがて下宿の女主人と彼女の三人のやせた子どもの姿がくっきりと浮かんだ。彼は地下室に坐っている彼らのことを考えた。クリスマスのごちそうは彼らのところを通り過ぎてしまった。そう考えると彼は立ち上がった。自分はいま人にものを与える立場にある。誰か他人に幸福を運んでやることが簡単にできる。そのことに気がつくと酔いがさめた。彼はゴミを集めるために使っている麻の袋を取ると、そのなかにまず自分がもらったプレゼント、次に実際にはいない子どもたち用にもらったプレゼントを詰め込んだ。乗った汽車が降りる駅に近づいている乗客のように急いで詰め込んだ。ドアを開けたとき、彼らの悲しそうな顔が喜びで輝くのを見るのが待ちきれなかったからだ。彼は服を着替えた。素晴しい、これまで感じたことのなかったような力に突き動かされて、サンタクロースのように袋を背中に背負うと裏口から外に出た。そしてタクシーを拾ってロワー・イースト・サイドに向かった。

下宿の女主人と子どもたちはこの地区のデモクラティック・クラブから送られてきた七面鳥を食べ終えたところだった。チャーリーが「メリー・クリスマス！」と叫びながらドアを叩き始めたとき、彼らは詰め込みすぎて気分が悪くなっていたところだった。彼は袋を引きずって子どもたちのプレゼントを床にぶちまけた。人形、音楽をかなでる玩具、積木、ミシンの玩具、インディアンの服、織機。予想したとおり、彼が地下室に現われるや、部屋の憂鬱な気分がどこかに消えたように彼には思えた。プレゼントを半分まで開けると彼は女主人にバスローブを与え、自分がもらったものを見るために部屋に上がっていった。

一方、女主人の子どもたちはチャーリーが現われるまでにすでにプレゼントをたくさんもらっていたので、また新たにもらって困惑していた。ただ、女主人は慈善がどういうものか直観的にわかっていたので、チャーリーがまだ部屋にいるあいだに彼に気をつかってプレゼントをいくつか子どもに開けさせた。しかし、彼がいなくなるや、彼女はまだ開いていないプレゼントの前に立ちふさがった。「さあ、みんなもう充分でしょ」彼女はいった。「もう自分がもらう分はもらったでしょ。もらったものを見てみなさいよ。半分も手をつけていないじゃない。メアリー・アン、あなた、消防署がくれたお人形さんを見てもいないのね。残っているものを全部集めてハドソン通りの貧しい家の人たちに持っていくといいわ――デッカーさんのところとか。あの人たちは何ももらっていないのよ」。自分が人にものを与える立場にある、ごちそうを人にあげることができる、自分より貧しい病人に指をあてて病気をなおすことができる、そう考えると彼女の顔はぱっと明るくなった。――デュポウル夫人やウェストン夫人がそうだったように、チャーリーがそうだったように、そしてデッカー夫人だって自分よりもっと貧しいシモンズ家のことを考えるとそうなるように、最初は愛が、次に慈善の心が、さらに自分には力があるという自信が彼女を行動にかりたてた。「さあ、みんな、ここにあるものを集めるのを手伝って。急いで、急いで、急いで」彼女はいった。暗くなっていたから急ぐ必要があった。彼女は、今日一日だけ自分たちはひとりひとりその場限りの慈善行為でつながっているのだということに気がついた。そしていまその大事な日が終ろうとしている。彼女は疲れていたが、休んではいられなかった。とても休んではいられなかった。

離婚の季節

私の妻は褐色の髪をしていて目は黒い。性格はやさしい。私はときどき妻がやさしいために子どもたちがわがままになっていると思うほどだ。彼女は子どものいうことをなんでも聞いてしまう。子どもたちはいつも彼女にまとわりついている。エセルと私は結婚して十年になる。ふたりともニュージャージー州のモリスタウンの出身で、幼なじみだったために私は彼女に最初に会ったのがいつだったのか正確に憶えていない。結婚生活はこれまでのところ私には幸福で意味のあるものに思える。家は東五十丁目の、エレベーターのついていない建物の中にある。息子のカールは六歳で名門の私立学校に通っている。娘は四歳で学校は来年からだ。私たちはよく自分たちが受けた教育のことを批判するのだが、結局は子どもたちを自分たちと同じように教育しようと一生懸命になっているようだ。いずれ子どもたちは私たちと同じ学校、同じカレッジに行くことになるだろう。

エセルは東部のある女子だけのカレッジを卒業し、そのあと一年間グルノーブル大学に留学した。フランスから帰国したあと、一年間ニューヨークで仕事をした。それから私たちは結婚した。彼女は卒業証書を台所の流しの上に掛けたことがあったが、そのジョークは長く続かなかった。あの卒業証書がいまどこにあるのか私は知らない。エセルはやさしいだけでなく明るくて柔軟性がある。私たちは、ふたりともなにかというとすぐ古き良き昔を思い出したがる、あの膨大な層のミドルクラスに属している。失ってしまった財産の意味は私たちにとって大きい。だから私は、自分が、生まれ故郷とは違う土地に懸命になってなじもうとしながら、ときどき故郷の海岸の崖を思い出してしまう故郷喪失者たちのひとりのように感じてしまう。私たちの生活は私のささやかな収入の範囲内に限定されていて変化がない。だからエセルの日常生活を描写するのは簡単だ。

彼女は朝七時に起きてラジオをつける。服を着がえると子どもたちを起こして朝食を作る。息子は八時にはスクール・バスのところまで歩いていかなければならない。息子を送って戻ってくるとキャロルの髪を編んでやる。私は八時半に家を出るが、そのあとエセルがすることは、家事、料理、買物、それに子どもたちのいうことを聞くことに費やされることはわかっている。水曜日と木曜日には十一時から十二時まで彼女はスーパーマーケットのA&Pにいる。天気のいい午後にはいつも三時から五時まで近くの公園のベンチにいる。月曜日と水曜日と金曜日には家の掃除をする。雨の日には銀食器を磨く。六時に私が家に戻ると、彼女はいつも野菜を洗っていたり夕食の支度をしたりしている。それから子どもたちに食事と入浴をさせる。夕食の支度が出来て、リビング・ルームのテーブルに食べ物と皿が用意される。そのとき彼女はまるで何かなくしたか忘れたかのようにぼんやりと部屋の中央で立ちつくす。深くもの思いにふけっているので、このとき私が彼女に話しかけても何も聞いていないし、子どもたちが呼んでも耳に入らない。やがてその状態が終る。彼女は、銀の燭台に立てた四本の白いろうそくに火をつける。私たちは席について、コーンビーフをいためたものなどの質素な夕食に向かう。

私たちは週に一、二回外出する。月に一回ほど映画を見たり芝居を見たりする。生活するうえで便利なのでつきあう人間の多くは近所の人たちだ。ニューサムという気のいい夫婦が開くパーティによく出かける。ニューサム家のパーティは規模が大きく、人でごった返している。そしてあちこちで気ままな親しげな会話がかわされる。

私たちは、ある晩、ニューサムの家でトレンチャー医師夫妻に引き合わされた。どうしてそういう成り行きになったのかは、私にはいまだにわからない。トレンチャー夫人がこの交際にはいちばん積極的だったと思う。はじめて会ったあと、彼女は、エセルに三回か四回電話してきた。私たちは夕食に呼ばれて、彼らの家に行った。彼らも私たちの家に来た。夕方、トレンチャー医師は、年取ったダックスフントを散歩に連れて出た時など、私たちの家に立ち寄ったりした。彼は、付き合うには気持のいい男に見えた。他の医者たちが、彼は優秀な医者だというのを耳にした。トレンチャー夫妻の年齢は三十歳くらい。少なくともトレンチャー氏はそう見える。夫人はもうすこし年がいっている。

トレンチャー夫人は美人とはいいがたい。ただどこがそうなのか、具体的に説明するのは難しい。小柄だが、スタイルはいい。顔だちもふつうだ。それなのに不美人の印象を受けるのは性格的に引っ込み思案だからではないかと思う。彼女はあまりにも自分の可能性を小さくみているようだ。夫のほうはタバコも酒もやらない。そのせいかどうかわからないが、細面《ほそおもて》のその顔色はつやつやしている――頬はピンク色、ブルーの目は鮮やかで力強い。自信に満ちた医者として死など恐れない楽天的な態度を見せつけている――彼によれば、死はまれにしかない不運でしかなく、医学はただ死に打ち勝つためにある。妻が不美人に見えるのと同じ程度にはっきりと彼は若く見える。

トレンチャー夫妻は私たちの家の近くの、居心地のいい、地味な一軒家に住んでいる。昔ふうの家だ。リビング・ルームは広い。玄関ホールは暗い。ふたりのどことなくぎくしゃくした関係からか、家の中も暗く寒々としている。そのために、ときどき夜の終りになると、家のなかにからっぽの部屋がたくさんあるような印象を受ける。トレンチャー夫人は明らかに自分の持ち物――服、宝石、家のために買った装飾品

――と年取ったダックスフントのフロイラインに愛着を持っている。彼女は、禁じられたことをするようにおどおどして、フロイラインにテーブルの上の食べ残しを与えてやる。夕食が終ると、フロイラインは、ソファに坐った彼女の傍らで横になる。テレビの緑色の光がちらちら彼女のやつれた顔とフロイラインをなでる細い手にかかる。その姿を見ると、私には、トレンチャー夫人は善良だがみじめな人間に思える。

トレンチャー夫人は午前中エセルに電話してきては昼食や芝居のマチネに誘い始めた。エセルは昼間家を空けることはできないし、長電話は嫌いだという。トレンチャー夫人は極端なゴシップ好きだとこぼした。そんなある午後、トレンチャー医師が、エセルが子どもたちを遊ばせている公園に現われた。彼は通りすがりに彼女の姿を見ると並んで坐り、彼女が子どもたちを家に連れて帰る時間が来るまでそうしていた。数日後、彼はまた姿を現わした。そして、定期的に公園にいる自分のところに現われるようになった、と彼女は私にいった。エセルは、たぶん彼はそんなにたくさん患者をかかえていなくて、することもないので誰でもいいから人と話せれば幸福なのだと思った。それから、ある晩、私たちがいっしょに皿を洗っているとき、エセルが考え込みながらこういった。トレンチャーの態度はどこか変ったところがある。「私のことをじっと見るのよ」彼女はいった。「溜め息をついて私のことをじっと見つめるの」。

公園にいる妻の様子は決して華のあるものではない。彼女は古いツイードのコートを着て、オーバーシューズをはき、軍隊用の手袋をはめている。スカーフをあごのところで結んでいる。公園はスラムと河のあいだにあり、フェンスで囲まれ舗装されている。そんな場所で、身なりのいい、ピンク色の頬をした医者がエセルに心を奪われている姿はまともには受け取り難い。彼女は、それから何日間か彼のことを口にしなかった。私は、彼が現われなくなったのだろうと想像した。その月の終りにエセルの誕生日がきた。私はそれを忘れていたが、その晩家に帰ってみると、リビング・ルームにバラの花がたくさんあった。トレンチャーからの誕生日のプレゼントだと彼女はいった。私は彼女の誕生日を忘れていたことで不機嫌になった。そしてトレンチャーのバラを見ると腹が立ってきた。彼女に、最近彼に会ったのかどうか聞いた。

「ええ、会ったわ」彼女はいった。

「ほとんど毎日午後に公園に来るの。そのことといわなかったかしら？　彼、告白したの。私のこと愛しているって。私なしでは生きていけない。私の声を聞くためなら火のなかにだって入るって」彼女は声をたてて笑った。

「彼、そういったのよ」

「いつ？」

「公園で。そして家に歩いて帰ったわ。昨日のことよ」

「あの男、いつから君のことを知っているんだ？」

「それがね、ちょっと変なの」彼女はいった。「彼、あの晩ニューサムの家で会う前から私のこと知ってたのよ。あの三週間前に市バスを待っている私を見たって。私のことを見ただけなのに、その瞬間に私のことが好きになったっていったわ。もちろん、頭がおかしいのよ」

　私は、その晩疲れていたし、税金や支払いのことで頭がいっぱいだったから、トレンチャーの告白を滑稽な勘違いくらいにしか考えられなかった。彼は私の知っている他の人間たちと同じように何か財政的、感傷的な問題を抱えているのだろう、そして、彼にはもはや、自由にフランス領ギアナを徒歩旅行したり名前を変えてシカゴで新しい生活をしたりすることができないように、街角で出会った見知らぬ女性に自由に恋することなどできないのだろうと感じた。公園で彼が告白した姿を想像すると、私にはその様子は、大都市によくありがちな、あの偶然の出会いを思わせた。たとえば盲目の男が道を横断するのに手を貸してくれという、そして手を貸して立ち去ろうとすると、彼はこちらの腕をつかんで、残酷で恩知らずな子どもたちのことを夢中になって話し出す。あるいは、エレベーター係の男がこちらをパーティ会場に運んでゆくあいだ突然こちらを向いて自分の孫が小児麻痺にかかっていると話し出す。大都市にはこういう突然の告白、助けを求めるかすかな叫び声、赤の他人なのに同情をしめすとすぐになんでも話してしまう人間があふれている。そして私には、トレンチャーは、こういう盲目の男やエレベーター係と同じに思えた。彼らがそうであるように、彼の告白も私たちの生活にはなんの関係もなかった。

トレンチャー夫人から長電話はかかってこなくなっていた。私たちもトレンチャー夫妻の家に行くのをやめていた。しかし、ときどき私は、朝仕事に遅れて市バスに乗るとよく彼の姿を見かけた。彼は私を見ると明らかに困惑した様子を見せた。しかし、その時間いつもバスは混んでいたからお互いに相手の姿を見ないようにすることは容易だった。そのうえ、私はそのころ仕事のうえで大きなミスをしてしまい、会社に数千ドルの損害を与えてしまった。クビになることはまずなさそうだったが、もしかするとなるかもしれないといつも不安だった。その悩みと、会社でより多くの利益をあげなければならないという重荷で、私は、この奇妙な医者のことはほとんど忘れてしまっていた。エセルが彼のことを口にしなくなってから三週間たった。それからある晩、私は、本を読んでいるときに、エセルが窓のところに立って通りを見下ろしているのに気がついた。

「彼、あそこにいるわ」彼女がいった。

「誰が？」

「トレンチャーよ。ここに来て、見てごらんなさい」

私は窓のところに行った。通りの向こうの歩道には三人しか人がいなかった。暗くて見分けるのは難しかったが、三人のうちのひとり、角のほうに歩いている男がダックスフントを鎖につないで連れている。その男がトレンチャーに違いなかった。

「これがどうした？」私はいった。「ただ犬の散歩をしているだけじゃないか」

「でも私が最初に窓から見たときは彼、犬の散歩なんかしていなかったわ。そこに立ってこちらの建物をじっと見ていたの。よくそうやるって彼いってるわ。ここに来て、うちの灯りのついた窓をじっと見上げてるって」

「いつそういったんだ？」

「公園でよ」

「君は公園を変えたと思っていた」

「ええ、もちろん、そうよ。でも、彼、私のあとを追いかけてきたの。彼、頭がおかしいわ、絶対におかしいわ。でも、かわいそうにも思うの。毎晩ここにきて夜じゅう、うちの窓を見上げているんですって。私のいろんなところが見えるんですって――首とか、眉とか、それに私の声も聞えるって、彼、これまで自分の人生で妥協したことはない、だからこんどのことでも妥協するつもりはないっていってるの、あの人がかわいそうだわ、あなた。かわいそうで仕方ないの」

このときはじめて、私は事態が深刻なものに思えた。というのも、彼の頼りなげな態度の中に、エセルだけではなくて一般に女性が持っている、理性で判断できない、気まぐれの情熱を呼び起こす何かがあることがわかったからだ――女性は助けを求める叫び声、同情をひく声に抗うことができない。この情熱は理性的なものではない。私は、彼女が彼に同情を感じるくらいなら、いっそ欲望を感じてくれたほうがいいと思った。その晩、寝ようとしていると電話が鳴った。私が受話器を取って、もしもしといっても返事がない。十五分後、また電話が鳴った。今度も返事がなかった。私は大声でトレンチャーをののしり始めた。しかし、彼は応えなかった――電話を切るときのカチッという音もしなかった――自分が馬鹿なように感じた。だから私はエセルを、彼を誘惑した、つけあがらせたといって非難した。しかし、こんな非難は彼女には意味がなかった。そのあと前よりももっとひどい気分になった。彼女には何の罪もないことがわかっていたからだ。彼女はこれからもいままでどおりに買物に出たり、子どもを外気にあてに外に出たりしなければならない。そのときトレンチャーが彼女を待っていたり、あるいはうちの灯りを見上げていたりすることを法律で禁じるわけにはいかないのだ。

私たちは次の週のある夜、ニューサム家のパーティに行った。コートを脱いでいると、トレンチャーの声が聞えた。彼は、私たちが現われるとすぐに立ち去った。しかし、彼の様子は私を怒らせた——エセルを見る悲しげな目、私に道を譲った態度、ニューサム夫妻が引き止めるのを断った悲しそうな態度、それに彼のみじめな妻に見せたやさしい心づかい。そのとき私は、たまたまエセルの様子に気がついた。彼女は顔を上気させていた。目は輝いている。ニューサム夫人の新しい靴を誉めているときも、心はそこになかった。その夜、家に帰ると、ベビー・シッターが不機嫌に、子どもたちがふたりとも寝ないといった。エセルは子どもたちの熱をはかった。キャロルは大丈夫だったが、息子のほうは四十度の熱があった。その晩、私たちは、ふたりともよく眠れなかった。朝、エセルが会社に電話してきてカールは気管支炎だといった。三日後に、妹にも病気がうつった。

次の二週間、私たちは病気の子どもたちの世話に追われた。夜の十一時と午前三時に薬をやらなければならなかったのでふたりとも満足に睡眠をとれなかった。部屋の換気をすることも掃除することもできない。バスの停留所から寒さのなかを歩いて家に帰ってくると、せきどめのシロップやタバコや果物の芯や病人のベッドのいやな臭いがした。いたるところに毛布や枕、灰皿、薬のびんが散らばっている。私たちは、病人の世話をうまく分担し、夜中に交替で起きるようにした。それでも私は、昼間よく会社の机で眠ってしまったし、エセルも夕食のあとリビング・ルームの椅子で眠ることがあった。疲労は大人と子どもでは意味が違って見える。大人は疲労を認識できる。その原因がわかっていれば疲労に負けることはない。しかし原因がわかっていても疲労に負けることもある。私たちがそうだった。疲れ果てて私たちは理性をなくし、不機嫌になった。深い憂鬱の犠牲者だった。病気のヤマを越したある晩、私は、家に帰るとリビング・ルームにバラがあるのに気づいた。エセルはトレンチャーが持ってきたのだといった。彼を家に入れなかった、目の前でドアを閉めたといった。私はバラを取ると外に投げ捨てた。ケンカはしなかった。子どもたちは九時に眠った。九時少し過ぎに私は眠った。それから何かの物音で目が覚めた。

　玄関ホールに灯りが見えた。子ども部屋とリビング・ルームは暗い。エセルが台所のテーブルのところに坐ってコーヒーを飲んでいた。

「新しくコーヒーを入れたの」彼女はいった。「キャロルの喉の具合がまた悪くて蒸気をあててやったの。ふたりともいまは眠っているわ」

「ずっと起きていたのか？」

「十二時半から」彼女がいった。「いま何時？」

「二時だ」

私はカップにコーヒーを入れて坐った。彼女はテーブルから立ち上がると、流しの上に掛かっている鏡のなかの自分を見た。風の強い夜だった。犬が一匹、どこか私たちの下の家で悲しそうな声を出していた。不安定になったラジオのアンテナが台所の窓にぶつかった。「木の枝がぶつかる音みたい」彼女がいった。

じゃがいもの皮をむいたり皿を洗ったりするための台所の裸の光のなかで彼女は疲れ切って見えた。

「子どもたち、明日は外に出られるかな？」

「そうだといいけれど」彼女はいった。

「知ってる？　私もう二週間以上この家から外に出ていないのよ」彼女は苦しそうにいった。私は驚いた。

「二週間なんてたっていないだろう」

「二週間以上になるわ」彼女はいった。

「よし、じゃあ、数えてみよう」私はいった。「子どもたちが病気になったのは日曜日の夜だ。四日だった。今日は……」

「やめて、やめて」彼女はいった。「どれだけたったか私にはわかっているの。もう二週間も靴をはいていないわ」

「それがひどく悪いことなのか」

「悪いわよ。ちゃんとした服もずっと着てないし、髪もめちゃくちゃ」

「それはなお悪いな」

「母のコックだってもっといい暮しをしていた」

「そうかな」

「母のコックだってもっといい暮しをしていたわ」彼女は大声でいった。

「そんな声出したら子どもたちが起きてしまうよ」

「母のコックだってもっといい暮しをしていたわ。とてもいい部屋を持っていた。彼らの許可がなければ誰も台所に入れなかった」。彼女はコーヒーのかすをゴミ箱に投げ捨てポットを洗い始めた。

「今日の午後トレンチャーはどのくらいここにいたんだ?」

「一分よ。話したでしょ」

「信じないよ。彼はここにいたんだ」

「いなかったわよ。家には入れなかったの。彼を家に入れなかったのは私がひどい格好をしていたから。彼をがっかりさせたくなかったの」

「どうして？」

「わからないわ。彼は馬鹿かもしれない。正気じゃないかもしれない。でも彼が私にいってくれることを聞いていると私とてもいい気分になるの。彼、私を最高の気分にしてくれるわ」

「出て行きたいのか？」

「出て行く？　どこに？」彼女は食料品の支払い用に台所に置いてある財布に手を伸ばし、その中から、小銭を勘定して取り出した。二ドル三十五セントあった。「オッシニングに？　モンクレアに？」

「トレンチャーと一緒になるのかという意味だよ」

「わからない、わからないわ」彼女はいった。「でも私がそうしちゃいけないなんて誰がいえるの？　そうしたからってどこが悪いの？　いいことって何？　誰にもそんなことわからない。私は子どもたちを愛している。でもそれだけでは満足できないの。充分ではないの。子どもたちを傷つけたくないわ、でも、あなたと別れたら子どもたちを傷つけるのかしら？　離婚ってそんなにおそろしいもの？　夫婦を結びつけているもののなかでいいものってどれだけあるの？」。彼女はテーブルのところに坐った。「グルノーブルで勉強していたころ」彼女はいった。「チャールズ・スチュワート〔十九世紀、アメリカの海軍で活躍〕についてフランス語で長い論文を書いたことがあったわ。シカゴ大学のある教授が私に手紙をくれた。でも、いまではもう辞書なしではフランス語の新聞も読めない。新聞を読む時間もない。私は自分が何も出来ないのが恥ずかしい。自分の外見が恥ずかしい。もちろん私はあなたを愛しているし、子どもたちを愛しているわ。でも私は自分も愛している。自分の人生も愛している。私の人生は何か価値があるものだわ、私に何か約束してくれている。トレンチャーのくれたバラを見ると、私は自分の人生を失っていると感じるの。私のいうことわかる？　何をいっているか理解できる？」

「あの男は狂っている」私はいった。

「私のいうことわかる？　何をいっているか理解できる？」

「いや」私いった。「わからないよ」

そのとき、カールが目をさまして母親を呼んだ。私はエセルにベッドに行くようにいった。そして、台所の灯りを消して子ども部屋に行った。

子どもたちは次の日、気分がよくなった。日曜日だったので私は彼らを連れて散歩に出た。午後の日の光は暖かで清潔だった。ただ、あたりに色彩のあるものはない。それでいまがまだ真冬なことを思い出す。観光船が戻ってくる。次の週には黄水仙がひと束二十五セントで売られるだろう。レキシントン・アヴェニューを下って歩いていると、空から教会のオルガンのような低い音が聞えてきた。私たちだけでなく歩道を歩いていた人間は、信心深く愚かな信者のように敬虔な思いとなんの音だろうという当惑のまじった気持で空を見上げた。重爆撃機が編隊を組んで海のほうに向かっているのが見えた。午後の日がかげり、寒くなった。空気は清潔で静かだった。その静けさのうえにイースト・リヴァー沿いの煙突から吐き出された煙が単語と文章を書いているように見えた。ペプシコーラの広告の飛行機の字のように読み取れた。ハルシアン〔神話の鳥〕。ディザースター〔災害〕。意味を読み取るのは難しかった。一年のなかのよくない時期に思えた——胃炎、気管支の病気、呼吸器の病気にふさわしい、いやな日に思えた。太陽の光を見ているうちに私は、いまは離婚にふさわしい季節なのだと確信した。長い午後だった。暗くなる前に子どもたちを家に連れ帰った。

その日の重苦しい気分が子どもたちにも伝わったのだと思う。家に帰ったあと子どもたちは静かだった。重苦しい気分はそのあとも私から離れなかった。何かが変ってしまった。そのために心臓の動きだけでなく時計の動きも影響を受けて進み方が変ってきたように感じた。私は戦争中、エセルがウェスト・ヴァージニアから西カロライナ、オクラホマまで私の連隊に自分の意志でついてきたその気持、そのときの彼女が泊まった客車や宿、私が国を去る前に彼女に別れをいったサンフランシスコの通り、そうしたものをなんとか思い出そうとしたが、それを言葉にあらわすことはできなかった。私たちはふたりとも何を話したらいいかわからなくなっていた。あるとき夜になって、子どもたちは入浴をすませベッドに行かされた。私たちは坐って夕食を食べようとした。九時ころだった。ドアのベルが鳴った。私が玄関に出る。トレンチャーの声がインタフォンから聞えたので、なかに入るようにいった。

部屋に入ってきた彼の心は乱れ、気を高ぶらせているように見える。カーペットのへりにつまずいた。「歓迎されていないのはわかっています」彼は、耳が聞えない人間に話すかのように大きな声でいった。「私が来るのを快く思っていないことはわかっています。私はあなたの気持を尊重します。ここはあなたの家です。私は家の主人の気持を尊重します。いつもは招待されない限り他人の家に押しかけるようなことはしません。私はあなたの家に敬意を払っています。あなたの結婚生活に敬意を払います。お子さんたちに敬意を払います。すべてを明らかにするのがいいと思っています。私がここにきたのは、あなたの奥さんを愛しているというためです」

「出て行け」私はいった。

「私のいうことを聞いてください」彼はいった。「私はあなたの奥さんを愛していま す。あの人なしでは生きていけません。努力はしましたが、できません。他の場所に行くことも考えました――ウェスト・コーストに引越すことも考えました。しかし、そうしたところで変りはありません。私はあの人と結婚したいんです。私はロマンティックな人間ではありません。現実家です。非常に現実的な男です。あなたには子どもがふたりいて、金持ではないことはわかっています。どちらが子どもをひきとるかとか財産の問題、その他、決めなければならないことがあるのはわかっています。私はロマンティックな人間ではありません。現実的な人間です。このことは妻ともよく話し合いました。彼女は離婚を承諾してくれました。私は隠しだては嫌いです。奥さんなら、このことをわかっていると思います。これから考えなければならない現実的な問題がたくさんあるのはわかっています。子どもをどちらがひきとるか、財産の分け方、その他のいろんなこと。お金はたくさん持っています。エセルに必要なものはなんでもあげることができます。しかし、子どもの問題があります。子どものことだけはおふたりで決めてください。ここに小切手があります。エセルの名義になっています。彼女にこれを持ってネヴァダ州に行って欲しいのです。私は現実的な男です。彼女が正式に離婚するまで何も決められないことはわかっています」

「ここから出て行け！」私はいった。「ここから出て行くんだ！」

彼はドアのほうに歩き始めた。マントルピースの上に鉢植えのゼラニウムがあった。私はそれを部屋の向こうにいる彼に投げつけた。鉢は彼の腰のところに当たった。彼は倒れそうになった。鉢は床で粉々になった。エセルが叫び声をあげた。トレンチャーは玄関のほうに行きかけている。私は追いかけて、ろうそく立てをつかむと、彼の頭めがけて投げたが、彼には当たらずに壁にぶつかった。「ここから出て行け！」私は叫んだ。彼はドアを閉めた。私はリビング・ルームに戻った。エセルの顔は真青だったが泣いてはいなかった。暖房機を強く叩く音がした。上の階の住人たちがうるさい、静かにしろといっているのだ。緊急の合図で効果的だ。刑務所の囚人たちが鉛管を叩いてコミュニケーションをはかるのに似ている。それからすべてが静かになった。

私たちは眠りについた。夜中に私は目をさました。暗くてドレッサーの上の時計を見ることができず、何時だかわからなかった。隣近所は静まりかえっている。灯りのついている窓はひとつもなかった。それから私は目覚めたのはエセルのせいだとわかった。彼女はベッドに横になっている。泣いていた。

「どうして泣いたりしてるんだ?」私は聞いた。

「なぜ泣いてるかって?」彼女はいった。「なぜ私が泣いているかって?」。彼女は私の声を聞こうとした。また話そうとする。それから激しく泣き始めた。彼女はベッドに坐ったまま身体を起こして部屋着の袖に腕を通した。そして、タバコの箱を取ろうとテーブルを手探りした。彼女がタバコに火をつけたとき涙に濡れた顔が見えた。彼女が暗闇のなかで歩く音がした。

「なぜ泣いているんだ?」

「なぜ泣くかって? 私がなぜ泣くかって?」彼女はいらいらしながらいった。「私が泣くのは、三番街でお婆さんが小さな男の子をひっぱたいていたからよ。彼女、酔っ払っていたわ。私はその光景を頭のなかから追い出すことができないの」。彼女はベッドの足のところからキルトのカヴァーを引っ張って、それを身体に巻いてドアのところに歩いていった。「私が泣くのは、十二歳のときに父が死んだから。母が私の嫌いな男、嫌いだと思った男と結婚したから。私が泣くのは、二十年前にあるパーティにひどいドレスを着て行かなければならなかったから——気が滅入るようにひどいドレスだった。パーティで少しも楽しくなかった。私が泣くのは、もう覚えていないような意地悪な目にあったため。私が泣くのは、疲れているから――疲れていて眠れないから」

彼女がソファに身を横たえる音がした。それから静かになった。

私は、トレンチャー夫妻がどこかに行ってしまったと考えたい。しかし、いまだにときどき会社に遅くなって市バスに乗るとトレンチャーの姿を見る。彼の妻にも会う。彼女はダックスフントを連れて近所の貸し出し専用図書館に出掛けてゆく。彼女は年取って見える。私は他人の年齢をあてるのは得意ではないが、彼女が夫よりも十五歳年上だといわれても驚かないだろう。私たちの生活は元に戻った。夜、家に帰ると、エセルは、まだ流しのそばの椅子に坐って野菜を洗っている。私は彼女といっしょに子どもたちの部屋に行く。部屋の灯りは明るい。子どもたちはオレンジを入れる箱を加工して、何か途方もなく大きなものを作っている。子どもたちの愛らしさ、熱心に何か作ろうとする気持、灯りの輝き、そうしたものがエセルの顔に映し出され、ふくらんでゆく。それから彼女は子どもたちに食事を与えて、入浴させ、テーブルの用意をし、夜と昼を結びつける何かを見つけ出そうとするかのように部屋の中央にしばらく立ちつくす。それから彼女は四本のろうそくに火をつける。私たちは席についてタ食を食べ始める。その儀式も終る。彼女は四本のろうそくに火をつける。

貞淑なクラリッサ

ヴィンヤード・ヘイヴン行きの夕方のフェリーは荷物を積み込んでいるところだった。まもなく汽笛が鳴る。すると島に行く人間は、ウッズ・ホウルの通りをぶらぶらしている観光客の群れから自然と離れるだろう。それはちょうど羊が山羊の群れから離れるのに似ているとバクスターは思った。彼の車は、フェリーに乗せられる他の車と同じように埠頭の近くにとめてあった。彼はフロントバンパーに坐ってタバコを吸っていた。小さな港のざわめきと人の動きは、春が終り、湾の向こうのウェスト・チョップの浜辺に夏が来たことを告げているようだった。しかし、これからフェリーに乗って島に渡ると考えてもバクスターは何も感じなかった。出発が遅れていてバクスターは退屈していらいらしていた。彼の名前を呼ぶ声を聞いたとき、ほっとして立ち上がった。

老ライアン夫人だった。彼女は、埃で汚れたステーション・ワゴンから彼に声をかけている。彼は彼女のところに歩いていった。「やっぱりだわ」彼女はいった。「ここでホリー・コーヴの人間に会えると思っていたのよ。きっと会えると思っていたの、今朝の九時からずっと走りっぱなし。ウースターを出たところでエンジンが故障してしまったけれど。それはそうとミセス・タルボットはちゃんと家を掃除してくれたかしら。去年の夏、あの人ったら家の掃除をするのに七十五ドルも要求したのよ。私、そんなお金、二度と払えませんといってやったの。うちに来た手紙を彼女が捨てたとしても驚きませんけどね。こんな長いこと車を走らせてきてやっと家に着いたら家の中が汚れていたなんて、おおいやだ。でも最悪の場合、私たちで掃除すればいいわ。そうね、クラリッサ？」彼女はフロントシートの隣に坐っている若い女のほうを向いて聞いた。「あら、ごめんなさい、バクスター！」彼女は大きな声でいった。「あなた、クラリッサははじめてね？　ボブの嫁よ、クラリッサ・ライアン」

そのときバクスターが最初に考えたことは、彼女のようにきれいな女はこんな汚れたステーション・ワゴンに乗るべきではないということだった。もっと贅沢をしていい。彼女は若かった。二十五歳くらいだろう。赤毛で大きな乳房をしている。やせて活動的に見えなかった。彼女は、老ライアン夫人や、大柄ではっきりものをいう彼女の娘たちとはまったく違う種族に属しているように見えた。「ケープ・コッドの女の子たちといったらクシというものを持っていない。あの連中はたらの骨で髪をとかしているに決まっている」と彼は心のなかでいった。しかし、クラリッサの髪はきれいに手入れされていた。彼女のむきだしになった腕は真っ白で美しかった。彼女はウッズ・ホウルの港にも埠頭の動きにも退屈しているようだった。ライアン夫人がする島の人間たちの噂話にも関心を持っていなかった。彼女はタバコに火をつけた。

老夫人のお喋りに間があいたとき、バクスターは彼女の義理の娘に話しかけた。

「ミセス・ライアン、ボブはいつ島に来ます?」

「夫は来ませんの」美しいクラリッサがいった。「彼、いまフランスにいるんです。彼――」

「政府の仕事で行ったんですよ」老ライアン夫人が口をはさんだ。こんな簡単な説明も義理の娘にはまかせられないという感じだった。「すごく大事な仕事をしているのよ。秋までは戻らないわ。私、いずれひとりで向こうへ行くつもり。クラリッサは置いていくわ。もちろん」といって彼女は自信たっぷりで付け加えた。「この娘きっと島が好きになるわ。みんなそうですもの。することがたくさんできるわよ。きっとこの娘――」

乗船を告げる合図で彼女のお喋りが途切れた。バクスターはふたりと別れた。車は一台ずつフェリーに乗った。船は本土からリゾート地に向けて出発した。浅瀬を横切りはじめた。バクスターは船室でビールを飲んだ。そしてデッキに坐っているクラリッサとライアン夫人を見つめていた。彼がクラリッサを見るのははじめてだ。ボブ・ライアンは彼女と去年の冬に結婚したに違いない。彼には、どうしてこんな美人がライアン家などに来てしまったのか理解できなかった。ライアン家は一家全員が熱心なアマチュア地質学者でバード・ウォッチャーだった。「わが家はみんな鳥と岩石が大好きなんです」と彼らは人に紹介されるとそういった。彼らのコテージは他の家から二マイルほど離れている。ライアン夫人はよく「あの家は一九二二年に納屋を改造して作ったのよ」といった。彼らはヨットを走らせ、ハイキングをし、浜辺の波のなかで泳ぎ、人を誘ってカッティハンクやターポウリン・コーヴにピクニックに出かける。彼らは〝健全な精神は健全な身体に宿る〟を普通以上に重視している人種だとバクスターは思った。彼らはクラリッサをコテージにひとりにしておかないだろう。彼女の燃えるように赤い髪が風に吹かれて頰に揺れた。彼女は長い足を組んでいた。フェリーが港に入ると、立ち上がり、軽やかな潮風を正面から受けてデッキから降りていった。バクスターはたいした感動もなくまた島に戻ってきた。夏が始まったと彼は感じた。

クラリッサ・ライアンに関する情報を得ようとしているうちに、バクスターは慎重にならなければいけないと感じた。彼はこれまでずっと夏はホリー・コーヴで過ごしていたので彼らの隣人と見なされていた。彼は人づきあいがよかったし、外見もよかった。しかし、離婚を二度していたし、女性関係が派手で、けちだったし、ラテン的な顔をしていた。そのために隣人たちは、彼は道徳的に好ましい人物ではないとなんとなく感じていた。彼はクラリッサが十一月にボブ・ライアンと結婚したこと、シカゴの出身であることを知った。みんなが彼女は美人だが頭が弱いといっているのを耳にした。彼女について知り得たことはそれですべてだった。

彼は、テニス・コートや浜辺で、クラリッサの姿を追い求めたが会えなかった。ライアン家のコテージの近くの浜辺に何度か行ってみた。彼女の姿はなかった。島に着いてすぐ、彼は郵便でライアン夫人からティーパーティの招待状を受け取った。普通なら受け取っても出かけない招待だったが、彼はその午後、夢中で車を走らせてライアン家のコテージに行った。パーティは始まっていた。友人や隣人たちの車がライアン家の庭にとめてある。彼らの声が開いた窓から庭に聞えてくる。庭にはライアン夫人が手入れをしているバラが花開いていた。「いらっしゃい!」。彼がポーチを横切るとライアン夫人が大きな声でいった。「私の送別会なの。ノルウェイに行くのよ」彼女は彼を、混みあっている部屋に通した。

クラリッサはティーカップを並べたテーブルについていた。彼女のうしろの壁にはガラスのキャビネットがあり、そこにはライアン家の人間が集めた石の標本が入っていた。彼女の腕はあらわになっている。バクスターは彼女がお茶を入れてくれたときその腕を見つめた。「ホットになさいます？……冷たいのになさいます？……レモンは？……クリームは？」。それ以外に彼女はいうことがないようだった。しかし、この部屋の片隅でも彼女の赤い髪と白い腕は際立っていた。バクスターはサンドイッチを食べた。テーブルのそばから離れられない。

「島ははじめてですか、クラリッサ？」彼は聞いた。

「ええ」

「ホリー・コーヴの浜では泳ぎます？」

「あそこは遠過ぎます」

「お義母さんが旅行に出られたら」バクスターはいった。「朝、私の車で連れていってあげましょう。十一時に迎えにきます」

「ええ、ありがとう」クラリッサは緑色の目を伏せた。居心地が悪そうだった。もしかしたら自分のものになるかもしれないとバクスターは一瞬思い、心をときめかせた。

「ええ、ありがとう」彼女は繰り返す。「でも、私、自分の車を持っていますから――それに……、どうしたらいいんでしょう、私――」

「なんのお話しているの、あなたたちふたりで？」ライアン夫人がふたりのあいだに割って入り、むりやり邪魔したことを隠そうとおおげさに笑顔を浮かべて聞いた。

「地質学のお話ではないでしょ」彼女は続けた。「鳥のことでもないし、本や音楽のことでもないわよね。だってクラリッサはどれにも興味がないんですもの。そうでしょ、クラリッサ? さあ、私とこっちに来て、バクスター」。そして彼女は彼を部屋の向こう側に連れてゆき、羊の飼育の話をした。会話が終った頃には、パーティも終ろうとしていた。クラリッサの椅子は空っぽだった。彼女の姿は部屋になかった。バクスターはドアのところで立ちどまり、ライアン夫人に礼をいい、別れの挨拶をしながら、すぐにヨーロッパに旅立たれるのは残念ですといった。
「でもね、私」ライアン夫人はいった。「六時のフェリーで本土に渡って、明日の昼にはボストンから船で発つ予定なの」

次の朝十時半に、バクスターは車でライアン家のコテージに行った。ライアン家の家事の手伝いをしている地元の女性、タルボット夫人がドアに姿を現わした。彼女はライアン若奥様は家にいるといって彼をなかに入れた。クラリッサが階段を降りてきた。彼女は前よりずっときれいに見えたが彼を見て戸惑ったようだった。泳ぎにゆこうという彼の誘いに応じたが、喜んで応じたわけではなかった。「わかりました」彼女はいった。

再び階段を降りてきたとき、彼女は水着の上にバスローブを着て、つばの広い帽子をかぶっていた。ホリー・コーヴに車を走らせながら彼は彼女に夏の予定を聞いた。彼女はあいまいな返事をした。他のことを考えていて話をしたくないようだ。彼らは車をとめ砂丘を浜辺のほうへ並んで歩いていった。浜辺に着くと彼女は砂の上に横になり目を閉じた。バクスターの友人と隣人が何人か立ちどまって声をかけたが、彼らが長居はしないことにバクスターは気がついた。クラリッサが返事をしないので話をするのは難しかったが、気にかけなかった。

彼は泳ぎに行った。クラリッサは砂の上に残った。ローブで身体を包んでいる。水から上がると彼は彼女のそばに横になった。隣人たちとその子どもたちを見つめた。天気はよかった。女たちは日焼けしている。みんな結婚している女だ。クラリッサと違って子どもがいたが、結婚生活や子育ての苦労がかえって彼女たちを美しく、快活に、満ち足りた様子に見せていた。彼女たちを感嘆しながら眺めていると、クラリッサが立ち上がりバスローブを脱いだ。

いままでと違った彼女が現われた。彼は息をのんだ。彼女の肌の白さには人をとりこにする美の力が潜んでいた。水着姿になってくつろいでいる他の女たちと違って、クラリッサは、自分が肌をさらしていることに気づいて、辱められたような、恥ずかしそうな様子を見せた。その様子が彼女の美しさをいっそう際立たせた。彼女は自分が素っ裸になったような感じで海のほうへ歩いていった。水に触れたとたん、なかに入るのをためらった。栈橋のところでアシカのように戯れている他の女たちと違って、クラリッサは冷たい水が好きではなかった。それから肌をさらしていることと水の冷たさの両方でためらいがちになりながらクラリッサは水の浅いところに入り、数フィート泳いだ。水から上がるといそいでロープで身体を包んだ。それからその朝はじめて——バクスターと会ってから——打ちとけて、心を開きながら話した。

「ねえ、あそこの突端のところの石、この前に来たときから比べると大きくなっているわ」彼女はいった。

「え?」バクスターはいった。

「あの突端の石よ」クラリッサはいった。「あの石、大きくなっているわ」

「石は大きくなったりしませんよ」バクスターはいった。

「大きくなるのよ」クラリッサはいった。「知らないの? 石は大きくなるのよ。母のバラの庭にある石なんかこの数年で一フィートも大きくなったわ」

「石が大きくなるとは知らなかった」バクスターはいった。

「そうなのよ」クラリッサはいった。あくびをした。目を閉じた。眠ったように見える。また目を開けたとき彼女はバクスターに時間を聞いた。

「十二時です」彼はいった。

「家に帰らなくちゃ」彼女はいった。「お客さまが来ることになっているの」

バクスターはそれには逆らえなかった。彼女を送っていった。車のなかで彼女はおざなりな返事しかしなかった。また泳ぎに誘っていいかと聞くとだめだといった。暑い、晴れた日だった。島のほとんどのドアは開け放しになっている。しかし、クラリッサは、バクスターに別れを告げるとその鼻先でドアを閉めた。

次の日、バクスターは郵便局でクラリッサあての郵便物と新聞を受け取った。しかし、それを持ってコテージに行ってみると、タルボット夫人は、ライアン夫人は忙しくて手が放せないといった。彼はその週、彼女が出席しそうな大きなパーティにふたつ出かけてみたが、どちらにも彼女は来ていなかった。土曜日の夜、彼はスクウェアダンスのパーティに行った。夜は更けていたが、みんな〝湖のレディ〟を踊っていた――彼はクラリッサが壁のところに坐っているのに気がついた。

彼女はひときわ目立つ壁の花だった。そこにいるどの女よりもきれいだった。しかし、きれいすぎて男たちは彼女に近寄れないようだ。バクスターはようやくダンスの輪から抜け出すと、彼女のところに行った。彼女は荷物用の箱の上に坐っていた。まずそのことに不平をいった。「ここは、坐るものもないのよ」

「踊りたくありませんか？」バクスターは聞いた。

「踊りは大好き」彼女はいった。「ひと晩じゅうだって踊れるわ。でもあれが踊りだとは思えないの」彼女はヴァイオリンとピアノの音楽に身をすくめた。「ホートン夫妻と来たの。ふたりともダンスパーティがあるとしかいわなかったの。こんなダンスだとは教えてくれなかったのよ。あんなスキップやホップ、好きになれないわ」

「お客は帰りましたか？」バクスターは聞いた。

「お客って？」クラリッサはいった。

「水曜日にお客があるっていったでしょう。浜辺にいたとき」

「水曜日とはいわなかったわ、そうでしょ？」クラリッサはいった。「みんな明日来るの」

「送っていっていいですか？」バクスターは聞いた。

「お願いするわ」

彼は車を納屋のところにとめてラジオをつけた。彼女は車に乗り込むと勢いよくドアを閉めた。彼は裏道を車を走らせた。そしてライアン家のコテージに着くとライトを消した。彼女の手を見つめた。彼女は両手を合わせてハンドバッグの上に置いていた。「それじゃあ、どうも有難う」彼女はいった。「最低の気分だったけれど、あなたのおかげで助かったわ。ここのことがどうもよくわからないの。いつもはダンスのパートナーはたくさんいるのに。私、あの堅い箱に一時間近く坐っていたのよ。それなのにひとりも私に話しかけてこないの。あなたのおかげで助かったわ」

「クラリッサ、きみはとてもきれいだ」バクスターはいった。

「そう」クラリッサはいった。そしてため息をついた。「それは外側だけよ。誰も本当の私を知らないのよ」

これだとバクスターは思った。彼女のいう本当の彼女の姿にうまく合う甘い言葉をいえば、彼女もためらいを捨ててくれるだろう。彼女は自分を女優だと思っているのだろうか？　それとも海峡を横断する水泳の選手か、女相続人か？　夏の夜のなかで彼女の気持が微妙に揺れているのが強く、確かに感じられたので、バクスターは、もうひと押しすれば自分のものになると確信した。

「きみが本当はどんな人間か私にはわかる」バクスターはいった。

「無理よ」クラリッサはいった。「誰にもわからないわ」

ラジオからはボストンのホテルで演奏されている失恋の曲か何かが流れていた。暦の上ではまだ夏のはじめだったが、夜の木々の静けさと大きさを見ると、季節はもっと進んでいるように思えた。バクスターは両腕でクラリッサを抱いて唇にキスをした。彼女は、彼を力いっぱい突き放すとドアに手をかけた。「ぶちこわしだわ、何もかも」彼女は車から外へ出ながらいった。「ぶちこわしだわ、あなたが何を考えていたかわかっているわ。ずっと何を考えていたかわかっているわ」。彼女はドアをバタンと閉めて窓越しに彼にいった。「ねえ、もうここに来ないで、バクスター」彼女はいった。「明日、朝の飛行機で女の友だちがニューヨークから来るの。忙しくなるからもうあなたにはこの夏ずっと会えないわ。おやすみなさい」

バクスターは、悪いのは自分だとわかっていた。あまりに急ぎすぎた。もっとうまいやり方があったのに。彼は怒り、悲しく思いながらベッドについて、ひどい気分のまま眠った。起きたとき気分が重かった。その気分は北東から吹きつけてくる海に降る雨の激しい音でいっそう深まった。彼は雨と波の音を聞きながらベッドのなかで横になっていた。嵐は島の様子を変えてしまうだろう。浜辺はからっぽになる。湿気で引出しが開かなくなる。突然、彼はベッドから出て、電話のところに行き、飛行場を呼び出した。ニューヨークからの飛行機は着陸不可能になったという返事だった。その日、着陸する飛行機はもうない。嵐のおかげで事態は彼に好転しているように思えた。昼に、彼は車で村に行き、日曜日の新聞とキャンディを一箱買った。キャンディはクラリッサへの贈り物だった。しかし、彼はそれを彼女に渡すのを急がなかった。

彼女はアイスボックスに食べ物を詰め、タオルの用意をし、ピクニックの準備をしていたはずだ。しかし、友だちが来るのは延期になってしまった。期待していた楽しい日は一転して雨の退屈な日に変ってしまった。もちろん、気落ちしたからといって彼女に手がないわけではない。しかし、あのスクウェアダンスのときの様子から見て、彼女はいま、夫も義理の母親もそばにいなくて途方に暮れているに違いないし、この島には彼女のところに約束なしにやってきたり、飲みに誘ったりする人間はまずいないだろう。おそらく彼女は一日じゅうラジオと雨音を聞いて過ごしているだろう。そして最後には、誰が来ても歓迎したい気分になるだろう、たとえバクスターでも。彼女がひとりで退屈していることは彼には有利に働いていた。しかし、そうである以上、急がずに、もっと待ったほうがいいことはバクスターにはわかっていた。暗くなる直前に行くのがいちばんいい。そして、それまで待った。それからキャンディの箱を持って、ライアン家へ車を走らせた。窓には灯りがついていた。クラリッサがドアを開けた。

「きみの友だちに歓迎の言葉をいいたくてね」バクスターはいった。「それで僕は

――」

「それが来ていないの」クラリッサはいった。「飛行機が着陸出来なかったの。みんなニューヨークに戻ってしまったのよ。電話をくれたわ。せっかく楽しいこと計画してたのに。予定がみんな変ってしまったわ」

「クラリッサ、それはお気の毒に」バクスターはいった。「きみにプレゼントがある」

「まあ！」彼女はキャンディの箱を手に取った。「美しい箱ね！　素敵なプレゼント！　とっても――」彼女の表情と声は一瞬だけ、貞淑さを失い、男のいいなりになりそうに見えた。しかし、そのあと、理性の力でもとの彼女に戻るのが彼にはわかった。

「こんなことしてはいけないわ」彼女はいった。

「入っていい？」バクスターは聞いた。

「さあ、どうしたらいいかしら」彼女はいった。「用がないのならやめて」

「トランプでもどう？」バクスターはいった。

「やり方を知らないわ」

「教えてあげるよ」

「だめ」彼女はいった。「だめよ、バクスター、行って。あなたには私みたいな女はわからないのよ。今日一日、ボブに手紙を書いていたの。手紙にあなたが昨日の夜、私にキスしたこと書いたわ。家に入れることはできないのよ」。彼女はドアを閉めた。

キャンディの箱を渡したときのクラリッサの表情から、バクスターは、彼女は贈り物をもらうのが好きだと判断した。安物の金のブレスレット、あるいは、花束ひとつでも効果があるだろうと、彼にはわかった。しかし、バクスターは人一倍けちな人間だった。贈り物をすれば効き目があるとわかったが、彼にはまた贈り物を買う気はなかった。彼は機会を待つことに決めた。

嵐は月曜日と火曜日吹き荒れた。火曜日の夜になってやんだ。水曜日の午後にはテニス・コートが乾いたので、バクスターはテニスをした。遅くまでした。それからシャワーを浴び、服を着がえて、一杯飲みにあるカクテル・パーティに立ち寄った。そこで、隣人のひとり、子どもが四人いる、結婚している女が彼のそばに坐り、結婚生活における愛とは何かというよくある話を始めた。

バクスターがこれまで何度も聞いた話題だった。目くばせやほのめかし入りの最後にはどこに落ちつくかがだいたいわかる話だった。その女の隣人は、バクスターが浜辺で感嘆したあの美しい母親たちのひとりだった。彼女は褐色の髪をしていた。腕は細く、日焼けしている。歯に虫歯はない。しかし、彼女の愛についての見解に興味のあるふりをしているうちにクラリッサの白い姿が彼の心に浮かび上がってきた。彼は会話を打ち切るとパーティを出た。ライアン家に車を走らせた。遠くから見るとコテージは閉ざされているように見えた。家も庭もまったく静かだった。彼はドアをノックしてベルを鳴らした。クラリッサが二階の窓から彼に声をかけた。

「こんにちは、バクスター」彼女はいった。

「お別れをいいにきたんだ、クラリッサ」バクスターはいった。他にもっといい言葉は思いつかなかった。

「まあ」クラリッサはいった。「待ってて。すぐ下に行くわ」

「ここを発つんだ、クラリッサ」バクスターは彼女がドアを開けたときにいった。

「さよならをいいにきたんだ」

「どこに行くの？」

「わからない」彼は悲しそうにいった。

「いいわ、なかに入って」彼女はためらいがちにいった。「ちょっとだけなかに入って。あなたに会うのはこれが最後だと思うわ。そうでしょ？　散らかしていてごめんなさい。タルボットさんのご主人が月曜日に病気になって、彼女、ご主人を本土《メインランド》の病院に連れていかなければならなくなったの。それで手伝ってくれる人が誰もいないの。ずっと私ひとり」

彼は彼女のあとについてリビング・ルームに行き、腰を降ろした。彼女はいつもよりずっときれいだった。彼女はタルボット夫人が本土に行ってしまったのでどんなに困っているか話した。お湯をわかすためのガスレンジの火は消えてしまった。台所にはネズミがいる。浴槽は水はけが悪い。彼女は車にエンジンをかけることもできなかった。

静かな家のなかで、バクスターは、水道の蛇口から水が洩れる音と、時計の振り子の音を聞いた。ライアン家の石の標本を保護している板ガラスが、窓の外の、消えかかろうとしている太陽の光を反射させていた。コテージは海に近かったので彼の耳に波の音が聞えた。そうしたものにどれだけの価値があるかわからないが、彼は冷めた気持でひとつひとつ受け入れた。タルボット夫人がいなくなってどんなにたいへんかというクラリッサのお喋りが終ると、彼は丸一分間待った。それから口を開いた。

「髪に太陽があたっている」彼はいった。

「えっ？」

「きみの髪に太陽があたっている。とてもきれいだ」

「そうね、でももう昔ほどきれいじゃないわ」彼女はいった。「私みたいな髪はだんだん黒くなるの。でも染めるつもりはないわ。女は髪を染めるべきじゃないって思っているの」

「きみはとても賢いね」彼は小さな声でいった。

「本気じゃないでしょ？」

「何が？」

「私が賢いっていったこと」

「ああそれか、本気だよ」彼はいった。「きみは頭がいい。きみはきれいだ。フェリーではじめてきみに会った夜のことは忘れない。本当は島には来たくなかった。西部に行くつもりだったんだ」

「私、賢くなんかないわ」クラリッサは惨めにいった。「馬鹿なのよ。ライアンの母はいつも私が馬鹿だっていうし、ボブもそういうわ。タルボット夫人さえ私が馬鹿だっていうわ。それに——」彼女は泣き出した。鏡のところにいって涙をぬぐった。バクスターは彼女のあとを追った。彼女を両腕で抱いた。「抱いたりしないで」彼女は怒っているというより絶望的になっていった。「誰も私を抱くまでは私のことを認めてくれないのよ」彼女はまた坐った。バクスターは並んで坐った。

「でもきみは馬鹿なんかじゃないよ、クラリッサ」彼はいった。「きみは頭がいいし、心だって素晴しい。よくそう思っていた。きみはきみなりのいい意見をたくさん持っているに違いないっていつも思っていた」

「面白いわ」彼女はいった。「だって私、本当に意見をたくさん持っているんだから。もちろん誰にも自分の意見をいったりしないわよ。それに、ボブも彼の母も私に一度だって話をさせないんだから。私が何かいうとふたりともいつも途中で口をはさむの。まるで私のことを恥ずかしがっているみたいに。でも私、本当は自分の意見をちゃんと持っているのよ。たとえば、私、人間ってみんな歯車の歯みたいだと思うの。私の結論は、人間は歯車の歯みたいだということ。あなたもそう思う?」

「そ、そうだね」彼はいった。「もちろんそう思うよ……」

「私、人間ってみんな歯車の歯みたいだと思うの」彼女はいった。「たとえば、あなたは、女は働くべきだって思う? 私、それについていろいろ考えたの。私の意見では、女は結婚したら働くべきではないわ。もちろん、お金がなかったら仕方ないわよ、でもその場合でも、妻が夫の世話をする仕事はフルタイムのものだと思うの。それともあなたは女も働くべきだと思う?」

「きみはどう思う?」彼は聞いた。「きみがどう思っているのかとても興味がある」

「そうね、私の意見は」彼女は遠慮がちにいった。「みんなただ自分のすべきことをすればいいのよ。私、女が働いたり教会活動をしたりしたからって何かが変るって思えないの。特別なダイエットをしてもね。おしゃれなダイエット法なんて信用していないわ。食事のたびに正確に四分の一ポンドの肉を食べる友だちがいるの。彼ったらテーブルの上にはかりをおいてそれで肉をはかるのよ。おそろしい光景だわ。そんなことをしたからって彼にいいことだとは思えないわ。私は理屈に合うものを買うことにしているの。ハムが理屈に合うならハムを買う。ラムが理屈に合うならラムを買う。賢いやり方だと思わない？」

「とても賢いと思うよ」

「それに進歩的教育のこともあるわ」彼女はいった。「私、進歩的教育がいいと思わないの。ハワーズ夫妻のところに夕食に招かれてゆくと、しょっちゅう子どもたちがテーブルのまわりを三輪車に乗って走りまわっているの。私の意見では進歩的学校のせいよ。子どもにはお行儀のいいことと悪いことをきちんと教えるべきだわ」

彼女の髪の上に輝いていた太陽の光はいつのまにか消えていたが、部屋にはまだ光が残っていて、バクスターは、次々に自分の意見を披露している彼女の顔に色がさすのを、そしてその瞳孔が開いていくのを見つめていた。バクスターは辛抱強く彼女のいうことを聞いていた。というのも、彼には、彼女は実際以上に利口な人間に思われたがっているだけなのだということがわかったからだ——あのいままでのあわれな少女はどこかにいってしまった。「きみはとても賢いよ」彼はときどき口をはさんだ。「きみはとても賢いよ」

そういっているのは実に簡単なことだった。

ひとりだけのハードル・レース

シェイディ・ヒルの郊外で毎週土曜日の夜に開かれる長たらしい、大きなパーティでは、どのパーティでも終るころにいつも同じ光景が見られる。次の朝ゴルフかテニスに行く人間はたいてい、とっくに家に帰っている。十人か十二人くらいの人間だけが残っているが、彼らはジンもウィスキーも残り少なくなっているのに、このあと夜をどう終らせたらいいのかわからないように見える。夫が帰ってしまったのにまだ残っている女性はミルクを飲み始めている。全員時間の感覚をなくしてしまっている。いつまでもパーティに残っている夫婦を家で待っているベビー・シッターは、とっくにソファに身体を伸ばし、深い眠りに落ちて夢を見ている。料理コンテストの賞品、船旅、ロマンス。ケンカ好きの酔っぱらいも、クラップ賭博師も、ピアニストも、人生の希望を失った女も、それぞれが自分をさらけだす。いろんな提案が出される。ファーカーソンの家へ朝食を食べにいこう、泳ぎに行こう、タウンゼント夫妻のところへ行って彼らを起こそう、あそこに行こう、ここに行こう——さまざまな提案が出されるが出されたとたんすぐに立ち消えになってしまう。それからトレイス・ベアデンが、キャッシュ・ベントリーのことを、もう年だな、髪が薄くなってきたとからかい始める。それが合図になってリビング・ルームの家具が動かされる。トレイスとキャッシュはテーブル、椅子、ソファ、暖炉の囲いの金網、薪入れの箱、足のせ台を動かす。すべてが終ると部屋の様子は一変する。家の主人がピストルを持っている場合は、持ってくるようにいわれる。キャッシュは靴を脱いでソファのうしろでクラウチング・スタートの体勢をとる。トレイスは開いた窓から外に向けて合図のピストルを撃つ。この界隈に新しく引っ越して来た者で、なんのために家具を動かしているのかがわからない者でも、やがてハードル・レースを見ていることに気がつく。キャッシュはソファを飛び越える。テーブルを、暖炉の囲いの金網を、薪入れの箱を飛び越える。キャッシュがひとりだけで走るのだから正確にはレースとはいえなかったが、四十歳の男がたくさんの障害物を優雅に飛び越えるのを見るのは壮観だった。シェイディ・ヒルにはキャッシュが飛び越えられない家具はひとつもない。レースが終ると拍手喝采が起こる。そしてやがてパーティはお開きになる。

キャッシュは、もちろん若いころは陸上競技のスターだった。しかし、彼は自分の輝かしい過去を積極的に利用したりしなかったし、といって過去を重荷に感じているわけでもなかった。彼が青春時代を過ごしたカレッジは、彼に同窓会事務局の有給の仕事を提供したが、彼は選手としての人生は終ったことがわかっていたので、その仕事を断った。キャッシュと妻のルイーズのあいだには子どもがふたりいた。彼らはエイルワイヴス通りの中流の家に住んでいた。彼らの経済状態では分不相応だったが、ふたりはカントリー・クラブに属していた。しかし、ベントリー夫妻に対しては、誰もそのことで文句はいわなかった。キャッシュはシェイディ・ヒルでもっとも好かれている人間のひとりだった。まだ余分な肉がついていなくてやせていた——彼は自分の体重に気を配っている——そして朝、軽やかな精力的な足どりで通勤列車の駅まで歩いてゆく。その歩き方はいかにも運動選手のものだ。たしかに彼の髪は薄くなっている。目が充血している朝もある。しかし、だからといって相変らずの若さの魅力が損なわれることはなかった。

仕事の面ではキャッシュは失敗と失意を体験していた。ベントリー夫妻は経済的な問題をたくさん抱えていた。税金の支払い、住宅ローンの支払いはいつも遅れた。玄関ホールにある机の引出しは未払いの請求書でいっぱいだった。ベントリー夫妻は銀行との関係をいつもやっとのことでやりくりしていた。ルイーズは土曜日の夜には非常に美しく見えるが、彼女の生活は余裕がなく単調そのものだった。スーツやコートやドレスのポケットには、いつもメモの束や切れっぱしが入っている。そこには「オレオマーガリン、冷凍ほうれんそう、クリネックス、犬用のビスケット、ハンバーガー、こしょう、ラード……」と書かれている。朝、ねぼけながら、彼女はコーヒーをいれるお湯をわかし、冷凍濃縮オレンジ・ジュースを水で薄める。それから子どもたちの頼みも聞いてやらなければならない。身体をかがめて引出し付きの机の下にもぐり、トビーのソックスの片一方を探す。腹這いになり、身体をくねらせてベッドの下にもぐっては(埃が鼻についた)、レイチェルの靴の片方を探す。子どもたちにいいつけられるそうした仕事の他に家事があった。洗濯も料理もしなければならなかった。それに子どもたちの面倒も見なければならなかった。靴をはかせたり脱がせたり、防寒着のジッパーを上げたり下げたり、お尻をふいたり、涙をふいたり、いつも何か仕事が彼女を待っている。そして日が沈むと(彼女は日が沈むのを台所の窓から見た)、こんどは夕食の支度をしなければならない。それから子どもたちを風呂に入れ、寝るまでお話をしてやり、おやすみのお祈りをする。灯りを消した部屋のなかで、よく通る声で〝我らの父〟にお祈りをしたあとでやっと子どもたちの一日が終るが、ルイーズ・ベントリーにとっては一日はまだとても終ったとはいえない。服のほころびをつくろったり直したりしなければならない。アイロンをかけなければならない。十六年間も家事をしてきたのに彼女は眠っているときにも家庭の雑用から逃れることはできないようだった。子どもの防寒着、靴、風呂、食料品、そうしたものが彼女の無意識のなかに入り込んでいるようだった。ときどき彼女は寝言をいう。――大声でいうので夫を起こしてしまうこともある。「仔牛のカツレツなんか買えないわ」とある晩彼女は寝言でいった。それから不安そうにためいきをついてまた静かになった。

シェイディ・ヒルの水準からいえばベントリー夫妻は幸福な夫婦だったが、彼らの生活にも浮き沈みがあった。キャッシュはときどき気分がいらだった。会社で面白くないことがあって家に帰り、ルイーズがちゃんとした理由があって夕食の支度をしていないときなど、ひどく不機嫌になった。「しようがないな！」と彼はいって、台所に行き、自分で何かしら冷凍食品を温めた。したくもないその仕事をしているあいだ彼は緊張をほぐすためウィスキーを飲んだが、それでリラックスしたとは見えなかった。そしてよくフライパンをこがしてしまった。彼らが夕食をとろうと坐ると、辺りは煙が充満している。ふたりが激しいケンカを始めるのは時間の問題である。ケンカをするとルイーズは二階にかけ上がりベッドに身を投げ出して泣く。キャッシュはウイスキーのボトルをつかんで酔いつぶれる。威勢よく始めたケンカだが、これはふたりにとって大変な苦しみのもとになった。キャッシュは一階のソファで眠ったが、いったんケンカしてしまうとひと晩眠っただけでは傷は治らなかった。朝、顔を合わせるとすぐにケンカを始めそうになる。それからキャッシュは、いつもどおり通勤列車に乗るために家を出る。そしてルイーズは、子どもたちを保育園にやってしまうとすぐに、コートを着て芝生を横切ってベアデン家にゆく。そこで彼女は泣き泣き温め直したコーヒーを飲みながら、ルーシー・ベアデンに悩みを打ち明ける。結婚ってどういう意味があるの？　愛って何？　ルーシーはいつもルイーズに何か仕事をするようにすすめた。仕事を持てば精神的にも経済的にも自立できる。それがあなたに必要なことよ、とルーシーはいった。

次の晩には事態はもっと悪くなる。キャッシュは夕食の時間に帰ってこない。十一時ごろに酔っぱらってふらつきながら帰ってくる。そしてまたいつもの醜い争いが繰り返される。ルイーズは泣きながら二階のベッドにゆく。キャッシュはまたリビング・ルームのソファで横になって寝る。こうした状態が何日か続くとルイーズはもうすべて終りだと決心する。彼女は家を出て、ママロネックに住んでいる、結婚している姉のところに行こうと決意する。彼女は家を出るのは土曜日にする。キャッシュが家にいるからだ。彼女はスーツケースに荷物を詰め、机のなかから自分名義の戦争公債を取り出す。それから彼女は風呂に入り、いちばんいいスリップを着る。ベッド・ルームのドアの前を通り過ぎながらキャッシュが彼女を見る。彼女のスリップは透き通っている。突然彼は後悔し、やさしくなる。魅力的になり、賢明になり、そして愛情にあふれた夫になる。「ダーリン！」彼はうめくようにいう。一時間ほどして、ちょっと何か食べようと一階に降りるときには、ふたりはためいきをつきお互いにやさしい目で見つめ合っている。彼らはアメリカ東部でいちばん幸福な夫婦になる。ルーシーがいい仕事が見つかったという、いい知らせを持ってやってくるのはいつもだいたいこういうときである。ルーシーはドアのベルを押す。ワードローブを着たままのキャッシュが彼女を迎え入れる。彼女はもちろんキャッシュへの挨拶はそこそこにして、かわいそうなルイーズにいい知らせを知らせようと急いでダイニング・ルームに駆け込む。「親切に仕事を探してくれてうれしいわ」とルイーズは小さくいう。「でも私もう仕事はいらないわ。キャッシュは私が仕事をするの嫌だと思うの。そうでしょ、あなた?」。そういって彼女は大きな黒い目でキャッシュを見る。いまにも火がつきそうな熱々ぶりだ。ルーシーはばつの悪い場面から急いで逃げ出す。しかし、彼女は、彼らに決して悪い感情は持っていない。彼女自身結婚して十九年にもなり、どんな夫婦にも良いときと悪いときがあるとわかっていたからだ。しかし、彼女はそれでルイーズの面倒を見るのをやめるわけでもない。というのもベントリー夫妻がまたケンカすると、彼女はまた熱心にルイーズの仕事を探してくるからだ。ハードル・レースと同じように彼らのケンカと仲直りは何度繰り返されても見て面白いものだった。

春のある土曜日、ファーカーソン夫妻がベントリー夫妻のために結婚記念日のパーティを開いてくれた。結婚十七年目だった。土曜日の午後、ルイーズ・ベントリーは日曜日に洗濯するときと同じくらい念入りに準備にとりかかった。彼女は時計のそばで一時間、足を空中に高く上げて横になった。あごは吊り包帯で吊った。目をアストリンゼント溶液のなかにひたした。顔に泥パックした。きついガードルをつけた。白髪を抜いた。化粧をした。どれもこれも少しでも若くみせようとするためだった。それでも結局どれもあまりうまくいかなかったと感じると、彼女はヴェールを目のすぐ上まで下げて結んだ。——しかし、彼女はきれいな女性だった。悪戦苦闘してさまざまな化粧品を使っていたが、化粧を塗りたくった感じはしなかった。化粧をしていても、ヴェールのように透明に見える。顔には成熟した女の美しさが現われている。ウィットにも情熱にも富んでいるように見える。ファーカーソン夫妻のパーティは素晴しかった。ベントリー夫妻は大いに楽しんだ。飲み過ぎたのはトレイス・ベアデンだけだった。パーティの終りごろ、彼は例によって、キャッシュを髪が薄くなったといってからかい始めた。キャッシュはそれに機嫌よく応じ家具を動かし始めた。ハリー・ファーカーソンはピストルを持ち出した。トレイスはそれを持ってテラスに行き空に向けて撃った。キャッシュはソファを飛び越えた。側卓を、安楽椅子を、暖炉を囲む金網を飛び越えた。しかし大きな収納箱の上の彫像を飛び越えようとして彼は倒れた。猛烈な勢いで倒れた。

ルイーズは悲鳴をあげて夫が倒れているところに駆けつけた。彼の額には深い傷ができていた。誰かが血が流れるのをとめようと包帯を巻いた。彼は起きあがろうとしたがよろめいてまた倒れた。顔は真っ青になっている。ハリーは、パーミンター医師、ホープウェル医師、アルトマン医師、バーンステイブル医師と次々に電話したが、午前二時なので誰も電話に出なかった。ようやく最後にヤークス医師——全然知らない人だ——が来てくれることになった。ヤークスは若い男だった——若すぎて医者には見えなかった——彼は散らかった部屋と心配そうな顔をした人間たちを、奇怪だなとでもいいたげな表情で眺めた。彼はキャッシュに対する接し方を初めから間違えた。

「どこが悪いのですか、ご老人？」と彼は聞いた。

キャッシュの脚は折れていた。医者は副木を施した。ハリーとトレイスが怪我したキャッシュを医者の車のところまで運んだ。ルイーズは自分の車で彼について病院まで行った。キャッシュは病室に寝かせられた。医者はキャッシュに鎮静剤を与えた。ルイーズは彼にキスをし、そして明け方、車で家に帰った。

キャッシュは二週間入院していた。家に帰ってきたとき彼は松葉杖をついていた。

折れた脚には大きなギプスがしてあった。不自由な脚でどうにか朝の通勤列車まで歩いてゆけるようになるまでにはさらに十日かかった。「もうハードル・レースはできそうにないな」と彼はルイーズに悲しそうにいった。彼女はそんなことはたいしたことではないと慰めたが、彼女にはそうでも、キャッシュにはそれは大事なことに思えた。彼は入院中に体重が減った。気力もなくなってきた。心がみたされていないように思えた。自分でも何が起きたのかわからなかった。彼は、あるいは彼をとりまくすべてのものは、目には見えないが悪いほうへ変っているように見えた。五感さえ彼がこれまで長年楽しんできた美しい世界を壊すのに手を貸しているように思える。ある晩、彼は自分でサンドイッチを作ろうと台所へ降りて行った。冷蔵庫のドアを開けたとき、いやな臭いがするのに気がついた。彼は腐った肉をゴミ箱に捨てたが、その悪臭は鼻にこびりついた。その何日かあと、彼は屋根裏で大学のマークの入ったセーターを探していた。屋根裏には窓はなく懐中電灯の光は弱かった。トランクを開けようと床に膝をついたとき、唇でクモの巣を破ってしまった。細いクモの巣が彼の口をおおった。手で口をふさがれたようだった。彼はいらいらしてそれをぬぐいとったが、さるぐつわをされたような感じが残った。それから何日かたった夜、彼は雨のなかをニューヨークの小さな通りを歩いていた。ある戸口に年とった娼婦が立っているのが目に入った。彼女はみだらで醜かった。マンガに出てくる死神のようだった。しかし、彼女をよく値踏みできないうちに――彼女の歪んだ身体が目に焼きついたとたんに――彼の唇はふくれ、呼吸が速くなった。その他、性的に興奮したときに起こる身体の変化をすべて感じた。また何日かたったある晩、リビング・ルームで「タイム」を読んでいるときにルイーズが庭から切り取ってきたバラが他の何よりも土の臭いがするのに気づいた。腐った、いやでも鼻につく臭いだった。彼はバラをくずかごに捨てたが、もう手遅れだった。その臭いで、腐った肉と娼婦とクモの巣のことを思い出してしまった。

彼はまたパーティに行くようになったが、もうハードル・レースはしなかった。友人や隣人たちのパーティは彼にはだらだらと続く淀んだものに見えた。彼らの下品なジョークを聞くといらいらしてきた。その気分を隠すことができない。彼らの顔を見ているだけでも気が滅入って、椅子に沈みこんだ。そして彼は、彼らの肌や歯を、自分のほうがずっと若いと感じているかのように、冷ややかに観察した。

いらいらした気分の矛先はルイーズにも向けられた。彼女には、夫はハードル・レースができなくなってから、心の平衡を保たせてくれていたものをすべて失ってしまったように思えた。彼は、酒を飲みに家に立ち寄る友人たちに、礼儀をわきまえない態度を取った。ルイーズと外出するときも怒りっぽく不機嫌だった。ルイーズがどうかしたのかと聞くと彼はただ「なんでもない、なんでもない、なんでもないよ」と呟くだけだった。そして彼は自分でバーボンを注いだ。彼の様子に良くなったところが見られないまま、五月、六月、そして七月上旬が過ぎていった。

そしてある夏の夜――、その日は素晴しい夏の夜になった。八時十五分の列車の乗客は――気がつけばだが――シェイディ・ヒルの町が穏やかな金色の光を浴びているのを見る。列車の騒音は繁った木立に吸い込まれて消えてしまう。長い列車の窓は灯りのついた水族館の水槽のつらなりに見える。やがてそれは明滅しながら視界から消えてゆく。丘の上では婦人たちがお互いにいっている。「草の匂いをかいで！　木の匂いをかいで！」。ファーカーソン夫妻はまたパーティを開いている。ハリーはバラの茂みのところに「ウィスキーの谷」という看板を掲げている。彼はシェフの白い帽子をかぶりエプロンをつけている。客はまだ酒を飲んでいる。肉を焼く煙が風のない宵闇のなか、まっすぐに木々のなかにのぼってゆく。

丘の上のクラブ・ハウスでは、九時ごろに若い人向けのフォーマル・ダンスが始まる。エイルワイヴス通りではスプリンクラーが暗くなってもまわり続けている。水の匂いをかぐことができる。あたりは暗く、空気はかぐわしい。──この空気のなかを歩き抜けるだけでも素晴しい──エイルワイヴス通りではたいていの窓が開け放たれ、この空気を取り入れている。通りを歩くとベアデン夫妻がテレビを見ているのが見える。角の家に住んでいる若い弁護士のジョー・ロックウッドは妻の前で、陪審員に向かってする演説の練習をしている。「私はみなさんにこのことを明らかにしたい」彼はいう。「この人物は誠実な男です。正直で信頼できると評判の男です……」。彼は喋りながらむきだしの腕を振上げる。妻は編み物を続けている。カーヴァー夫人──彼女はハリー・ファーカーソンの義理の母親だが──は空を見上げていう。「あの星はみんないったいどこからきたのかしら?」。彼女は年をとっているし、頭がボケている。しかし、彼女の質問は正しい。昨夜の星はさらに新しい銀河を引き寄せたように見える。夜の空は決して暗くない。ただ光の膜のなかの裂け目だけが暗く見える。線路沿いのまだ買い手のない家のなかでは孤独好きなツグミが鳴いている。

ベントリー夫妻は家にいる。人あたりが悪く不機嫌になってしまったキャッシュは気の毒なことにファーカーソン夫妻のパーティに招待されなかった。彼はルイーズの隣でソファに坐っている。彼女は子どもたちのパンツにゴムひもを縫いつけている。開いた窓を通して彼の耳には夏の夜のさまざまな楽しい音が聞えてくる。ベントリー家の裏のロジャース家の庭では別なパーティが開かれている。丘の上からダンスの音楽が流れてくる。バンドの編成はごく簡単なものだ――サキソフォン、ドラム、それにピアノ。演奏される曲は二十年も前の曲だ。バンドは〝ヴァレンシア〟を演奏している。キャッシュはルイーズのほうをやさしく見るが、今晩のルイーズにはがっかりさせられる。電燈の光で彼女の髪には白髪が目立つ。エプロンは汚れている。顔色は悪く、顔はつっぱったように見える。突然、キャッシュは音楽に合わせて狂ったように足を踏みならし始める。遠くのサキソフォンに合わせて意味のない歌を歌う――ジャバジャバジャバジャバ。彼はため息をついて台所にゆく。

料理のかすかな、こもった匂いが暗闇にこびりついている。台所の窓からキャッシュはロジャース家のパーティの光と人影を見ることができる。若者たちのパーティだ。ロジャース家の娘たちがダンスに行く前に友だちを夕食に招待したのだ。パーティが終ってみんなこれからダンスに出かけるところらしい。車が走り去ってゆく。「服が草のシミだらけになっちゃったわ」と女の子のひとりがいう。「おやじのやつ、ちゃんとガソリンを入れておいてくれただろうな」と男の子がいう。女の子が笑う。彼らの頭のなかには、過ぎゆく夏の夜しかない。税金のこともパンツのゴムひものことも――キャッシュの呼吸を押しつぶそうと脅している現実の美しくないことなどには、この庭にいる人間は誰ひとりとらわれていない。そう思うと彼は嫉妬にかられた――あまりに苦々しい嫉妬に彼は気分が悪くなる。

彼は、自分がどうして隣の家の庭にいるあの子どもたちとへだたってしまったのか理解できない。このあいだまで彼は若かった。ヒーローだった。もてはやされていて幸福だった。ところがいま彼は、運動選手としての勇敢さも、無鉄砲さも、美しい外見も――彼にとって意味のあるすべてのものを奪われて暗い台所に立っている。彼には、隣の庭にいる人間たちが昔のパーティから現われた幽霊のように思えた。そのパーティは、彼の趣味に合ったし、彼の望みを叶えてくれた。いま彼はそのパーティから残酷にも追い出されてしまった。彼は自分を夏の夜の幽霊のように感じる。失ったものを求める気持が強くなって、気分が悪くなる。そのとき家の前で話し声が聞える。ルイーズが台所の電気をつける。「ベアデン夫妻が寄ってくれたのよ。お酒を飲みたいらしいわ」

キャッシュはベアデン夫妻を迎えに家の前に行った。彼らはクラブに行って一度だけダンスをしたがっていた。彼らには一見しただけでキャッシュが時間をもてあましていることがわかった。ふたりはベントリー夫妻に一緒に行こうと熱心に誘った。ルイーズは子どもたちの世話をしてくれる人間を見つけた。それから着替えをしに二階へ上がっていった。

クラブに着くと、彼らと同じ年齢の友人たちが何人かバーにたむろしていた。しかしキャッシュはバーに長くいなかった。彼は落ち着かない様子だった。たぶん酔っていたのだろう。ラウンジを通り抜けてダンス場に行こうとしたとき、彼はテーブルにぶつかった。割り込んで若い女の子をダンスに引っ張り出した。強過ぎるくらいに彼女をつかみ、むりやり大昔のツーステップで彼女を引っ張り回した。彼女は相手待ちの男の子の列に、あからさまに助けを求める合図を送った。そしてキャッシュははじき出された。彼は怒ってダンスフロアからテラスに出た。スクリーンドアを押し開けると、いままで腕をからませていた何組かの若いカップルが腕をはなした。彼は他人の邪魔にならないように、テラスの端にいった。しかし、彼はまた別の若いカップルを驚かせてしまった。彼らは芝生から起き上がった。芝生で横になっていたようだった。そしてふたりは、暗闇のなかをプールのほうへ歩いていった。

ルイーズはベアデン夫妻とバーに残っていた。「かわいそうに、キャッシュは扱いにくくなっているの」彼女はいった。「今日の午後、彼、雨戸にペンキを塗っていたの」彼女は続けた。「それで、ペンキを混ぜて、ブラシを洗い、古い作業着を着て地下室に降りて行った。五時ごろ、電話がかかったので彼を呼びに行った。彼、そこでなにをしていたと思う？　カクテルのシェーカーを持って暗闇のなかにただ坐っているのよ。雨戸には触ってもいなかったわ。暗闇のなかでマティーニを飲みながらただ坐っているの」

「かわいそうなやつだな、キャッシュは」トレイスがいった。

「あなた、仕事を見つけるべきよ」ルーシーがいった。「そうしたら精神的にも経済的にも自立できるわ」彼女が喋っているとき全員の耳にラウンジのほうで家具を動かす音が聞えてきた。

「大変だわ！」ルイーズがいった。「ハードル・レースをやるつもりよ。とめて、トレイス、彼をやめさせて！　怪我してしまう。死んでしまうわ！」

彼らは全員ラウンジのドアのところに行った。ルイーズはもう一度トレイスにやめさせてくれと頼んだ。しかし、キャッシュの顔を見ると、とめても無駄だとわかった。何人かのカップルがダンスフロアからこちらへやってきて、家具が並べられていくのを眺めている。トレイスはキャッシュをとめようとしなかった——彼はキャッシュを手伝った。ピストルがなかったので彼は本をたたいて合図をした。

キャッシュはソファを飛び越えた。コーヒーテーブルを、ランプテーブルを、暖炉の囲いの金網を、クッションを飛び越えた。あの優雅さと力強さが戻ったようだった。

部屋の隅の大きなソファを飛び越えた。そして彼はそこでとまらずに向きをかえてもう一度もとのコースを走り出した。顔は緊張でひきつっている。口はだらっと開かれている。首の筋は気味悪いほど浮き上がっている。彼はクッションを飛び越えた。暖炉の囲いの金網を、ランプテーブルを、コーヒーテーブルを飛び越えた。最後のソファのところまで来たときは、みんなかたずをのんだが、彼はそれもみごとに飛び越えて両足で着地した。かなりの拍手が起こった。それから彼はうめき声をあげて倒れた。ルイーズはそばに駆けよった。服は汗で濡れている。荒々しく息をしている。彼女はそばにひざまずき膝の上に彼の頭をのせた。そして薄くなった髪をなでた。

キャッシュは日曜日、ひどい二日酔いになった。ルイーズは教会に行く時間が近づくまで彼を眠らせておいた。一家はいつものように十一時にそろって教会にいった。キャッシュは讃美歌を歌い、祈りを捧げ、ひざまずいた。しかし、教会でその時彼がこれまでになく強く感じたことは、自分は神の無限の慈悲の国の外側にいるということだった。本当をいえば、彼は、彼らの父、子、聖霊に、もはや飼い犬のブルテリアなみの信心しか感じていなかった。彼らは一時に家に帰り、焼きすぎた肉と石のように固いポテトを食べた。それがいつもの日曜日の昼食だった。五時ごろ、パーミンター夫妻が電話をかけてきて、飲みに来ないかと誘った。ルイーズは外出したくなかったのでキャッシュがひとりで出かけた（まったく、郊外住宅地の日曜日の夜ときたら！　日曜日の夜のブルースときたら！　帰り始める週末の客たち、気の抜けたカクテル、半分枯れてしまった花、特急列車二十世紀号を見に出かけるハーモンへの旅、トランプの勝負が終ったあとの勝負をめぐるお喋り、それにありあわせのもので用意した夕食！）。蒸し暑く曇った日だった。猛暑の季節が始まっていた。彼は一、二時間、パーミンター夫妻とジンを飲んだ。それから次にタウンゼント夫妻の家に飲みに出かけた。ファーカーソン夫妻からタウンゼント夫妻のところに電話があり、遊びにくるよう、キャッシュも連れてくるよう誘いがあった。ファーカーソン夫妻のところで彼らはまた何杯か飲み、食べ残しのパーティの食べ物を食べた。ファーカーソン夫妻はキャッシュがまた元気になったようなので喜んだ。キャッシュが家に戻ったのは十時半か十一時だった。ルイーズは二階にいて「ライフ」の最新号から、自分の子どもたちに悪影響を与えるおそれのある傷害事件や災害や暴力の写真を切り取っていた。彼女はいつもそうしている。キャッシュは二階に上がってきて彼女に話しかけ、また下に降りていった。しばらくして彼女は、彼がリビング・ルームの家具を動かしている音を聞いた。それから彼は彼女を呼んだ。下に降りて行くと、彼は階段の下のところに靴を脱いで立っていた。彼女にピストルを渡した。彼女はピストルを撃ったことがない。彼が使い方を教えてくれたがあまり効果はなかった。

「早くしろよ」彼はいった。「ひと晩待たすのか」

彼は安全装置のことを教えるのを忘れていた。彼女が引き金を引いても何も起らなかった。

「その小さなレバーだよ」彼はいった。「その小さなレバーを押すんだ」。彼は待ちきれず、ソファのハードルを飛んだ。

ピストルが発射された。ちょうど空中にいる彼にルイーズの弾丸があたった。彼女は彼を撃ち殺していた。

ライソン夫妻の秘密

ライソン夫妻は、郊外住宅地シェイディ・ヒルのもろもろのことがいつもきちんとしていることを望んでいた。彼らは変化を、秩序が少しでも乱れることをひどくおそれていた。ラーキン家の土地が養老院に売却されたときなどライソン夫妻は町議会にまで出かけてゆき、どんな老人が入居してくるのか説明を求めた。ライソン夫妻の公的活動は地域美化の問題に限られていたが、この問題に関してだけは彼らは実に積極的だった。彼らの家にカクテルに招待される人間がいたとしたら、辞する前におそらく町の秩序を保つ嘆願書に署名を求められるだろう。たしかに誰でも自分の住む町のよさは保っておきたいと思うものだが、ライソン夫妻の場合は少し度が過ぎていた。彼らはつねに門のところに見知らぬ人間がいると思っているようだった——風呂にも入らない、不潔な、陰謀を企む他所者がいる。庭のバラをダメにしたり不動産価値を損ねたりする始末に負えない子どもたちの父親。ひげをはやし、ニンニク臭い息をし、本を持った男。ライソン夫妻は町の文化的活動には加わらなかった。彼らの家にはほとんど一冊も本がなかった。コックでさえ洗面台の上にピカソの複製画をかけるというのに、ライソン夫妻の絵の趣味といえば海に日が沈む絵とか花びんの花の絵にとどまっていた。ドナルド・ライソンは大男で金髪はだいぶ薄くなっていた。積極的な男特有の明るさがあったが、彼が積極的になるのは町の秩序を保つこと、中流らしさを守ること、もろもろの外見をきちんとしておくことに限られていた。アイリーン・ライソンはまったく魅力がない女性というわけではなかったが、彼女は内気なくせに自説はうるさく主張するところがあった――とくに町の秩序を保つことにはうるさかった。子どもがひとりいる。小さな女の子で名前はドリーといった。彼らはエイルワイヴス通りにある小ぎれいな家に住んでいた。彼らは園芸にも熱心だった。園芸も彼らにとっては外見をきちんとするひとつの方法だった。ドナルド・ライソンは、ライラックの手入れを怠っていたり、芝生の雑草をそのままにしているような隣人を強く批判した。彼らは他人とは深いつきあいはしなかった。社交という点では彼らは野心もないようだったし、必要とも思っていないようだった。ただ毎年クリスマスには六百枚ものクリスマス・カードを出した。毎晩その準備と宛名書きに時間を費やしたとしても少なくとも二週間はかかるにちがいない。ドナルドはワライカワセミのような笑い方をした。彼のことを嫌っている人間は通勤列車で彼と同じ車両に乗らないように気をつけていた。ライソン夫妻は堅苦しかった。融通がきかなかった。彼は自分の家の芝生に雑草を見つけたり、隣人の誰かが離婚を考えていると聞くと、単なる嫌な話にはとどまらず、一大事と思うようだった。もちろん彼らは変り者といってよかった。もっともこの町には彼らよりも変り者はいた。たとえば頭がおかしく貧しいフロッシー・ドルメッチ。彼女は薬の処方箋を偽造して逮捕され、三年間モルヒネを常用していたことが発覚した。カルサーズ・メイソンも彼らより変り者だった。彼は二千枚ものポルノ写真を集めていた。テモン夫人も彼らより変り者だった。彼女はあのふたりの可愛い子どもが隣の部屋で寝ているにもかかわず——、いやこれ以上続けても意味がない。ともかくライソン夫妻は変っていた。

アイリーン・ライソンの変人ぶりは彼女の見る夢にいちばんよくあらわれていた。彼女は月に一度か二度、敵か、運の悪いアメリカ人のパイロットか誰かが水爆を爆発させてしまう夢を見た。昼間の明るい光のなかにいるときは、自分がどうしてそんな夢を見るのか、彼女には理解できなかった。その夢は、日常的な彼女の家の庭とも、彼女が町の秩序に神経質になっていることとも、快適な暮しとも関係がなかったからだ。彼女は朝食の席で夫に水爆の夢を見たとはいえなかった。気持のよい食卓と庭の眺めを前にしたら——いや雨や雪のときでさえ——なぜあんな夢を見るのか自分でも説明できなかった。その夢のおかげで彼女は疲れ、落ち着きをなくした。ときどき深く沈み込んでしまうこともあった。夢のなかの出来事は、順序が変ることはあったがだいたいこんなふうだった。

夢の舞台はシェイディ・ヒル——彼女は夢のなかで、ベッドで目が覚める。ドナルドの姿はいつも見えない。すぐに水爆が爆発したという事実に気がつく。マットレスの羽毛と茶色い水のしずくが天井の大きな穴から落ちている。空は灰色をしている――光がない――ただ西のほうに、日が沈んだあとに見える美しい飛行機雲のような、細い、赤い光が見える。その光はただの飛行機雲なのか、それとも彼女を骨の髄まで破壊しつくす力の一部分なのかはわからない。灰色の空の色はこの世の終りのものに見える。空が光で輝くことはもうないだろう。窓から川が見えるが、よく見ていると何隻もの船が上流に向かって川をさかのぼりはじめている。最初は二、三隻。それから十隻になり、何百隻にもなった。モーターつきのボート、遊覧船、ヨット、補助のモーターのついた帆船、船の形はさまざまだった。手漕ぎの船もあった。船の数はふえていき、とうとう川は船であふれる。モーターの騒音で耳が痛くなるほどだった。災難から逃れ、川の上流に逃げてゆこうと、人を押しのけてまでいい位置をとろうとする人間たちの争いはますます激しく、荒々しくなる。ピストルを撃ち合っている人間の姿も見える。小さな子どもたちをかかえた家族が乗っている手漕ぎの船が、帆船にぶつけられて沈んだ。世界が終ろうというときに、目の前で行なわれている非人間的な行為を見て、彼女は夢のなかで叫び声を上げる。泣いた。そして目の前の光景を見続ける。世界の本当の姿が彼女にあきらかにされていくようだった――この姿こそ人間の生きる条件であることを彼女は前から気づいていたようだった。世界は本当は危険にみちていること、シェイディ・ヒルでの彼女の穏やかな生活は、単なる一時的な気休めでしかないことを、彼女はあたかも以前からずっと気づいていたかのように、目の前の光景を見続ける。

それから夢のなかで彼女は窓から離れると、自分たちの部屋と娘のドリーとの部屋を結んでいるバスルームを通り抜ける。娘はすやすやと眠っている。彼女は娘を起す。精神的緊張はいまや頂点に達している。小さな子ども特有のいい匂いがする自分の娘を、純粋に強く愛していることが苦しみになる。彼女は小さな娘に服を着せ、防寒着で包む。そして子どもを連れてバスルームにゆく。薬戸棚を開ける。きれい好きなライソン夫妻だったが、家のなかで唯一薬戸棚のなかだけはきれいに整理していなかった。ドリーのちょっとした病気のためのさまざまな薬が、何錠か残ったまま、ごちゃごちゃに入っている――咳止めのシロップ、うるしのかぶれ用の軟膏、アスピリン、下剤。薬の甘い匂いで彼女は子どもが病気になったときどんなに心配したかを思い出してまた泣いた。薬戸棚の戸は、さまざまな感情を呼び起す、日の光の強い夏に向かって開かれた窓のようだった。薬びんのなかに〝毒〟と書いてあるびんがある。彼女は手を伸ばしてそれを取り、ふたをまわして開ける。そして左手に自分用に一錠、娘用に一錠、薬を落とす。彼女は母親を信頼しきっている子どもにやさしく嘘をつく。そして口のなかに薬を入れようとした瞬間、バスルームの天井が崩れ、彼らはしっくいと泥水のなかに膝まで埋まってしまう。彼女は水のなかで手探りで錠剤を探したが見つからない。そして夢はいつもこのあたりで終った。およそ夢など見そうもない粗雑な夫に、食卓に身をのりだして、顔色が青白いのは、細部まではっきりした世界の終りの夢を見たからだと説明できるだろうか。夫はどうせあのワライカワセミのような笑い声をあげるだけだろう。

ドナルド・ライソンがなぜ変り者になったかは、子ども時代の体験によるところが大きい。彼は中西部のとりたててなんの特色もない小さな町で育った。父親は、胸のボタンホールに温室栽培のバラをさし、淡い褐色のスパッツをつけた古風なセールスマンだったが、ドナルドがまだ小さいときに妻と子どもを捨ててどこかへ行ってしまった。母親には友だちがほとんどいなかったし、親戚もいなかった。夫がいなくなったあと、彼女は保険会社の事務員になった。そして息子とふたりで、気の晴れることのない貧しい暮しをした。彼女は夫に捨てられた恐怖を忘れることができなかった。そして子どもに頼りきりになったので、子どもから活発さを奪ってしまったように見えた。自分の人生は、はりつけにされたキリストのように苦しいと彼女はよくいった。やっと生きているという生活を保つだけで精一杯だった。

彼女は若く、きれいで、幸福にみちていたこともあった。昔の幸福な日々を思い出すことができるのは息子にケーキの作り方を教えてやるときだけだった。夜が長く、冷たく、四家族が住んでいる共同住宅の外で風が吹き荒れている日には、彼女は台所のレンジに火をつけ、香りをつけるためにレンジのふたにリンゴの皮をひときれ落とす。それからドナルドはエプロンをつけ、台所を忙しく動きまわり、必要なボウルとフライパンを取り出し、小麦粉と砂糖を秤ではかり、卵の白身と黄身をわける。彼はどの食器棚に何が入っているかを覚えた。スパイスや砂糖はどこにしまってあるか、ナッツミートとシトロン〔柚子〕はどこにあるかよく知るようになった。ケーキ作りが終ると彼は喜んでボウルとフライパンを洗い、もとの場所に戻した。ドナルドは自分でもこのケーキ作りを愛した。そうしているあいだは、母親の生活の上に長いあいだ重くおおいかぶさっている憂鬱な気分を追い払えるように思えたからだった——孤独な男の子が、嵐の夜に台所で見つけ出した安らぎを大事にしようとしたとしても、それは自然なことだったのではないだろうか？　母親は彼にクッキーやマフィンやバナナブレッド、最後にはレディ・ボルティモア・ケーキの作り方も教えた。終るのはいつも十一時を少し過ぎていた。「とても楽しいわ、そうでしょ?」母親はいつもそうたずねた。「とても楽しいわね、いっしょで。そうでしょ? おまえも母さんもね。あのおそろしい風の音を聞いて! 海にいる船員さんは気の毒だわ」。それから彼女は息子を抱きしめ、指で彼のブロンドの髪をなでた。ときどき、そんなことをするにはもう身体が大きくなりすぎている息子を引き寄せて、膝の上に乗せた。

みんなもう昔のことだった。母親は死んだ。ドナルドは母親の墓穴の縁に立ったとき、あまり悲しみを感じなかった。彼女は死の何年も前から死というものを受け入れていた。そして死をおそれることなくいつも自分が死んでいくことを口にした。何年かたって、ドナルドはニューヨークでひとり暮しをしていた。ある春の夜、彼は突然、生きているのが嫌になった。青春時代に感じた憂鬱な気分と同じものだった。彼は酒は飲まない。本を読んだり映画を見たり芝居に行っても少しも楽しくなかった。そして母親と同じように友だちもほとんどいなかった。このみじめな気分を振り払う方法がないか、絶望的になって考えていた彼は、ふとレディ・ボルティモア・ケーキを作ることを思いついた。彼は買い物に出かけ材料を買ってきた――そうするのを深く恥じながら――そして小さな、エレベーターのついていないアパートの台所で小麦粉をふるいにかけ、ナッツとシトロンを砕いた。ケーキバターをかきまぜながら彼は憂鬱な気分が消えていくのを感じた。ケーキをオーブンに入れ、手をエプロンでふきながら、彼ははじめて、母親の面影と、子どものころ嵐の夜に台所で感じた安らぎをもう一度うまく呼びおこすことが出来たことに気づいた。ケーキが焼き上がると彼はそれを冷やし、ひと切れだけ食べてあとはゴミ箱に捨てた。

次にまた気分が落ち込んだとき、彼はケーキを作ろうという誘惑をなんとか振り払ったが、その後はいつもそうはいかなかった。アイリーンと結婚して八、九年になるがその間、彼は八、九回はケーキを作った。そのときは細心の注意を払ったので、アイリーンは夫がそんなことをしているとはまったく気がつかなかった。彼女は、夫は台所に入るような人間ではないと信じ込んでいた。それに朝食の席で、二百十六ポンドもある大男が、今朝、眠そうに見えるのは、ガレージに隠してあるレディ・ボルティモア・ケーキを作るために朝の三時まで起きていたからだと妻に説明などできるだろうか？

このおよそ魅力的でない夫妻について楽しくない事実をこれだけ語れば、彼らをきれいに消滅させたとしても問題はないだろう。彼らがいなくなっても娘のドリーの他に誰が悲しむだろう？　ドナルド・ライソンは、町の秩序を守る問題についてだけは異様に熱心だったから、その用事でならどんな天候のときでも出かけてゆく。たとえば、ある夜、冷たい嵐のなかを住民投票の集まりから家に帰る途中、彼の車はヒル・ストリートでスリップし、角の大きなにれの木に衝突し、大破する。一巻の終りである。残された哀れな未亡人は夫を愛していたためか、夫を頼っていたためか、深い悲しみにとらわれる。夫が死んで一か月かそこらたったある朝、彼女はベッドから出ようとして足をゴミ箱にとられ腰をくじく。回復するのに長い時間がかかり、体力が弱っているところで肺炎にかかり、彼女はこの世に別れを告げる。残されたドリーのことを考えなければならないが、この小さな女の子の運命については悲しいお話を用意することができる。両親の遺言の内容が法的に検討されている何か月間か、彼女は、最初は慈善団体を、次には近所の人たちを頼って生きてゆくことになる。最後に、彼女はたったひとりの親戚である、ロサンゼルスで教師をしている母親の従姉妹のところにやられる。不安と孤独にかられ、ひとりベッドのなかで泣く夜が何百夜と続く。彼女には世界はよそよそしく冷たく見える。両親のことを思い出せるのはクリスマスのときくらいしかない。クリスマスになるとシェイディ・ヒルからサルスト・トレヴァー夫人のクリスマス・カードが転送されてくる。彼女はパリに住んでいて事故のことを知らない。それからパーカー夫妻のカード。彼らはメキシコに住んでいて住所録の書き換えをしていない。それからメイヤー・ドラッグストアからのカード。ペリー・ブラウン夫妻からのカード。オーク・ツリー・イタリアン・レストランからのイタリア語のカード。ドディー・スミスからのフランス語のカード。毎年毎年、墓に入る前も、入ってからも両親あてに送られてくるこの楽しげなクリスマス・カードをゴミ箱に捨てるのがドリーの仕事になるだろう。……しかし、現実にはこうしたことは起らなかった。起ったとしても、この夫妻についての私たちの理解が深まることもないだろう。

現実に起ったのはこんなことだった。ある夜、アイリーン・ライソンはいつもの夢を見た。目が覚めると夫の姿がベッドになかった。空気はかぐわしい香りがした。突然、彼女は冷汗があふれ、恐怖で心臓の鼓動がとまったようになった。そして彼女は世界の終りがきたことに気づいた。空気の中にまじったこの甘い香りは原爆の灰のものではないか？　彼女は窓のところに走っていった。しかし、川に船の姿はなかった。寝ぼけていたし、それにみじめなほど我を忘れていた。夢のなかでのようにドリーを起すことはしなかったが、それは彼女の健全な好奇心のおかげだった。廊下に煙が出ていたのだ。しかし、これはふつうの火事のときに出る煙とはちがっていた。煙にまじったかぐわしい香りは、死の灰のものにちがいないと彼女は思い込んだ。香りにひかれて彼女は階段を降り、ダイニング・ルームを通って、灯りのついている台所に行った。ドナルドがテーブルにうつぶせになって眠っていた。台所じゅう煙がたちこめていた。「まあ、あなた」彼女は叫び声をあげて夫を起した。

「こがしてしまったな」彼は煙がオーブンから出ているのを見ていった。「あん畜生め、こげてしまった」

「水爆かと思ったわ」彼女はいった。

「ただのケーキだよ」彼はいった。「ケーキがこげたんだ。なぜ水爆なんかだと思ったんだい？」

「何か食べたかったのなら私を起せばよかったのに」

彼女はオーブンの火を消した。そして窓を開けて煙の匂いを外に出し、外のニコティアーナや夜の花の匂いを家のなかに入れた。彼女は窓を開けるとき少しためらったようだった。門のところに見知らぬ人間が立っていて——あのひげをはやし、本を持った侵入者のことだ——その男が、朝の四時半に煙でいっぱいの台所に、寝巻きを着て立っている夫妻を見たら何と思うか一瞬考えたからだった。人生というのは複雑なものだという思いが——おそらく一瞬——彼らの心に浮かんだに違いないが、それは一瞬のことでしかなかった。どうしてこんなことをしているのか、それ以外に説明のしようがなかったのだ。彼はこげて炭になってしまったケーキをゴミ箱に捨てた。そして彼らは台所の灯りを消し、階段をのぼっていった。彼らは以前にもまして人生というものがわからなくなっていた。そして以前にもまして外見をきちんとすることに努力しようと思っていた。

兄と飾り簞笥

私は小男がきらいだ。だから小男のことはもう書きたくない。ただ兄のリチャードのことでこのことだけはいっておきたい。兄は小男である。手は小さい、足も小さい、腰も小さい、子どもたちも小さい、妻も小さい。彼はわが家のカクテル・パーティにやってくると小さい椅子に坐る。彼の本にはどの本にも表紙の裏のところに小さな字で「リチャード・ノートン蔵」と書いてある。私の意見では、彼は小男に特有の、人をむかむかさせる雰囲気を発散させている。彼はまた、子どものときから甘やかされて育ってきている。彼の家に招待されると、彼の皿の上の彼の料理を彼の銀食器で有難く食べさせていただくことになる。さらに、しょっちゅう変る、どうでもいいような彼の家の規則に従っていると、幸運にも彼のブランデーを少し頂戴できることもある。ちょうど三十年前にも、彼の部屋に行って彼の玩具で彼の意のままに遊ぶと、ごほうびに彼のジンジャーエールをコップに一杯もらえたように。情熱のおもむくままに人生を芝居のつもりで生きることが冒険だと思っている人間がいるものだ。彼らは実際に恋をしたり友人を作ったりするのではなく、生まれたときから自分がプロデュースすると思い込んでいるお芝居に、男や女や子どもや犬を出演させ役を振り当ててゆく。彼らの心が狭く、役の振り当てが好き嫌いの感情に支配されている場合にとくに、彼らは実際に生きることより、お芝居を作るほうが好きなのだということがわかってくる。あまりに演技がひどいのでかえってわれわれはそのお芝居にひきつけられる。少女役の女優は年を取り過ぎている。主役の女優も同様だ。犬は種類が違っているし、家具はその場にそぐわない。衣裳はすり切れている。コーヒーを注ぐ場面ではポットが空っぽだとわかる。しかしともかくドラマはもっと素晴しい役者や衣裳で作られたときと同じように進行し、観客は恐怖と憐れみを感じてくる。兄を見ていると私は、彼が二流の役者を使って芝居を作っている、彼は永遠に甘やかされた子どもの役を演じていると感じてしまう。

わが家には、代々つたわる家具に強い執着をしめすという伝統がある――遺言が明らかにされる前に皿のセットを私物化する、カーペットの奪い合いをする、壊れかかった椅子をめぐって血のつながった者が仲違いをする。スープを入れる壺とか脚付きの飾り箪笥《ローボーイ》といった家具に付いた、どうでもいいような部品にまでそれにまつわる話やいいつたえがある。それはやがて陶器の上ぐすりとか家具の最後の仕上げの具合とか、食器や家具そのもののこまかい質にまで及び、そうした話やいいつたえが、私の場合ハープシコードの音楽を聞くときに感じる、あのどうしてもそれが欲しくてたまらない気持をかきたてるようだ。私が最後に兄と会ったのは、脚付きの飾り箪笥に関係がある。母の死が突然であったこととあいまいな一項があったために、食器と家具のあるものは、従姉妹のマチルダのものになった。その時点で彼女に異議を申し立てようとする者はなかった。彼女は現在九十歳を越え、年のせいで物欲も昔ほど強くなくなったようだ。あるとき彼女は、リチャードと私に手紙を寄こし、自分の持っているもののなかに欲しいものがあったら喜んでさしあげるといってきた。私は脚付きの飾り箪笥が欲しいと手紙を書いた。私の記憶ではその飾り箪笥は、重い真鍮とコードバン色のよく磨かれた薄板の付いた、脚が開いた、優雅な家具だった。もっとも私は、どうしてもそれが欲しいというわけではなかった。それほどこだわっていなかった。しかし兄はそうではないようだった。従姉妹のマチルダは、彼に手紙で、飾り箪笥は私にあげるつもりだといった。それで彼は私に電話をかけてきて飾り箪笥が欲しい、自分のほうが愛着を持っているのだから議論の余地すらない、といった。彼は日曜日に私の家に行っていいかと聞いた——私と彼の家は五十マイルほど離れている——もちろん断れなかった。

その日は、彼の家でのことではなかったし、彼のウィスキーがふるまわれたわけでもなかった。その日の彼のものは彼の魅力というわけだった。私は有難くも彼の魅力とやらに接する恩恵に浴した。何年も前に私の妻にくれたバラが庭にあるのに気がつくと、彼は「私のバラがよく育っているね」といった。私たちは庭で酒を飲んでいた。

春の一日だった――あの信じられないようなグリーン・ゴールドの日曜日のひとつだった。あらゆるものが花咲き、葉を広げ、芽ぶいていた。目に入り切らないほどだった――さまざまな色の光、さまざまな匂い、人の心を刺激する喜び――しかし、もっとも謎めいていて気持をかきたてたのは影、とらえどころのない光だった。私たちは大きなカエデの木の下に坐った。葉はまだ充分に茂っていなかったが光をさえぎることはできた。素晴しく美しい木だった。一本の木というより何百万本ものなかの一本、子ども時代からずっとつながっている葉の多い木の長い鎖のひとつのように見えた。

「飾り簞笥をどうするんだ？」リチャードが聞いた。

「どうするって？　従姉妹のマチルダが手紙で欲しいものがないかと聞いてきたんです。私が欲しいものはあれしかないですよ」

「いままで家具が好きだったことなんかないじゃないか」

「そんなことないですよ」

「でもあれは私の簞笥だよ」

「リチャード兄さんにかかっちゃみんな自分のものなんだから」

「ケンカしないで！」妻がいった。妻のいうとおりだった。私は馬鹿なことをいってしまった。

「それじゃお前から飾り箪笥を買うことにするよ」

「兄さんの金など欲しくないですよ」

「じゃあ何が欲しいんだ？」

「どうして兄さんがそんなにあの箪笥を欲しがるのか知りたいだけです」

「説明するのは難しいが、ともかく欲しいんだ。とても欲しいんだ！」彼はいつになく率直に感情を込めていった。そこには、何でも自分のものにしたがるという、家族のあいだでもよく知られている彼の所有欲以上のものが感じられた。「自分でもなぜだかわからない。あの飾り箪笥はわが家の中心だったと思う。母さんがまだ生きていたころの私たちの生活の中心だった。私たちの幸福だったころの生活、昔の生活……それを思い出させてくれる家具があるとしたら、ひとつあげろといったら……」

私には彼のいうことが理解できた（これを理解できない人間がいるだろうか？）。しかし彼が飾り箪笥を欲しがる本当の理由はそれだけではないと思った。あの脚付き飾り箪笥は品のいい家具だった。私は、兄はあれを名誉のために欲しいのではないか、一種の家族の紋章として、自分の家は昔は豊かだったと証明してくれ、さらに自分は十七世紀にこの国に住みついた名門の出身であると保証してくれるものとして欲しいのではないかと思った。私には彼が手に飲み物を持ち、誇らし気に飾り箪笥のそばに立っている姿を思い浮かべることができた。これは私の飾り箪笥だ。その飾り箪笥は、由緒正しい家系の雰囲気をそなえていたから、彼はクリスマス・カードにも印刷することだろう。それがひとつ加われば、彼が自分の人生に期待している社会的名声というジグソーパズルは完成するだろう。私たち兄弟は、ともにさまざまな苦労をして育ってきた。時には悲しい目にもあった。リチャードはその苦難から這い上がり、まばゆいばかりの輝かしい社会的名声を得ることができた。しかしそれはこの脚付き飾り箪笥があればもっと素晴しいものになるだろう。おそらくそれがなかったら彼の社会的名声は完全なものにならないだろう。

私はそういうことなら飾り箪笥を兄に譲るといった。兄は非常に感謝した。私はマチルダに手紙で事情を説明した。マチルダは返事をくれた。彼女は代わりに祖母のデランシーが使っていた裁縫箱を送るといった。箱のなかには中国の扇とかヴェネチアの海馬の置物とかバッキンガム宮殿への招待状とか面白いものが入っている。飾り箪笥の運送の問題があった。親切なオズボーン氏が、その先はともかく、私の家までは喜んで運んでくれるといった。彼は木曜日に運んでくれることになった。そのあとは私がステーション・ワゴンに積んで、いつでも都合のいいときにリチャードのところに持ってゆくことができる。私はリチャードに電話してそう決まったことを伝えた。

彼ははじめからずっとそうだったが、そのときも神経過敏で緊張していた。ステーションワゴンの大きさは充分か？　調子はいいか？　木曜日から日曜日まで箪笥をどこに置いておくつもりか？　ガレージには置かないでくれ。

木曜日に家に戻ると飾り箪笥が届いていた。ガレージに置いてある。リチャードは夕食のさなかに電話をかけてきて、飾り箪笥は無事に着いたかと聞いた。そして心の底で妙なことを考えているように意味あり気にこういった。

「もちろん箪笥を譲ってくれるね？」と彼は聞いたのだ。

「どういう意味です」

「まさか自分のところに置いておいたりはしないね？」

彼は心のなかで何を考えているのだろうと私は不思議に思った。なぜ、たかがこんな木製の家具に彼は愛情だけではなく嫉妬も感じるんだろう？　私は日曜日に届けるといった。しかし彼は私のいうことを信用しなかった。彼はウィルマ——彼の小さな妻だ——と日曜日にそちらに自分で取りに行く、帰りは私を送ってゆくといった。

土曜日に長男が手伝ってくれて飾り箪笥をガレージから玄関ホールに運んだ。私はじっくり眺めてみた。従姉妹のマチルダは大事に扱っていた。赤い薄板はよく磨き上げられている。しかし薄板の上には黒い輪の形が付いていた——それは光沢の下で光っている。水の底に見えるもののようだった。私の記憶ではその輪形の上には古い銀の水差しが置かれていた。水差しにはリンゴの花やボタンやバラ、夏が終ると菊や紅葉した木の葉が挿してあった。私は引出しの中身も憶えていた。私たちの生活の沈澱物のようなものが引出しに入っていた。犬の鎖、クリスマスの花輪用のリボン、ゴルフボールとトランプ、ドイツ製の天使の像、いとこのティモシーが自殺したときに使ったペーパーナイフ、クリスタルガラスのインク壺、どのドアのものだかわからなくなってしまったたくさんの鍵。その脚付き飾り簞笥は心に強く残る思い出の品だった。リチャードとウィルマは日曜日にやってきた。私のガタがきたステーション・ワゴンからニスを守るために柔らかい毛布をひとかかえ持ってきた。リチャードと飾り簞笥は本当の恋人のようにひとつに結ばれた。その愛情がどれほど素晴しく情熱的なものかを考えると、彼が引出しの付いた家具に心を奪われてしまっていることは悲劇的なことに思えた。彼が光沢の下で光っている黒い輪形に気づいた様子や、インクの汚れが付いた引出しのなかを覗き込んでいる様子を見ると、彼も私と同じように昔のことを思い出したに違いない。彼を見ていると、私は芝生に夢中になっている庭師、自分の楽器に心奪われているヴァイオリニスト、好運のお守りに執着するギャンブラー、レースを大事にしている老婦人を思い出した。いま飾り簞笥に惜しみない愛情を注いでいる彼は、自分が彼らと同じ精神状態にいることを感じているに違いない。彼は、息子と私が飾り簞笥を毛布に包み、ステーション・ワゴンの方へ運び出すのを心配そうに見つめていた。飾り簞笥は車に積むには少し大きすぎた。彫刻をほどこされた爪の形をした脚が車の後尾扉から数インチはみ出してしまった。リチャードは両手を握りしめて残念がったが、他にどうしようもなかった。飾り簞笥を車のなかに押し込むと私たちは出発した。彼は注意して運転するようやかましくいうことはなかったが、私には彼が何を考えているかわかっていた。

事故が起きたとき、私は精神的には責められてもよかったが、実際には責任はなかった。事故は回避しようがなかったのだ。私たちは料金所で停車した。釣りをもらおうと待っていたとき、若者がたくさん乗り込んだ一台のコンヴァーティブルが私の車のうしろにぶつかり、脚のひとつを壊してしまった。

「この馬鹿ども！」リチャードが怒鳴った。「なんということをしたんだ、犯罪だぞ、これは！」。彼は両手を振りまわし、怒鳴りながら車から外に出た。私には大きな傷には見えなかったが、リチャードは深く傷ついていた。彼は当惑しきっている若者たちに、目に涙を浮かべながら飾り簞笥の講釈をしはじめた。これは非常に価値があるものだ。二百年以上も前のものだ。どれだけ金を払おうが、どれだけ保険金がおりようが、この傷を弁償することはできない。貴重で美しいものがいま世界から失われた。彼が大声で怒鳴っているあいだに、私たちのうしろに車の列ができてしまった。クラクションが鳴りはじめた。料金所の係員が車を出すようにいった。「これは重大なことなんだ」リチャードが係員にいった。車をぶつけた人間の運転席にあった名前と登録番号を控えると、私たちは先に進んだが、彼はひどく震えていた。彼の家に着くと、私たちは傷ついた古い家具をそっと食堂に運び、毛布で包んだまま床に置いた。ようやく彼のショックも薄らぎ、希望に輝いてきたように見えた。指で壊れた脚を触っている姿を見ると、彼がもう近い将来脚を修理し終えたときのことを考えはじめていることがわかった。彼は私に少し酒をくれた。それからたしなみのある紳士が個人的な危機に直面したあと気を取りなおしてするように、自分の庭の話をした。しかし彼の心は隣の部屋にある傷ついた犠牲者にあることは明らかだった。

リチャードと私はふだんそれほど会うことはない。そのときも一か月ほど会わなかった。会ったのはボストン空港で夕食をとっているときだった。ふたりともたまたま空港で飛行機を待っていた。夏だった――そのとき私はナンタケットに避暑に行くところだったから真夏だったと思う。暑かった。暗くなりはじめていた。その夜は〝燃える刀〟はじめ特別のメニューが用意されていた。調理された食べもの――シシカバブや仔牛のレバーやブロイラーの半片――がサイドテーブルに運ばれてきて小さな刀で突き刺されていった。次にウェイターが刀の先に綿のような物を巻きつけ、それに火をつけた。そして火と騎士道精神の炎に包まれた食べものを客に差し出した。こんなことを書くのはその様子が滑稽で趣味が悪いと思ったからではなく、逆に素晴しいものに見えたからだ。夏の夕暮れどき、ボストンの、上品で慎み深い人間たちがこのショウを喜んで見ていた。〝燃える刀〟があちこちのテーブルを行き来しているなかで、リチャードは脚付き飾り簞笥の後日談をしてくれた。

それは冒険の物語だった！　素晴しい話だった！　はじめ彼は近所の家具職人をすべて調べてみて、ウェスト・ポートに住むある男に安心して脚の修理をまかせられることがわかった。しかし、その家具職人も、簞笥を見るなり心を奪われてしまった。彼は買いたいといった。リチャードが断ると、彼は由来を知りたがった。修理がすむとふたりは、飾り簞笥を写真に撮り、それをある十八世紀の家具の権威のところに送った。有名なものであることがわかった。悪名高いものだった。一七八〇年に有名なスターブリッジの家具職人が作ったバーストウの飾り簞笥で、ずっと火事で焼失したと思われていた。プール家の持物だった（わが家の偉大なる祖母はプール姓だった）。

そして一八四〇年までは彼らの所有物目録にきちんと記載されていた。その年に家が焼失した。しかし、消えたのはその家具の行方についての情報だけで、現物は無事われわれの手に渡っていたのだ。そして、いまそれは気高い骨董収集家によって、帰ってきた放蕩息子のように再び生命を与えられた。メトロポリタン美術館のキュレーターは、リチャードに美術館で展示したいのでぜひ貸してくれといった。ある収集家は一万ドル出すといった。リチャードは、自分が大事に持っていたものが人類の財産であることを知り、その素晴しい経験を楽しんでいた。

彼が一万ドルといったとき私は少したじろいだ――そうしようと思えば私がずっと持っておくこともできたのだ。――しかし私はそれを望まなかった。私は本当に欲しいとは思わなかった。そして私は、空港の食堂で、リチャードはいま危険と呼んでいい状態にいるのではないかという気がしてきた。私たちは別れの挨拶をしてそれぞれ違う方向に飛び立った。秋に彼は仕事のことで私に電話してきた。そしてまた飾り箪笥のことを口にした。箪笥が置いてあった敷物のことを憶えているか？　憶えていると私はいった。古いトルコ絨緞だった。さまざまな色をしていてあちこちに不思議な模様がついていた。それだ、それとほとんど同じ敷物をあるニューヨークの店で見つけたと彼はいった。それでいまかぎつめ形の脚は、昔と同じ茶と黄色の幾何学模様の

絨緞の上に乗っている。兄はすべてを集めたのだ――彼はジグソーパズルを完成した

のだ。次に何が起るか、彼は私にいわなかったが、容易に想像できた。彼は銀の水差

しを買ってきてそれにいっぱい紅葉した葉を挿す。そしてある秋の夜、ひとりで飾り

箪笥のそばに坐り、ウィスキーを飲み、自分の創造物を満ち足りた気分で眺める。

私の想像ではその夜はおそらく雨が降っている。リチャードを素速く過去へと連れていく音は雨音以外にない。ついにすべてが完全にそろった――水差し、重い真鍮の光沢、絨緞。引出しの付いた飾り箪笥は、現在に運ばれてきたというより、過去を部屋に連れてきたように見える。それこそ彼が望んだことではなかったか？　彼はニスに付いた黒い輪と空っぽの引出しの香気に目を細めるだろう。そしてふたつの液体――雨とウィスキー――が効いてきて、これまでこの飾り箪笥に触れた人間、磨いた人間、酒の入ったグラスを置いた人間、水差しに花を活けた人間、糸くずを引出しに入れた人間、そうした過去のさまざまな人間の手が暗闇のなかから伸びてくるように見えてくる。彼がそれを見ていると、あたかも死んだ人間がこの世にしがみつくよう、、、がのように彼らの指紋がゆっくりと磨かれた箪笥にくっついてゆく。兄は彼らのことを思い出し、さらに一歩進んで彼らをよみがえらせる。死者たちは大急ぎで部屋に降

りてくる——飛んでくる。何年間も彼が招いてくれるのを、苦しみながらいらいらしながら待っていたかのように。

死の世界から最初によみがえってくるのは祖母のデランシーだ。黒ずくめでジンジャーの匂いがする。美しく知的で自信にみちた彼女は、古い過去と訣別し、新しい生き方を選んだ。その興奮が波の力のようになって彼女の人生を支えた。そして誰もが知っているように、彼女は死ぬまで高揚した気持のままで生き、天国に行った。自分が受けた教育はポケット・ハンカチーフの縁縫いの仕方、少しばかりのフランス語の話し方だけだったと彼女は自嘲するようにいった。しかし彼女は、女が意見を持つのはよくないとされた古い世界を捨て、新しい世界に入っていった。そこでは彼女は、演壇に立って意見を述べることもできたし、こぶしで講演用の机を叩くことも、夜ひとりで歩くことも、赤い消防用の馬車が通りを走るときには消防夫に歓声をあげることと（彼女はいつもそうした）もできた。彼女ははるか西のクリーヴランドまで女性の権利について演説をしながら旅して歩いたので、しぐさが自信にみち、予言者のようになった。女性は何にでもなれる！　医者にも！　弁護士にも！　技術者にも！　女性はルイザ叔母さんのように葉巻を吸うこともできる！

そのルイザ叔母さんは、葉巻を吸いながらみんなが集まっているところへ飛びこんできた。スペイン製のショールの房飾りが彼女のうしろの空中に広がっている。彼女がいつものように力強く、あわただしく入ってきて箪笥に触れ、青い椅子に腰をおろしたときに輪の形をしたイヤリングが揺れ動いた。彼女は画家だった。ローマで絵の勉強をした。生活は乱れ、派手で、情熱のままに生きたので破滅がつきまとった。彼女は大きな主題と取り組んだ――「サビーヌの掠奪」と「ローマの略奪」。裸の男や女たちが彼女の大きなキャンヴァスにひしめきあっていたが、絵にはならなかった。色はくすんでいたし、戦場の上の雲さえも活気がなかった。画家になろうとしたのは失敗だったと気づいたときはすでに遅かった。彼女は自分の夢を長男のティモシーに託した。ティモシーは不機嫌な顔で墓場からその部屋に入ってきた。ベートーヴェンのソナタの楽譜をかかえ、顔は深い恨みを持っている人間のように暗い。ティモシーは名ピアニストになるつもりだった。それは母親が決めたことだった。彼はあらゆる苦しみ、不自由、神童にしかわからない屈辱を経験した。孤独でつらい人生だった。彼は七歳のときに最初のリサイタルを開いた。十二歳のときにオーケストラと共演した。次の年にコンサート・ツアーを行なった。彼は変った服を着た。長いカールにした髪に油を塗った。そして十五歳のときに自殺した。母親が冷酷に彼をせきたてすぎた。この、情熱的で献身的な女性はなぜそんな間違いをしたのか？　彼女はおそらく、生まれながらにか誤ってか、自分はふつうの満ち足りた男女の恵まれた世界から締め出されてしまっているという感情を隠すつもりだったのかもしれない。あるいはその感情に復讐しようとしたのかもしれない。彼女は有名になればそうした感情は消えるだろうと信じたのかもしれない。――つまり、自分が有名な画家になるか、息子が有名なピアニストになるかしたら自分たちは二度と孤独も屈辱も味わうことはないだろうと。

リチャードにはトム叔父さんをみんなの仲間に入れないようにすることもできなかった。リチャードは抵抗できなかった。飾り簞笥の魅力とは苦しみの魅力だと気づくのが遅すぎた。彼はすでに苦しみにとりつかれてしまっていた。トム叔父さんは昔の運動選手が持っていた優雅さをいまも失わずに部屋に現われた。彼は女好きだった。彼がどれだけ情事を重ねたか、そのすべてを知ることは誰にもできなかった。彼の相手の女の子は週ごとに変った――ときには週のなかばにもう変ることがあった。何十人、何百人、何千人かもしれない。彼は腕に末っ子のピーターを抱いていた。ピーターの足にはギプスがはまっている。ピーターは生まれる前から不具者だった。両親がケンカをして、トム叔父さんがルイザ叔母さんを階段から突き落としてしまったのだ。

ミルドレッド叔母さんは空中をぎこちなく歩いてやってきた。席に着くとき膝が隠れるよう青いスカートを引っぱった。そして不安そうに祖母のほうを見やった。祖母は女性解放運動をミルドレッドに受け継がせた。あたかも条約と協定、旗と国歌によって守られている国を受け継がせるように。ミルドレッドは受け身の生き方、裁縫、家事は自分のするものではないと知った。主婦で満足してしまうような堕落した生き方をすることは、母親が剣で永遠に勝ち取った女性解放という領土を暴君の手に渡してしまうようなものだった。彼女は自分が何をしてはいけないかはよくわかっていたが、何をすべきかを決めることができなかった。彼女は野外劇を書いた。詩を書いた。六年間もクリストファー・コロンブスについての戯曲にかかりきりになった。夫のシドニー叔父さんは乳母車を押した。ときには絨緞の掃除機を押した。彼女は夫が家事をするのを怒って見つめた。夫は彼女の職分を不当に奪っている。彼女の有益さを無視している。そこで彼女は恋人を作った。ふたりが出会ったホテルに三回か四回行くうちに彼女は本当の自分を発見したと感じた。不倫は、母親が彼女に手渡した女性解放のための機会とはいえなかったが、クリストファー・コロンブスよりはましだった。人目を忍ぶ恋をすることで彼女は、女性解放に貢献しようとした。しかし不倫はみじめなものだった。そして匿名の手紙がすべてを明らかにしてみじめに終った。あとには苦い涙が残った。彼女の恋人は姿を消した。そしてシドニー叔父さんは酒を飲みはじめた。

シドニー叔父さんは墓場からよろめきながら姿を現わした。そしてリチャードの隣のソファに腰を降ろした。酒の匂いがぷんぷんする。彼は妻の不倫を知ってからずっと飲み続けだった。顔はむくんでいる。腹は出ていてシャツのボタンをはじきとばしてしまっていた。気持も目も生気がない。酔っ払って彼は火のついたタバコをソファの上に落としてしまった。ビロードの布が煙を出しはじめた。リチャードの役割は傍観するだけだった。話すことも動くこともできなかった。シドニー叔父さんはやっと火に気がついた。そしてウィスキー・グラスの中身をソファに注いだ。ウィスキーとソファが燃えあがった。古い、釘を打ったウィンザー朝の椅子に坐っていた祖母が立ち上がったが、釘に服がひっかかってしまい、ドレスの裾が破れた。犬が吠えはじめた。足の悪いピーターがかすれた声で歌いはじめた——卑猥なほど皮肉っぽく——「この世界に喜びを！　主は来ませり。天と地に歌を」。リチャードが再現したのはクリスマスの夕食だったから、それにふさわしい歌だった。

どの段階かで——たぶん銀の水差しを買ったときに——リチャードは恐ろしい過去に身をゆだねてしまったのだ。そして彼の人生は、自然界の他の多くのものと同じように弧を描いていった。次第に下降していった。彼は妻のウィルマを愛していたはずだったが、飾り簞笥が彼の家のなかで圧倒的な位置を占めるようになると、彼は不幸な子ども時代に戻ろうとしているように見えた。私は家族を連れて、彼の家に夕食に出かけた——感謝祭のときだったに違いない。飾り簞笥は食堂に置いてあった。不思議な模様の付いた絨緞の上に置いてあった。銀の水差しには菊が何本も挿してあった。リチャードは妻と子どもにいらいらしながら話していた。そういうリチャードを見るのは久しぶりだった。彼は誰ともケンカをした。私の子どもともケンカをした。特権的に素晴しい人生を与えられた人間が片方にいる。他方にはその人間の演技を見るために、不機嫌や伝染病や悪夢に悩まされなければならない人間が大勢いる。そんなことがあっていいのか？　私たちはできるだけ早く彼の家を出た。

家に戻ると私は、ミルドレッド叔母さんのものだった緑のガラス製のろうそく立てをサイドボードから取り上げ、ハンマーで叩き割った。それから、祖母の裁縫箱をゴミ箱に捨てた。祖母のレースのテーブルクロスを焼いて大きな穴を開けた。そして彼女の錫の置物を庭に埋めた。さらに——ローマ時代のコイン、ヴェネチアの海馬、中国の扇を捨てた。われわれが大事にできるものは、せいぜい人はいつかは死ぬという漠然とした考えと、われわれを結びつける深い愛情である。その他のものはどうでもいい。二階のホールにあるフクロウの剝製と階段の踊り場の柱に置いてあるヘルメス像をぶっ壊せ！　ルビーのネックレスを質に入れ、バッキンガム宮殿への招待状を投げ捨て、ムラノの香水吹きと広東の魚用の皿を踏みつぶせ。われわれを苦しめ、われわれの目的を邪魔する者は、寝ているときであれ、起きているときであれ追い払え。過去をきれいさっぱり振り捨てる勇気——これが私たちの合言葉となるだろう。金棒をもった鬼の前を通り、山の連なる幽冥の境を越え、この世に戻るにはこれしかない。

美しい休暇

われわれが城に対して抱くイメージは子どものときに作られ、大人になっても変らないものだ。変える必要もないのではないか？　実際の城は中庭にアザミが生い繁っているし、玉座の部屋の入口は緑色をした毒蛇の巣に守られているなどといってみても意味はないだろう。この城の本丸、はね橋、壁、塔は、子どものころ水ぼうそうにかかったとき、ベッドで鉛の兵隊を使って占領した想像のお城とおなじものだ。あのとき奪ったのはイギリスの城だった。いま目の前にあるのはスペインの王様がトスカーナを占領していたころに作った城だ。夢見るような崇高さ――貴族のもつきわめて神秘的な雰囲気――は子どものころの想像の城の場合も、いま目の前にあるイタリアの城もどちらも変らない。ここでは何をやっても場違いでない。城壁のうえでマティーニを飲むのはスリリングなことだし、泉で水浴びをするのも心躍る。夕食のあと階段を降りて村にマッチを買いにゆくことさえわくわくする。城のはね橋が降ろされる。両開きの戸が開かれる。そしてある朝、城からピクニックの支度をした一家が濠を渡って村へ降りてくるのが見える。

彼らはアメリカ人である。ほほえましいばかりにはしゃいだり、ぎこちなくしたりしているのを見れば、彼らが旅行者だとすぐにわかる。父親は背が高く、少し猫背だ。縮れ毛で真っ白な歯をしている。彼の妻は美しい。彼らには子どもがふたりいる。ふたりとも男の子でプラスチック製のオモチャの機関銃の玩具を持っている。彼らのお祖父さんが最近送ってきたものだ。日曜日で、村のあちこちで鐘が鳴っている。イタリアにこんな鐘を持ち込んだのは誰だろう？　フィレンツェの美しい鐘のことではなく、オリーブ畑や糸杉の並木道の上に鳴り渡る粗末な田舎の鐘のことだ。鐘の音はこの国のものとは思えない不調和な音を響かせている。もしかしたらフン族のアッチラが荷車に積んで運び込んだ鐘かもしれない。鐘の音はせわしなく、ひっきりなしに最後の古い漁村といっていい村のうえに鳴り響いている。――実際、この村は昔ながらの漁村の姿が保たれている最後のひとつといっていい。城の階段を降りていくと村に出る。こぢんまりとした、文明に汚されていない村だ。バスも鉄道も通っていない。ペンションもホテルもない。美術学校もない。旅行者もいなければみやげものも売っていない。絵葉書一枚売っていない。村の人は絵のように美しい衣裳を着ている。仕事をしながら歌を歌う。網にかかった古いギリシアの壺を引き上げる。この村ではまだ羊飼いが笛を鳴らす。胴をしめつけないゆったりとした服を着た美しい娘たちが頭に魚を入れた籠を載せて運んでも誰も写真に撮ったりしない。夕暮れどきにはあちこちの家でセレナーデの歌声が聴こえてくる。ここは最後の牧歌的な村のひとつだ。城から階段を下ってきたアメリカ人が村にやってくる。

教会に向かう黒い服を着た女たちが彼らに会釈してお早うという。「あの人、詩人よ」と彼女たちはささやきあう。詩人の先生、奥さん、お子さんたち、お早うございます。彼らの丁重な挨拶はアメリカ人を当惑させるようだ。

「なぜみんなパパのことを詩人っていうの?」年上の子どもが質問するが父親は答えない。広場に出るとこの村も完全に牧歌的ではないことがわかってくる。険しい陸路では入り込めなかった文明が電波でやすやすと入り込んできているのだ。広場の泉のところに坐っている村の子どもたちは麦わら帽子を額に斜めにかぶり、歯にマッチ棒をくわえている。歩くときには、この村には鞍をつけた馬など一頭もいないのに、あたかも鞍の上で生まれたようにうしろ足をひきずって歩く。カフェに置かれたテレビの青緑色の画面が彼らを船乗りからカウボーイへ、漁師からギャングへ、羊飼いから不良少年やショウの司会者へ変えつつある。いまや彼らの膀胱はコカコーラでいっぱいになっている。この光景はアメリカ人にとって哀れなものに見える。「すべて私の責任だ」と村の人間に詩人と呼ばれているセトンは、家族を連れて家族用の手漕ぎボートが置いてある桟橋に歩いていきながら思う。

港はスープ皿のように円い形をしている。港の出入口の両側は崖になっている。海に面した遠くの崖の上にセトン一家が夏のあいだ借りた、ふたつの丸い塔を持った城が建っている。完璧といっていい景色に見とれながらセトンは両腕を伸ばし、「素晴しいところだ」と感嘆の声をあげる。彼はボートのともに坐った妻のために日傘をさしかけてやり、子どもたちを大人しくさせようと声を荒らげる。「トミー、パパが坐れといったところにちゃんと坐りなさい！」彼は大声でいう。「お喋りはやめなさい」。子どもたちは不満そうに何かいう。突然、玩具の機関銃が大きな音をたてる。彼らは大声で騒ぎながら、しかし、いい合いはやめて海へ出てゆく。鐘の音はもうやんでいる。古い教会のオルガンのかすれたような音が聞えてくる。海の霧のためにオルガンのふいごは腐っている。海岸に近い水はなまぬるく、汚れがひどいが、突堤を過ぎると水はきれいに、色あざやかになってきて、より明るい要素が加わったように見える。セトンは深い海の底の砂と岩の上に映っているボートの影をのぞいて見る。まるで自分たちが青い空気のなかに浮かんでいるように思えてくる。

　オール受けは革ひもで固定されている。セトンは坐ってボートを漕ぐ。力をオールにかたむける。彼は自分はいまみごとにボートを漕いでいると思う――絵のように美しい姿だとさえ思う。しかし遠くから見ても彼がイタリア人でないことはすぐにわかる。実際、彼の姿には罪の意識に悩んでいる雰囲気がある。哀れな男が自分を恥じているようにも見える。ボートを漕いでいると、空を浮かんでいるような気分になるし、あたりは静かで気持がいい。——真っ青な空に向かってそびえている塔は、彼の意識のあらわれのように見える。にもかかわらず彼は罪の意識を消し去ることができない。せいぜい少しのあいだ忘れることができるだけだ。自分は村の人間たちに嘘をついている、正体を偽っている、人の心を傷つけている犯罪者だ。夫の心のなかを感じとったのだろう、彼の妻は静かにいう。「心配しないで、あなた、誰もあなたのことを知らないのよ。たとえ知ってもここの人はそんなこと気にしないわ」。彼は自分が本当は詩人ではないから、そして、この素晴しい日は最後の審判の日だからこそ正体を偽っていることを気に病んでいる。彼は詩人ではない。ただ詩人だといえばイタリアでは尊敬されるかもしれないと願っただけだ。罪のない嘘である——ただの願望である。彼がイタリアに来たのはもっと意味のある人生を送りたいと思ったからだった。少なくとも視野を広げたいと思ったからだった。実際彼は詩を書こうとさえ思ったことがある。——何か善と悪についての詩を。

海には他にもボートがたくさん出ていて、崖のまわりをまわっている。暇を持て余している人間たちやビーチボーイたちがボートを漕いでいて、お互いに先端をぶつけ合っては女の子を怖がらせている。大声でカンツォーネを歌っている。彼らは詩人の先生に挨拶する。崖のまわりの岸はすぐ海になっている。岸から段々畑に葡萄園が作られている。野生の花が咲き乱れている。砂の入江がいくつか鎖のようにつながっている。セトンはいちばん大きな入江にボートを向ける。船が浜辺に近づくと子どもたちは海に飛び込む。彼は浜辺に降りると、傘や用意してきたものを船から降ろす。浜辺の人間がみんな彼らに声をかける。手を振る。何人か教会に行った人間を除いて、村の人間はすべて浜辺にいる。セトン一家だけが他所者である。砂は黒味をおびた黄金色をしている。海は虹のように輝いている——エメラルド、孔雀石、サファイア、インディゴ——。ここには粗野な人間もいないし、他人のことを詮索する人間もいない。そのことに感激したセトンの胸はあふれるような感謝の気持でいっぱいになる。これこそ飾り気のない心だ、と彼は思う。これが美だ、人間性のありのままの気高さとはこのことなのだ。彼はきれいな、浮揚性のある海で泳ぐ。泳ぎ終ると太陽の下で身体を伸ばす。しかし彼はまた不安げに見える。また、本当は詩人ではないことを気に病んでいるように見える。詩人でないとしたら彼の仕事は何か？

彼はテレビのシナリオ・ライターである。城の真下にある入江の砂に寝そべっている人間はテレビの脚本書きである。しかも罪深いことに彼は「ベスト・ファミリー」というくだらないシチュエーション・コメディの作者なのである。凡庸なテレビ番組の仕事は血と肉に関わる大事な仕事ではなく、腐敗の大国、小国と関わることだと気づいた彼は、仕事を捨てイタリアに逃れてきた。しかしそのイタリアでなんと「ベスト・ファミリー」がテレビ放映されていた――イタリアでは「ラ・ファミリア・トスタ〔厚かましい一家〕」という題名になっていた――彼が脚本を書いた愚かなドラマはシエナの塔にものぼるだろうし、フローレンスの昔ながらの通りでも聴かれるだろう。ベニスのグリッティ・ホテルのロビーを出て大運河にも伝わるだろう。この日曜日に彼ははじめて村人の前に姿を現わした。父親を誇りにしている子どもたちのおかげでその言葉は村に広まっていた。彼は「詩人」だ！

子どもたちは玩具の機関銃で撃ち合いを始めている。それは彼にみじめな過去を思い出させる。何も知らない子どもたちの肩に、テレビの腐敗があらわれ出ている。村の子どもたちは歌を歌い、踊りを踊り、花をつんでいるというのに、彼の子どもたちは岩から岩へと飛びうつり、殺しの真似事をしている。それは小さなあやまちで取るに足らないことだが彼を困惑させる。とはいっても、彼は子どもたちを呼び戻すこともできないし、殺される人間の叫び声や格好をうまく演じてみせたりしたら、イタリア人がアメリカ人のことを誤解するかもしれないと、子どもたちに説教しようとすることもできない。彼らは明らかに村人に誤解されている。彼の目には、女たちが小さな子どもたちに銃を玩具として与えるなんて、なんと野蛮な国だろうと、あきれて頭を振っているのが見える。まあ、なんてことかしら！　イタリア人は映画のなかでこういう野蛮な光景を見ているのだ。イタリア人はギャングの戦争をこわがって、誰もニューヨークの通りを歩こうとはしないだろう。ニューヨークを一歩でも出たらこんどは裸の野蛮人だらけの荒野に取り囲まれてしまう。

戦争ごっこは終る。子どもたちはまた泳ぎにゆく。セトンは水中銃を持ってきていたので、入江の先端の海底に広がる岩棚に探検に出かける。彼は海に潜る。透き通った魚の群れのあいだを泳ぐ。さらに潜る。水は暗く冷たくなる。大きなタコが敵意のこもった目でこちらを見ているのが目に入る。タコは仲間を集めると白い花におおわれた穴のなかに隠れる。穴の端に、彼はアンフォラと呼ばれるギリシアの白い壺を見つける。それを取ろうとさらに潜る。指にざらざらした粘土の感触が伝わる。彼は息を吸いに上にあがる。何度も何度も潜った末にとうとう彼は勝ち誇って壺を光の中に引き上げる。丸い形をした壺で、首のところは細くなっていて取っ手がふたつついている。首のまわりを黒っぽい粘土がスカーフ状に囲んでいる。壺はいまにもふたつに割れそうだ。こうした壊れかけた壺や、もう少しましな壺がこのあたりの海岸でよく見つかる。価値のない壺はカフェやパン屋や床屋の棚の上に飾られる。しかしセトンが引き上げた壺の価値は他人にはわからない。――テレビの脚本家が地中海に潜ってギリシアの壺を引き上げてきたという事実は、文化的ないい予兆のようだった。このことで彼は自分に自信が持てそうだった。彼はワインを少し飲んでこの発見をひとり祝福する。食事の時間になる。昼食にワインを一本空ける。そのあと浜辺にいる人間たちと同じように日陰で横になり、昼寝をする。

目をさまし、ちょうどひと泳ぎして気分をすっきりさせたとき、彼は見慣れぬ人間たちがボートで岬をまわってやってくるのを目にした。ローマから週末をタルロニアで過ごしにやってきた家族だろうとセトンは思った。父親と母親と男の子がひとり。父親はオールに手こずっていた。三人の青白い顔と態度を見ると、彼らが村の人間たちとは違っていることがわかった。彼らは別の大陸からこの入江に近づいてきたように見えた。近づくにつれ女が夫にボートを浜辺に着けるように頼んでいる声が聞えた。父親はいらいらしながら大声でそれに答えていた。忍耐心をすり切らせている。ボートを漕ぐのはやさしくないんだと父親はいった。はじめての入江にボートをつけるのは難しい、風がちょっとでも吹いたら他のボートと衝突してこなごなになるかもしれない、そうなったら新しいボートを買って持主に弁償しなければならない。ボートは値段が高い。父親のお喋りは母親を困惑させ、息子をうんざりさせているようだ。

母親と子どもは水着を着ているが、父親は着ていない。白いシャツを着た父親は、このののどかな海辺には不似合に見える。せっかくの澄んだ海と、優雅に泳いでいる人間たちも彼の怒りを増すだけだ。不安と不快感で顔を真っ赤にしながら彼は興奮して、泳いでいる人間に危ないと必要もないのに大声で怒鳴り、岸にいる人間に質問を浴びせかける（水の深さはどのくらいか。入江は安全か）。そしてようやく無事にボートを岸につけた。この大騒ぎのあいだ、男の子は意味ありげに母親に笑いかけた。母親も同じように笑い返した。彼らは何年間も父親が引き起す騒ぎに耐えてきていた！この騒ぎはずっと終らないのか？　腹を立て、不平をいいながら父親は二フィートの深さしかない海にいかりを降ろした。母親と息子はボートのへさきから海に入り、遠くへ泳いでいってしまった。

セトンは父親を眺めた。男はポケットから「イル・テンポ」紙を出して読みはじめたが光が強すぎた。それから男は家の鍵と車の鍵が羽根がはえてどこかへ飛んでいったのではないかと不安そうにポケットを探った。それが終るとコップで少しばかりのボートの水あかをかき出した。それから男はすり切れたオールのひもを調べ、腕時計を見、いかりの具合を調べ、また腕時計を見、雲がひとつ浮かんでいるだけなのに嵐の心配はないか、空の様子を眺めた。それからようやく腰を下ろしてタバコに火をつけた。しかし男がまた心配を始めたのが、顔にあらわれた。あらゆることを心配する人間なのだ。ローマの家の湯わかし器をつけっぱなしにしてきた！　貴重品がすべていまこの瞬間に爆発で吹き飛んでいるかもしれない。車の左のフロント・タイヤがへこんでいた。いまごろ空気が抜けてしまっているだろう。車が田舎の漁村によくいる泥棒たちに盗まれていなかったらの話だが。西の空の雲はたしかにまだ小さいが嵐の前ぶれのような雲だ。帰り、岬をまわるところで無情にも高波に洗われボートから投げ出されるかもしれない。ようやくペンション（夕食代はすでに払い込んであった）に着いても最上のカツレツはみんな食べられてしまい、ワインも飲みつくされているだろう。ローマを留守にしているあいだ大統領が暗殺されるかもしれないし、リラの価値が下がるかもしれない。それは誰にもわからない。政府が倒れているかもしれない。男は突然立ち上がり、妻と息子に向かって大声で叫びはじめた。もう帰るぞ、帰る時間だ。夜になってしまう。嵐が近づいている。夕食に遅れてしまう。フレジンの近くで交通渋滞に巻き込まれるかもしれない。テレビの面白い番組を見逃してしまうかもしれない……。

男の妻と息子は男の方を振向き、ボートに向かって泳ぎはじめたが急いではいなかった。まだ遅くなっていないことを彼らは知っていた。夜は近づいていなかったし、嵐の兆しはなかった。ペンションで夕食を食べそこなうこともないだろう。彼らはいままでの経験からいま帰ったら夕食のテーブルの準備ができる前にペンションに着いてしまうことを知っていた。しかし他にどうしようもなかった。彼らはボートによじのぼった。父親はいかりを引き上げ、泳いでいる人間たちに警告し、岸にいる人間からは助言を求めた。ようやく男はボートを漕ぎ出すことができた。そして岬をまわっていった。

彼らの姿がちょうど見えなくなったときビーチボーイのひとりがいちばん高い岩にのぼり、赤いシャツを振って「サメだ！　サメだ！」と叫んだ。泳いでいる人間はみんな彼のほうを振向いた。彼らは興奮して叫び、高波を蹴って、岸に向かって泳いだ。いままで彼らがいた浅瀬の向こうに一尾のサメのひれが見えた。警告がうまく間に合った。サメは孔雀色をした海を不機嫌そうに泳ぎまわっていた。海水浴客は岸に一列に並び、サメがどんなに危険か喋り合っていた。浅瀬に立っていた小さな子どもが「この野郎！　畜生！」と叫んだ。村でいちばん泳ぎのうまいマリオが長い水中銃を持って道を下ってくるとみんなが拍手で迎えた。マリオは石工だった。彼は何らかの理由で――たぶん彼の勤勉さのためだろう――いつも村のなかで場違いの印象を与えていた。足は長すぎたし、開きすぎている。肩は丸すぎた。四角すぎるといってもいいかもしれない。髪の毛はすっかり薄くなっていた。他の人間に寛大に分配されている充実した肉体が哀れなマリオのところには素通りしてしまっていた。裸の彼は哀れに悲しげに見えた。人に見せてはならないことをしている姿を不意に見られたようだった。人をかきわけてやってくる彼にみんな拍手をしてお世辞をいったが、彼は緊張して笑顔を見せることもできなかった。彼は薄い唇をむすんで水のなかに入っていき、浅瀬に向かって泳いだ。しかしサメはすでに姿を消していた。同じように太陽の光も消えていた。暗くなった浜辺は魅力を失い、海水浴客は荷物をまとめると家に向かって歩きはじめた。マリオを待つ者はひとりもいない。誰もマリオのことを気にかけていない。彼は暗い水のなかに水中銃を持って立ち、いつでも村の安全と繁栄をその肩ににになう心の準備をしていた。しかし村の人間たちは彼に背を向けた。彼らは崖をのぼりながら歌を歌った。

「ラ・ファミリア・トスタ」なんてくそくらえだ、とセトンは思った。あんなテレビはどうとでもなれ。一日のうちでいちばん美しい時間だった。あらゆる喜びが彼の前にあった——食べもの、飲みもの、そして愛。夕闇が濃くなっていた。そのなかで彼は、くだらないテレビ番組を作ってしまった責任からも、人生に意味を見つけなければならないという重荷からも、静かに解放されているように見えた。すべてのものが夜の暗く広い膝の上に抱かれている。お喋りもしばらくは中断された。

彼らは借りている城の塁壁に沿った石段をのぼった。石段には花がたくさん咲いている。はね橋に続く石段と正門には、この城を作った王と建築家と石工たちの偉業がもっとも堂々と輝いていた。というのも、ここにくれば誰でも、この城が軍事的に難攻不落に作られているだけではなく、壮麗な美しさを持っていることにも気づくからだ。城のどの部分もどの曲がり角も塔も塁壁も堅固でいて同時に美しく見えた。塁壁の、ひさしのように外に突き出た部分にはみごとに飾りがほどこされている。敵が侵入してきそうなところにはすべて、スペインのキリスト教の国王の巨大な、八トンはある家紋が飾りつけられていて、それは城を守る兵士たちが血を流してもこの城を守り抜くという忠誠心を美しくあらわしている。主塁壁の上の家紋は、三叉の槍を持った美しい神々の像からはがれて濠のなかにこなごなになって崩れ落ちていたが、それでも落ちた場所で紋章だけはまっすぐに上を向いていた。濠の水のなかには組み合わせ紋、十字架、大理石の飾りが見えた。

そのときセトンは壁の上に、昔からの傷跡にまじって「アメリカ人は国に帰れ、国に帰れ」という落書きを見つけた。字はかすれている。第二次大戦のときのものかもしれない。あるいは字がかすれているのは、大急ぎであわてて書かれたためかもしれない。妻も子どもたちもこの落書きに気がついていない。彼は、彼らがはね橋を渡って中庭へ行くあいだ壁から離れていたが、すぐに戻って指で落書きを消そうとした。誰が書いたのだろう。彼は当惑し、みじめな気分になった。彼はこの国に招待されてやってきたのだ。いろいろな人間がうるさいくらいに彼に来てくれといった。旅行会社、船会社、航空会社。イタリア政府ですらアメリカでの安楽な暮しを捨てて外国を旅行するように彼に強くすすめた。彼は招待を受けた。彼らの歓迎に身をまかせることにした。それなのにいまこの古い壁に書かれた落書きを見ると、彼は歓迎されてないないことがわかった。

彼はこれまでに人に拒絶されたことは一度もなかった。そういわれたこともなかった。赤ん坊のときは大事にされた。若いときも人に好かれた。恋人として夫として父親として彼は人に必要とされた。脚本家として、話し上手として、仲間として、人に求められた。むしろ人に求められ過ぎることのほうが問題だった。彼の唯一の心配ごとは、人の誘いをなるべく断らないようにすること、人に求められる自分の魅力が最大限に発揮されるように慎重に用心深く魅力をふりまいていくことくらいだった。彼はゴルフに、テニスに、ブリッジに、シャレード〔身ぶり手振りで言葉あてをするジェスチャーゲーム〕に、カクテルに、重役会議に誘われた。――それなのに古い壁に書かれた無礼な落書きは彼のことを最下層民、名前もない乞食、ならず者といっているようなものだった。彼は深く傷ついた。

氷は城の地下牢に貯蔵されていた。セトンはカクテル・シェーカーを取り、なかに酒をみたしマティーニを作り、それをいちばん高い塔の胸壁へ運んだ。妻が彼のところへきた。ふたりは光の輪が変化していく様子を見つめた。闇がタルロニアのハチの巣のような崖をおおいはじめている。海辺に沿った丘の形は女の乳房にかすかにしか似ていなかったが、丘を見ているとセトンの気持は落ち着き、彼の心の中にも乳房を見たときのようなやさしい気持が起きてきた。

「夕食がすんだら村のカフェに行ってみようかしら」妻がいった。「あなたの番組の吹替えがどうなっているのかちょっとたしかめたいのよ」

彼女は彼がどんな気持でテレビの脚本を書いているのか理解していなかった。これまで一度も理解したことはない。彼は何も答えなかった。胸壁にいる自分を遠くから見たら、脚本家以外の人間に思われるかもしれないと想像した。――詩人、旅慣れた旅行者、社交界の花形エルザ・マクスウェルの友人、王子か公爵――しかし、彼のまわりの世界には、彼の身分を高め、変えさせる力はなかった。国境を越え、海を渡り、この居心地の悪い、金のかかる休暇をもたらしたのは結局この自分——「ベスト・ファミリー」の作者なのだ。花が咲き乱れたこの巨大な城も、彼が日焼けした、女好きの、飢えた、猫背の男でしかないという事実を変えることはなかった。偉大なスペイン王が築いた石の上に坐っていると尻が痛くなるという事実を変えることはなかった。

夕食のとき料理人のクレメンティーナが自分も村に行って「ラ・ファミリア・トスタ」を見てきていいかと聞いた。子どもたちはもちろん母親と出かけて行った。夕食を終えるとセトンは塔に戻った。漁船が突堤の向こうへ走り出している。船の灯りがともされている。月が上がって海を明るく照らし出したので、海の水がぐるぐるまわっているように見えた。村のほうから母親が娘を呼ぶベルカントのきれいな声が聞えた。二十分もたてばすべて終る。自分はその場にいなくても悪いことをしているのだという思いがした。文明社会の野蛮さ、卑しさ、他人への批判、それが村に入り込んでくるのをどうしたらとめることができるだろう？　家族の持つ光が階段を上がってくるのが見えたので彼は濠のところまで迎えにいった。彼らだけではなかった。いっしょにいるのは誰だろう？　階段をのぼってくるのは誰だろう？　医者？　村長？　小さな女の子がグラジオラスの花を持っている。代表団だった。それも友好的な人たちだった。彼らの声が明るかったのですぐにそうわかった。彼らは敬意をあらわしにきたのだ。

「素晴しかった、実に面白かった、人生そのものです！」医者がいった。

小さな女の子が彼に花を渡した。村長が彼を抱いていった。「セニョール、申し訳ありませんでした」彼はいった。「われわれはあなたのことをただの詩人だとばかり思っていました」

故郷をなくした女

彼女の姿を見かけたのは、その春、キャンピノ競馬場で、第三レースと第四レースのあいだだった。彼女はキャプラ伯爵――口ひげをはやした男だ――と一緒だった。あの有閑階級の集まる競馬場でカンパリを飲んでいた。走路の遠く向こうには山が見え、山の上には綿雲がかかっていた。アメリカだとそういう雲がかかると、たいてい夕食のころまでには木を引き裂くような激しい雷雨になるのだが、こちらではなんの変化もない。次に彼女を見かけたのは、オーストリアのキッツビューヘルのテナーホフ・ホテルでだった。フランス人が、客にアメリカのカウボーイの歌を歌っていた。客のなかにはオランダの女王がいた。しかし、山でスキーをしている彼女を見かけたことはない。スキーはやらないのだろう。彼女が山に行くとしたら、ただそこに人がいて面白そうなことがありそうだからだろう。たいていの人間はそうだ。次に彼女の姿を見たのは、リド島でだった。ヴェネチアでも見た。朝遅くゴンドラに乗って駅に行くときだった。彼女はグリッティ・パラスのテラスでコーヒーを飲んでいた。オーストリアのアールで催されるキリスト受難劇の会場で彼女を見たこともある。――正確には受難劇の会場ではなく、劇の合間に村の宿屋で昼食をとったときだが。イタリアのシエナの広場で開かれる馬術ショウでも彼女を見たことがある。また、その秋には、イタリアのトレビゾで、ロンドン行きの飛行機に乗ろうとしている彼女を見た。

いや、もうこのへんでやめておこう。

ともかく、ひとりの女性をこんなふうにヨーロッパのさまざまなリゾート地で見かける、というのはありうることなのだ。彼女は、ヨーロッパ各地をさまよい歩いている根なし草のひとりだった。あちこち旅し、毎晩アメリカのベーコンとレタスとトマトのサンドイッチを食べる夢を見ようとする。彼女は、アメリカ北部の製材所の多い小さな町の出身だった。町の人間は木製のスプーンを作って暮していた。寂しい町だが、こういうところから国際社会が生まれてゆく原型のような町である。しかし、そのことと彼女がヨーロッパのリゾート地を転々としていることは何の関係もない。彼女の父親は製材所の支配人をしていた。製材所はトンキン一族のものだった。――彼ら一族は多くのものを所有していた。その地方全体が彼らのものだった。だから一族に離婚問題が起るとゴシップ紙に大きく報道された――若いマーチャンド・トンキンは製材所の仕事を学ぶためにこの町で一か月を過ごした。そこでアンに恋をした。彼女は十人並みの器量の女の子だった。気だてはやさしく、控え目だった。――その性格はずっと変らない――ふたりはその年の終りに結婚した。トンキン一族は大金持だったが、口では自分たちは貧しいといっていた。それで若いふたりはニューヨークの小さな町でつつましく暮した。マーチャンドはニューヨークにある一族のオフィスで働いた。ふたりには子どもがひとりできた。彼らは結婚して七年目の、ある湿気の多い朝までは満ち足りた、平凡な生活をしていた。

　その朝、マーチャンドはニューヨークで会議があるので朝早い列車に乗らなければならなかった。朝食はニューヨークでとるつもりだった。七時ごろ、彼はアンに出掛ける前のキスをした。彼女は服を着替えず、ベッドに横になったままで、彼がいつも駅まで乗っていく車のギアを入れる音を聞いた。それからフロント・ドアが開く音がして、彼が階段の下から声をかけた。車がどうしても動かない、ビュイックで駅まで送ってくれないか？　着替えている暇がなかったので、彼女は上着を肩にひっかけただけの姿で夫を駅に送っていった。外見はきちんと服を着ているように見えたが、ジャケットの下の彼女のネグリジェは透けて肌が見えるものだった。マーチャンドは妻に別れのキスをし、早く帰って服を着るように急がせた。彼女は駅をあとにしたが、エイルワイヴス通りとヒル通りの交差点で車のガソリンが切れてしまった。

　車はベアデン家の前で止まってしまった。その家でガソリンをもらえるか、悪くてもコートを貸してもらえるだろうと彼女は思った。クラクションを何度も鳴らしてからようやく、ベアデン家の人間はナッソーで休暇を過ごしていることを思い出した。彼女は、誰か親切な主婦が通りかかってガソリンをくれるまで、ほとんど裸といっていい格好で車のなかで待つ他なかった。最初に、メリー・ピムが通りかかった。アンは彼女に手を振ったが、彼女はそれに気づかないようだった。次に、ジュリア・ウィードがフランシスを列車に間に合うように駅まで送ろうと大急ぎで通り過ぎたが、スピードを出していたのでアンに気がつかなかった。次に、この町の遊び人ジャック・バーデンが通りかかった。彼女は、合図もしなかったし声もかけなかったが、彼は磁石で吸いよせられるように彼女の車のところに来た。彼は車を止め、手を貸しましょうかといった。彼女は、自分が裸で馬に乗り町を走ったというレディ・ゴダイヴァや聖処女アグネスみたいだと思いながら彼の車に乗りこんだ——他にどうしようもなかった。悪い事に彼女はまだ寝ぼけていて頭がはっきりしていない様子だった——睡眠中の闇と朝の光の区別がついていないようだった。おまけにその日は曇っていた。おそろしい夢のなかにいるように暑苦しく、うっとうしかった。玄関までの道は植え込みがあって道路から姿を見られることはなかった。彼女は車から降りてジャック・バーデンに礼をいった。彼は彼女についてきて、このときとばかり彼女のあとから玄関ホールに入って彼女をものにしてしまった。そこへ運悪くマーチャンドがブリーフケースを取りに戻ってきて、ふたりは見つかってしまった。

マーチャンドは家を出た。それきりアンは二度と彼に会わなかった。十日後、彼はニューヨークのホテルで心臓麻痺で死んだ。彼の両親は残された子どもの養育権をめぐって裁判に訴えた。裁判で、世間知らずの彼女は、自分が間違いを犯したのはあの日、湿気が多かったからだと正直にいってしまった。それが失敗のもとだった。ゴシップ紙はさっそくその言葉を見出しに使った。——「私のせいじゃないわ、湿気のせいよ」。このセリフは国中に広がった。「お湿り好きのイサベラ」という歌まで出来た。彼女がどこに逃げてもその歌がついてまわった。

お湿り好きのイサベラは
決して男にキスしない
お湿りどきでない限り
お空に雲が出たならば
たちまち男が欲しくなる

裁判の途中で彼女は自分の主張を取り下げ、サングラスをつけ、名前を変えて船に乗り、ジェノヴァに逃げた。社会から追放された人間だった。彼女は社会というものは、強い道徳的な非難を、こうした戯《ざ》れ歌の下品なユーモアでしか表現できないのだと思った。

もちろん彼女は金を持っていた――彼女の苦しみは、ただ精神的なものだった――しかし、彼女は火あぶりの刑にあったに等しかった。苦々しい記憶しかなかった。彼女の人生の知識から見れば自分は許される権利があるはずだったが、誰も彼女を許さなかった。大西洋の彼方から思い出してみると、故郷は、本当とは思えない残酷な裁きを自分に加えたように思えた。彼女はスケープゴートにされてしまった。さらしものにされてしまった。そして彼女は心が純粋だったからこそ、そのことを怒っていた。彼女は自分が国を離れたのは文化を嫌ったのではなく、道徳を嫌ったからだと思っていた。自分がヨーロッパ人であるかのように振舞ったのは故郷での出来事を認めまいと思ったからだ。彼女はヨーロッパの各地を転々としたが、最後にタヴォラ＝カルダに別荘を買い、そこで少なくとも一年のうち半年を過ごした。イタリア語を覚えただけでなく、意味のないうるさい言葉や言葉に伴う手振りを覚えた。歯医者の椅子では、英語で「痛い《アウチ》」というかわりにイタリア語で「痛い《アイイ》」といった。ワイングラスにたかるスズメバチを手で優雅に追い払うことも出来た。国を離れて暮さざるを得ない境遇は彼女だけの特権的なものだった。外国暮しは、ふつうの人間が味わえない悲しみを体験した自分だけに許されるものだと彼女は思った。だから他の外国人がイタリア語を話しているのを聞くと彼女はいらいらした。別荘は魅力的だった。――夜鳴きウグイスが樫の木々のあいだでさえずっている。庭では噴水の水が多様な形を見せている。彼女はその年のローマの流行にしたがって髪を濃い青銅色に染め、庭のいちばん高いところにあるテラスに立って、招待した客にイタリア語で「おかえりなさい。なんて素晴しいんでしょう！」といった。しかしどう見てもイタリア人には見えなかった。ひとは大仰に振舞うほど欠点が目立つものだが、彼女の場合もそれで、ただイタリア人の真似をしているだけに見えた――本質が欠けている。イタリアに住んでいるというよりも、むしろアメリカに住んでいないだけだといったほうが正確だった。

彼女は、いつも、同じように、自分たちはアメリカの厳しく抑圧的な道徳的風土の犠牲者だと思っている人間たちと一緒に過ごした。彼らの心は、故郷から逃げ出して乗った定期航路の船の上にあった。彼女はあちこち旅したが、それは孤独とひきかえのものだった。ヴィスバーデンで会おうとしていた友人たちはアドレスも残さずにどこかへ出発してしまった。ハイデルベルクとミュンヘンで彼らを探したが見つからなかった。結婚式の招待状や天気予報（「アメリカ北東部は一面の雪」）が彼女をひどいホームシックにした。彼女はヨーロッパ人のふりをすることに磨きをかけた。その成果はみごとなものだったが、彼女は相変らず病的なまでに他人の目を気にし、観光客と間違えられることを嫌った。ヴェネチアでの観光シーズンの終りのある日、彼女は南行きの列車に乗り、暑い九月の午後遅くにローマに着いた。その時間、ローマのたいていの人間は昼寝をしている。町が生きていることを示すしるしは、日常生活の基礎をささえている設備——たとえば排水装置とか地中の電線とか——のように休みなく通りを走っている観光バスだけだった。イタリア語で、どんな荷物か説明した。彼女はポーターに荷物札を見せ、流暢なイタリア語で、どんな荷物か説明した。しかし、ポーターは彼女がポーターは彼女がイタリア人ではないと見抜いたようだった。アメリカ人について何か呟いた。「まったくアメリカ人だらけだ」。それが彼女をいらいらさせた。彼女はきつい口調でいった。「私はアメリカ人ではありません」

「失礼ですが、セニョーラ」彼はいった。「それじゃどこのお国です？」

「私は」彼女はいった。「ギリシア人よ」

ウソをついてしまったこと、ウソの重みが彼女を動揺させた。なぜこんなことをいったんだろう？　彼女は強く自分を非難した。パスポートは草のように緑色でアメリカのものであることを示していたし、彼女は合衆国の印章に守られて旅行をしていた。それなのに自分はなぜ、どこの国の人間かという大事なことでウソをついてしまったのだろう？

彼女はタクシーに乗ってヴィア・ヴェネトにあるホテルに行き、荷物を上に運ばせたあと、一杯飲もうとバーに入った。バーには、連れのいないアメリカ人がいた――白髪で補聴器をつけている。彼はひとりだった。孤独に見えた。彼は、彼女の坐っているテーブルのほうに向きを変えると、非常にていねいにアメリカ人かと聞いた。

「ええ」

「なぜこちらの言葉をお話しに？」

「ここに住んでいるんです」

「ステッビンスです」彼はいった。「チャールズ・ステッビンス、フィラデルフィア出身です」

「はじめまして」彼女はいった。「フィラデルフィアのどちら？」

「そう、生まれはフィラデルフィアですが」彼はいった。「もう四十年も帰っていません。いま住んでいるのはカリフォルニアのショショーンです。デス・ヴァレーの入口と呼ばれているところですよ。妻はロンドンの出身です。といってもアーカンソー州のロンドンですがね。は、は。娘は国内の六つの州の学校を転々としました。カリフォルニア、ワシントン、ネヴァダ、ノースとサウス・ダコタ、それにルイジアナです。妻は昨年死にました。それで少し世界を見てやろうと思ったんです」

星条旗が彼の頭の上ではためいているようだった。彼女は、いまごろアメリカでは紅葉が始まっているころだと気づいた。「これまでどんなところにいらっしゃいました?」

「それが変な話なんです。自分でもよくわからないんです。カリフォルニアの旅行代理店がこの旅を企画してくれましてね。アメリカ人のグループと一緒の旅だといわれたんですが、外洋に出たとたんに気がついてみると私ひとりになっているんです。一人旅なんてするものではないですな。ときどき何日間もきちんとしたアメリカ英語を話すのを耳にしないことがあるんです。それで私は自分の部屋にひとり坐ってひとりごとをいうんです。アメリカ人が話すのを聞いて楽しむというわけですよ。フランクフルトからミュンヘンまでバスに乗ったときなど、ひとことだけでも英語を話せる人間がバスのなかになんとひとりもいないんですよ、信じられますか? それからミュンヘンからインスブルックまでバスに乗ったときも、バスのなかには英語を話せる人間がひとりもいない。それからまたインスブルックからヴェネチアまでバスに乗ったんですが、このときもバスのなかに英語を話せる人間がひとりもいなかった。ようやくアメリカ人に会えたのはコルティナに着いてからです。しかし、ホテルに関しては不満はありません。ホテルの人間はたいてい英語を話します。これまでいくつか非常にいいホテルに泊りました」

ローマの地下室のバーのストゥールに坐っているこの見知らぬ老人を見ていると、アンはアメリカがまた素晴しい国に思えた。彼は内気で誠実で好ましく見えた。ラジオからヴェローナにあるアメリカ軍放送局の番組が聞えてきた。〝スターダスト〟のレコードをかけている。

「〝スターダスト〟か」見知らぬ老人がいった。「ご存じですよね。あの曲は私の友人が作ったんです。ホーギイ・カーマイケルですよ。彼はあの曲だけで年に六、七千ドルの著作権料が入るんです。彼は私の親友です。一度も会ったことはないんですが、手紙のやりとりをしてるんです。会ったこともない友人がいるなんて奇妙に思われるでしょうね。でもほんとうにホーギイは私の親友なんです」

この言葉は、アンには音楽そのものよりずっと美しい音楽に、ずっと印象的なものに聞えた。言葉の並び方、誰の目にも明らかな内容の無意味さ、それに話し方、すべてが彼女には故郷の音楽のように思えた。彼女は少女時代、スプーンの工場のおがくずの山を通って親友の家に歩いていったときのことを思い出した。午後になると、ときどき踏切のところで、貨物列車が通り過ぎるのを待たなければならなかった。はじめ、遠くに風が洞穴を通り抜けるような音が聞えてくる。それから、雷のような鉄の音がする。車輪がガチャガチャいう音が聞えてくる。貨物列車はフルスピードで踏切を通り過ぎる。嵐が通り過ぎたようだった。しかし、貨車に書いてある文字を読むと、彼女はいつも感動したものだった。そうしていると彼女は、線路の果てにある輝かしい未来のことではなく、自分の国がどんなに広い国かに気づくのだった。ちょうど合衆国のさまざまな州――小麦の州、石油の州、石炭の州、海上貿易の州――が目の前を通り過ぎていくようだった。彼女は線路の傍に立って貨物列車の文字を読んだ。サザン・パシフィック、ボルティモア&オハイオ、ニッケル・プレート、ニューヨーク・セントラル、グレート・ウェスタン、ロック・アイランド、サンタフェ、ラッカワナ、ペンシルヴェニア。カタン、カタンと車輪の音が小さくなりやがて姿が消えていった。

「泣かないでください、あなた《レディ》」ステッピンス氏がいった。「泣かないで」

国に帰る時がきたのだ。彼女はその晩パリのオルリー空港行きの飛行機に乗り、次の晩ニューヨークのアイドルワイルド空港行きの別の飛行機に乗った。陸地が視界に入るずっと前から興奮で震えていた。国に帰るのだ、国に帰るのだ。心臓が喉から飛び出しそうだった。何年ぶりかで見る大西洋の海は青く新鮮だった。朝の光の中で、ワネイティヴ・アメリカンの名前をつけられた低い島々が、右翼の下に過ぎてゆく。ワッフルの焼き型の格子のように並んで建てられたロングアイランドの家々を見ただけでも彼女は興奮した。飛行機は飛行場の上を一回転して着陸した。彼女は空港で軽く昼食が食べられる店を探し、ベーコンとレタスとトマトのサンドイッチを注文しようと考えた。彼女は傘（パリ製だった）とハンドバッグ（シエナ製）を握りしめ飛行機を降りる順番を待った。しかしステップを降りはじめたとたん、靴（ローマ製）が故郷の土を踏むか踏まないうちに、彼女の耳に、隣のゲートに止まっているDC—7のところで働いている整備工が歌を歌っているのが聞えてきた。

お湿り好きのイサベラは
決して男にキスしない

彼女は飛行場から一歩も外へ出なかった。彼女は次の便でオルリー空港に戻り、また、家を失った人間のように、楽しいときも悲しいときもひたすらヨーロッパ各地を流れるように旅している何百、何千ものあのアメリカ人のひとりになった。三十人の団体がインスブルックの街角を曲る、そして姿を消す。ヴェネチアの橋の上に群がる、そしてどこかへ行ってしまう。雲を見下ろすアルプスの旅館では彼らがケチャップを注文する声が聞える。サン・ステファーノ港沖の深い海のなかでは酸素マスクとシュノーケルをつけた彼らが、海の洞窟でもりを突いている姿が見られる。彼女はパリで秋を過ごした。キッツビューヘルでも彼女の姿が見られた。馬術ショウを見るためにローマにいた。競馬を見るためにシエナにいた。彼女はいつも移動していた。ベーコンとレタスとトマトのサンドイッチのことを夢見ながら。

ジャスティーナの死

神にかけていう。私の書くものは思い出にあるもの、期待するものとますますかけ離れつつある。まるで人生を支配するものとなった遠心力が人のもっとも美しい記憶や望みのひとつひとつを遠くへ放り出しているかのようだ。私は自分が育った家のことさえ思い出すことができない。あの家では真冬には台所のドアの近くの苗床にスミレの花が咲いた。長い廊下を降りてゆき、ローマの七つの丘の風景を眺めながら階段を二段上がりさらに三段下がるとそこには書斎があった。すべての本はきちんと整理されていた。電燈の光は明るかった。暖炉があり、べっ甲のような上塗りの付いたキャビネットのなかには上質のバーボンのボトルが一ダースしまってある。キャビネットの鍵は父が持っていた。フィクションこそ芸術であり、芸術とは混沌の克服である（これが最も大事なことである）。芸術によって混沌に打ち勝つには、不断の注意深い選択によるしかない。しかしあらゆるものが速いスピードでこちらが気づかないうちに変化してゆくこの世界では、われわれの選択眼が誤りを犯し、望んでいた結果が得られなくなる危険がつねにつきまとう。私たちは人間らしさを重んじ死を軽蔑する。しかし、山さえ一晩のうちに動いてしまうような世の中である。そういう混沌のなかでは、夜鳴きウグイスの籠のなかに新鮮なイカをひと切れ入れてやっている、髪に太陽の光があたっている可愛らしい女性よりも、チェスナット通りとエルム通りの角に立っている露出狂の男のほうが意味を持ってくることがある。そうした混沌の例をひとつこれからお話ししよう。もし私のいうことを信じないというのならあなた自身の過去を正直に見つめ、同じような経験をしたことがなかったかどうか考えてみてほしい……。

土曜日に医者にタバコと酒をやめるようにいわれたので私はそうした。このふたつをやめるとふつう禁断症状が出るものだがそれについては語りたくない。ただそのあとこんな体験をしたことを書いておきたい。その日の夕方、窓辺に立ち、迫りくる暗闇を見ていたとき、あのささやかな刺激物をやめたためだろう、私はなにか原初の記憶の力に圧倒された。星と月の輝きが神の啓示のように見えた。私は突然、山の上にある三人の兄たちの見捨てられた墓のことを思い出した。そして死は、人生のなかで感じるあらゆる孤独よりも残酷なものだと思った。魂は（と私は思った）肉体から去ってゆくものではなく、肉体が徐々に腐ってゆき忘れられていくあいだずっと肉体とともにあるものだ。魂もまた暑さや寒さ、花輪を持って訪れる人もなく祈りの言葉をかける人もない長い冬を経験するのだ。こんな暗い考えにとらわれたあとにこんどは不安に襲われた。夕食を食べに外出したとき、私は誰もいなくなった家でオイル・バーナーが爆発して家が焼けるのではないかと心配になった。レストランのコックが酔っ払って肉切り包丁で娘か妻を襲うのではないか。私は高速道路の交通事故で死に、あとには子どもたちが、その先悲しみの他は何もない哀れな孤児として取り残されるのではないか。こんな馬鹿げた、おそろしい心配をしながら私は、自分の価値判断の基準がおかしくなってきているのがわかった。ロープで子ども時代の底へと降ろされていくような気がした。私は妻に——彼女が居間を通り過ぎたとき——タバコと酒をやめたといったが、彼女は何の関心もないようだった。確かにタバコと酒をやめたからといって誰がごほうびをくれるだろう？　口のなかが苦く感じられるようになったからといって、頭が肩からはずれそうな感じがしたからといって、誰が心配してくれるだろう？　私には、人間というものは、もっとつまらないことでお互いにメダルや彫像やカップをおくって誉め称えあっているのだと思える。不摂生をやめるということは他人の目を気にしてのことなのだ。たとえば私が何か罪深いことをやめたとしたら、それは自分の心の純粋さを取り戻そうと個人的な決心を図ったからそうしたというより、スキャンダルを恐れたからだ。そういうほうが多い。しかし私がタバコと酒をやめたのは、社会的な制約に強いられてしたことではなかった。死はスキャンダルのように外部からの圧力にならない。食事に出かけようとしたとき私は、頭がどうかしていたので車の運転を妻に頼んだ。日曜日に、私は、人に見られないあちこちの場所で隠れてタバコを七本吸い、一階のコートの戸棚でマティーニを二杯飲んだ。月曜日の朝食の席で皿の上のイングリッシュ・マフィンが私のほうをじっと見ていた。つまりマフィンのざらざらした焼き上げた表面に人間の顔が見えたような気がしたのだ。そう思ったのはわずかな間だったが、深く心に刻みつけられた。誰の顔だったのだろうと考えた。友達だったか、それとも叔母、水夫、スキーの教師、バーテンダー、あるいは列車の車掌だったか？　笑顔はすぐにマフィンから消えたが、一瞬のあいだたしかにそこにあった――誰かが、生きているものが、優しさと厳しさをもった純粋な力がそこにある感じがした。私はマフィンのなかには何か魂のようなものが潜んでいるのだと確信した。すでにおわかりのように私は神経質になっていた。

月曜日に、妻の年老いた従姉妹のジャスティーナが妻を訪ねてきた。彼女は八十歳になろうとしていたがとても元気だった。火曜日に、妻は彼女のためにランチ・パーティを開いた。最後の客が帰ったのは三時だった。それから数分後に、上質のブランデーのグラスを手にしてリビング・ルームのソファに坐っていたジャスティーナは、息を引き取った。妻は会社にいる私に電話をしてきた。私はすぐに帰るといった。机の上を片づけていると、上司のマクファーソンが部屋に入ってきた。

「ちょっといいかね」彼はいった。「きみのあとを追いかけてあちこち探しまわっていたんだ。ピアースが早退せざるを得なくなってね。それできみにエリクシアコールの最後の宣伝コピーを書いてもらいたいんだ」

「むりです、マック」私はいった。「妻からいま電話がありましてね。従姉妹のジャスティーナが死んだんです」

「コピーを書いてくれ」彼はいった。笑っていたが笑顔に毒があった。

「ピアースの早退の口実はお祖母さんが脚立から落ちた、だったよ」

さて、私は自分の会社での生活を小説に書きたくなどない。小説に書くとしたら山登りとか海の嵐といった非日常的なことを書くべきだと思っている。だから、マクファーソンがジャスティーナおばあさんの死に哀悼の意を表そうとしなかったためにますます悪くなった私と彼との関係については、簡単に片づけよう。マクファーソンらしいやり方だった。私が彼にどう扱われているかを示すいい例だった。彼が、背の高い、身だしなみのいい男であることは認めざるを得ない。年齢は六十歳くらい。一日に三度ワイシャツを替える。毎日午後の二時から二時半まで秘書を口説く。彼がやるとしょっちゅうガムをかんでいることも衛生的で優美に見える。私は彼のスピーチ原稿を書く。私にとっては楽しくない仕事だ。スピーチがうまくゆくとマクファーソンは手柄を一人占めにする。たしかに彼の風采、仕立てのいい服、素晴しい声がスピーチの大きな要素を占めていることは認めざるを得ないが、スピーチの草稿を書いたのが私であることにひと言も触れないのは腹が立つ。逆にスピーチがうまくゆかないときは——彼の風采と声をもってしても人を魅了させられないときは——彼は私に対して威圧的で冷笑的になる。その冷たさは外科医のようだ。私は何事も上手に出来ない男の役割に甘んじなければならない、スピーチの内容がいいときは賞讃の手紙をたくさんもらうこともあるのだが、彼が成功したときには、それはすべて彼の力のせいだという態度をとらなければならない。私は俳優のようにそうするふりをする技術を学び、磨かなければならない。ふたりとも失敗したときは私は恥じていさぎよく頭を下げなければならない。傷つけられても感謝しているように見せなければならない。嘘をつき、作り笑いをし、オペレッタの小国の王子のように無意味で本質とは関係のない役を演じなければならない。しかし、本当のことをいえば、あとで当り散らして怒る私の犠牲になるのは、妻と子どもたちだろう。彼は、私の家族の一員の死という厳粛な事実に敬意を払うことも、その事実を認めることさえ拒否した。それに対して反抗すらできないとしたら、私は間接的に反抗を表現するしかないだろう。

彼が私に書かせようとしたコピーは、エリクシアコールという強壮剤のもので、テレビのコマーシャル用だった。ある女優がそのコピーを読むことになっていたが、彼女は若くもないし美しくもなかった。ただ性的に奔放という感じがした。それに何より彼女はスポンサーの叔父のひとりの愛人か何かだった。私はコピーを書いた。「あなたは鏡に映る自分の姿を愛さなくなっていませんか？　朝、あなたの顔はしわがふえ、アルコールとセックスのしすぎでやつれて見えませんか？　身体の他の部分はまばらにうぶ毛の生えた、灰色がかったピンクの肉塊になっていませんか？　秋の林のなかを歩いているとき落ち葉を燃やす焚き火の匂いにかすかな違和感を感じませんか？　自分の死亡記事をもう用意していませんか？　すぐに息切れしませんか？　ガードルをつけていませんか？　嗅覚は萎えていませんか？　園芸への愛情は薄らいでいませんか？　高所恐怖症はひどくなっていませんか？　性的欲望は以前ほど激しくなくなっていませんか？　奥さんのことを、寝室に間違って迷い込んできた、頬のこけた赤の他人と思うようになっていませんか？　もしいまいったことのひとつでも心当りがおありなら、あなたには若さの濃縮ジュース、エリクシアコールが必要です。小さなエコノミー・サイズ（ボトル入り）が七十五ドルで、大きな家庭用のボトルが二百五十ドルになります。確かにいい値段ですが、このインフレ時代のことですし、それに若さに値段をつけることなど出来ないでしょう？　もし現金がなければご近所の高利貸しに借りるか、近くの銀行を襲うか、してください。十セントと水鉄砲と紙ぺら一枚でも気の小さい出納係を震え上がらせて一万ドルせしめる可能性は三分の一はあります。みなさんそうしてます。（音楽、高まり、消える）」。私はこのコピーをメッセンジャー・ボーイのラルフィーを通してマクファーソンに渡した。そして四時十六分発の列車で、荒廃がひどく進んでいる風景のなかを走りながら家に向かった。

家までの列車の旅は本題からはずれるし、ジャスティーナが死んだことと何の関係もないのだが、以下のことは、この国で、この時代にしか起らないことだし、私はアメリカ人なのでこの旅のことを書くのは少しは意味があるかもしれない。三百年前に祖先が旧大陸を捨て、新大陸をめざして始めた旅の終着点にいまだ到達できていないアメリカ人がいる。私もそのひとりだ。私は、比喩的にいうと、はじめてアメリカ大陸に着いたピルグリム・ファーザーズのように、濡れた片足をプリマスの岩の上に乗せて立ち、彼らが見た、手ごわい、挑みかかるような荒野のかわりに、中途半端な文明の風景をじっくりと眺めているようなものだ。ガラスの塔、石油の油井やぐら、郊外住宅、見捨てられた映画館。私にはなぜこのもっとも豊かで公平で素晴しい世界で――そこでは洗濯屋の女性でさえ暇なときにショパンのプレリュードを弾く――誰もが絶望しなければならないのかわからない。

プロクシマイア・マナー駅で、気まぐれでのろのろ走る赤字の鈍行列車から降りた乗客は、私だけだった。列車の貧しげな光が、決められた見回りルートを巡回している足の悪い警備員か教会番のように、夕暮れのなかに消えてゆく。私は駅の正面に行き、妻が迎えに来るのを待った。そして、崖っぷちに追いつめられたようなスリルを楽しもうとした。目の前の高台には私の家と友人たちの家がある。どの家も、一夫一婦制と、かよわい子どもと、家庭の幸福に捧げられた聖なる林のなかの教会のように灯りがともり、暖炉の薪の匂いがした。しかし、その風景はあまりに夢のようだった――ヨーロッパの風景を見たときのように心のなかに力が湧き上がってこないのだ。簡単にいえば私は失望してしまった。これが私の国だった。私の愛する国だった。このアメリカをおおっている大地にキスをしたくなるような朝がかつていくつもあった。幸福――ロマンティックで家庭的な幸福をかすかに感じることもあった。私を、祖母の家に連れていってくれるソリの鈴の音が聞えてくるような気がした。本当は祖母は、晩年を太平洋航路の船のホステスをして働いて過ごし、SSローレライ号の悲劇的な沈没のときに行方不明になってしまったのだが。私は本当には経験しなかったことの記憶を、頭のなかに作り出そうとしていた。しかし、頭のなかだけにある故郷に帰る夢の答えは、目の前に浮かび上がった灯りのともる高台だけだった。いちばん高いところにある芝生のひとつに雪だるまがひとつ残っているのが見えた。雪だるまはまだパイプをくわえ、スカーフを巻き、帽子をかぶっていたが形は崩れはじめていた。炭の目が、ぞっとするような厳しい目であたりを見つめている。その風景を見ながら、父が新しい世界を打ち立てようと旧大陸を捨てたのがつい昨日のことのように思われたにもかかわらず、私は魂から若々しい力が失せていくのを感じた。そして私はこの国を素晴しい国と思わせた旧大陸のさまざまな過去を思ってみた。カラブリアという残酷な町と残酷な貴族、ダブリン北西部の荒地、ゲットー、独裁者、娼婦の家、パンを買うための行列、子どもたちの墓、耐えがたい飢え、堕落、絶望……いま高台の上に見えるかすかな柔らかい光は、そうしたものが生みだしたものなのだ。これはつまらないものに見えるかもしれないが、生活という民族大移動につながっているのだ。

妻にキスをしたとき彼女の頰は涙で濡れていた。もちろん彼女は打ちのめされていた。悲しみに沈んでいた。彼女はジャスティーナを愛していた。私たちは彼女の運転する車で家に帰った。ジャスティーナはまだソファに坐ったままだった。死体のことをこまかく書きたくはないのだが、あえて書くと、彼女の口も目も大きく開かれていた。私は医師のハンターに電話するために食器室《パントリー》に行った。話し中だった。グラスに酒を注いだ——日曜日以来最初の一杯だった——そしてタバコに火をつけた。もう一度医者に電話をした。今度はつながった。私は彼に事情を説明した。「お気の毒に、モーゼズ」彼はいった。「六時過ぎまでそちらに行けないんだ。行ってももう私に出来ることはないよ。以前にもこんなことがあってね。ともかくわかっていることを説明してみる。こういうことなんだ。きみの住んでいるところはB地区だろ――広さが二エーカーで会社はひとつもない。二年前、他所から来た人間が古いプレウェット邸を買った。そこを葬儀会社にしようとしていることがわかった。当時は環境を守る規制はひとつもなかった。そこで町の議会で条例が真夜中に緊急に成立した。その条例を過剰に守り過ぎてしまった。そのためにB地区では葬儀場も作れないし――埋葬も出来ないし死ぬことも出来ないというようなことになっているんだ。もちろん馬鹿な話だが、誰だって間違いはするだろう？　そういうわけできみに出来ることはふたつしかない。以前にも同じケースを扱ったことがあるんだ。まずきみはその婦人をかついで車に運びチェスナット通りまでゆく。通りの向こうがC地区だ。境界は高校のそばの信号を越えたところだ。その婦人をC地区まで運んでしまえばそれですべてOKだ。きみは、彼女は車のなかで死んだというだけでいい。この方法がひとつ。それが嫌なら町長に電話して環境規制法の例外措置を頼むんだ。ともかく私は、きみが彼女をB地区から運び出すまでは死亡証明書を書けないよ。もちろん死亡証明書がなければ葬儀屋も彼女に触れることは出来ない」

「おっしゃることがわかりませんが」私はいった。事実わからなかった。しかし、次に、彼のいったことはもしかすると本当かもしれないという考えが私を襲った。その考えは、波のように私の上におおいかぶさり、怒りをかきたてた。「そんな馬鹿な話、これまで聞いたことがない」私はいった。「自分の町で死ぬことも出来ないというつもりですか。恋をすることも食事をすることも出来ない……」

「まあ、聞けよ。落ち着けよ、モーゼズ。私はただ事実をいっているだけだよ。それに他にたくさん患者が待っている。きみの怒鳴り声を聞いている暇はないんだ。もしきみが彼女を家から運びだしたいんなら、信号のところまで彼女を運んでそれからすぐに電話してくれ。それが嫌なら町長か町会議員の誰かに連絡を取るんだね」。彼は電話を切った。私は頭に来ていたが、だからといってジャスティーナがソファにまだ坐っているという事実を変えることは出来ない。私は新しく酒を注ぎ、もう一本タバコに火をつけた。

ジャスティーナは私のことを待っているように見えた。いままで大人しく見えたものが急に厄介物のように見えてきた。私は彼女をステーション・ワゴンまで運ぶことを想像してみたが、想像のなかでさえその仕事を終えることは出来なかった。それから町長に電話してみたが、こんな町では町長職は名誉職だった。彼がニューヨークの事務所にいて留守ということは知っておくべきだった。七時までは帰ってこないということだった。私に出来ることは死体をおおってやることだけだと思った。それが死者に対する敬虔な行為なのだ。私は階段のうしろのシーツを入れる戸棚に行きシーツを一枚取り出した。居間に戻ってくるとあたりは暗くなりはじめていたが、夕暮れは彼女の存在を隠してはくれなかった。薄あかりは、彼女の味方になっているように見えた。光のなかでむしろ彼女は力を獲得し、大きくなった。私は彼女をシーツでつつんだ。そして部屋の隅の電燈を消したが、古い家具、花、絵などが備わった部屋の、部屋らしい雰囲気は、彼女の、あたりを威圧する存在によって損なわれていた。死体の次に気になったのは子どもたちのことだった。あと数分で子どもたちが家に帰ってくる。子どもたちは死についてはほとんど何も知らない。夢のなかや直感では知っているかもしれないが、私にはそれはわからない。居間に置かれた大胆に自己主張している死体を見たら、必ず子どもたちの心に傷が残るだろう。子どもたちが帰ってくる音がしたので、私は彼らのところに行き、事情を説明し、子ども部屋に追いやった。七時に、私は車で町長の家に行った。

彼はまだ家に帰っていなかったが、すぐに戻るということだった。私は彼の妻と話をした。彼女は私に一杯くれた。この時には私はもうひっきりなしにタバコを吸うようになっていた。町長が帰ってきたので私たちは小さなオフィスとも図書室とも呼べる部屋に入った。彼は机の向こうに坐った。私に来客用の低い椅子をすすめた。「もちろん、きみには同情するよ、モーゼズ」彼はいった。「おそろしい出来事だ。しかし、問題は、議会の多数決がなければ、きみに規制法案の例外措置をすることが出来ないということなんだ。そして議会のメンバーはたまたま全員いま町にいない。ピートはカリフォルニアに行っているし、ジャックはパリにいる。ラリーは週末にならないとストウから戻ってこないときている」

私は皮肉をいいたい気分になっていた。「そうするとジャックがパリから戻ってくるまで従姉妹のジャスティーナは居間で優雅に腐っていくしかないわけですね」

「それは違う」彼はいった。「そんなことは出来ない。ジャックがパリから戻るのはもう一か月あとなんだから。しかし、ラリーがストウから戻るまで待つことは出来ると思う。彼が戻れば多数決で決めることが出来る。もちろん彼らがきみの訴えに同意したらということだが」

「そうするに決まってるでしょ」私は怒鳴った。

「わかった、わかった」彼はいった。「難しい問題なんだ。しかしきみはこれが世の中だということをわからなくてはいけない。環境規制法案というのは大事なものなんだ。いいかね、もし議会のひとりでもこの法案に例外を認めたとしよう。そうしたら私は、いまここできみがガレージにサロンを開くことを許可することだって出来るんだ。ネオンをつけて楽団を雇い、それでわれわれがこれまで必死に守ってきたこの地域の人間関係はめちゃめちゃになる。変な奴が入ってくるし、地価だって下がる」

「なにもガレージにサロンを開きたいなんて思っていませんよ」私は怒鳴った。「楽団を雇いたいとも思っていません。私はただジャスティーナの遺体を埋葬したいだけなんです」

「わかっているよ、モーゼズ、わかっている」彼はいった。「きみのいうことはわかる。彼女が死んだ場所が悪かっただけなんだ。もし私がきみのために例外措置を作ったら私は他の人間にも例外を認めなければならない。そういう異常事態はひとたび統制を失えば大変なことになってしまう。町の人間は、そんな異常なことがしょっちゅう起るようなところで暮したくないんだよ」

「いいか、私のいうことを聞くんだ」私はいった。「例外を認めるんだ。その証明書をこの場で私に渡せ。さもなければ私は、家に帰って庭に穴を掘って、自分でジャスティーナを埋葬する」

「しかしきみ、それは出来ないよ、モーゼズ。B地区ではどんなものでも埋葬してはいけないことになっているんだ。猫を埋葬してもいけない」

「とんでもない話だ」私はいった。「私は埋葬出来るし、そうするつもりだ。私は医者ではないし葬儀屋でもない。しかし庭に穴を掘ることは出来る。もし例外を認めないなら、私は家に帰って庭に穴を掘るまでのことだ」

「ちょっと待てよ、モーゼズ、戻るんだ」彼はいった。「頼むから戻ってくれ。わかった、きみがこのことを誰にもいわないと約束してくれたら例外措置を取ることにしてやるよ。これは法律違反だし、インチキだが、きみが秘密にすると約束するなら特別に許可する」

私は誰にもいわないと約束をし、証明書を作ってもらった。彼の電話を借りて手筈を整えた。家に着いてすぐジャスティーナの遺体は運ばれていった。しかし、その夜私は、不思議な夢を見た。いままで見た夢のなかでいちばん不思議なものだった。夢のなかで私は、人でいっぱいのスーパーマーケットにいる。窓の外が暗かったので夜だったに違いない。天井には蛍光灯がたくさんついていた――明るく陽気な光だったが、人類の歴史以前の記憶のことを考えると、太古から現在までえんえんとつながる灯りのなかのまぶしい灯りにすぎないような気がした。店内には音楽が流れていた。

少なくとも千人の客がいて、食料品が並んだ長い通路をワゴンを押して歩いていた。ワゴンを押して歩く姿勢には男と女の区別をなくしてしまうようなものが何かあるのだろうか——何かそんな感じがする。ワゴンを押すときは誰も力を込めてするのだろうか？ こんなことをいうのは、夢のなかでその夜の大半の客が、ワゴンを押しながら罪を悔いるような、男女の区別がわからないような様子をしていたからだ。あらゆる種類の人種がいた。ここは私の愛する自由の国なのだから。イタリア人、フィンランド人、ユダヤ人、黒人、イングランドのシュロップシア人、キューバ人——誰もがアメリカは自由の国だという声をずっと以前に心に留めていた人びとだった。彼らは、ヨーロッパの風刺漫画家が見たら嫌悪を込めて記録しそうな自由気ままな服装をしていた。ショートパンツをはいた老婦人たちがいた。ニットのパンツをはいたお尻の大きな女たちがいた。男たちはいろんな服を組み合わせて着ていて、火事になった建物であわてて服を着たように見えた。しかし、これこそが私の国なのだ。私にいわせれば、老婦人たちをけなす風刺漫画家は、結局は自分の無能をさらけ出しているのだ。私はこの国で生まれた人間である。バックスキンのジャンプ・ブーツをはきチノ・パンツをはいている。身体にぴったりのものなので前がはっきりとふくらんで見える。レーヨン・アセテートのパジャマの上のところには、コロンブスがアメリカを発見したときの三隻の船、ピンタ号、ニーニャ号、サンタ・マリア号の、帆いっぱいに風をはらんだ姿がプリントされている。スーパーマーケットのなかは不思議な光景である――夢によるある不思議さで見慣れたものが見慣れない環境のなかにある――しかしよく見ると、どこがふつうと違っているのかがわかった。商品にはどれもラベルが貼られていないのだ。何の商品なのか、どういうものなのかわからない。缶詰も箱も何も表示がない。冷凍食品のケースには、茶色の小さな包みがたくさん入っているが、どの包みも奇妙な形をしているので、冷凍のターキーが入っているのか、中華ディナーが入っているのか、外からではわからない。野菜とパンのコーナーの品物は、みんな茶色のバッグにおさめられていてなかが見えない。書籍売り場の本にもタイトルがない。どの商品もなかに何が入っているのかわからないのに、夢のなかの私の仲間たちは――奇妙な服装をした何千という仲間たちは――何を選ぶかが決定的問題であるかのように、中身のわからない商品を吟味している。夢のなかでは誰でもそうだが、私は全知全能で、彼らとともにいたが、同時に離れていた。高いところから、少しのあいだあたりを見まわすと、レジのところに何人かの男がいるのに気づいた。彼らは獣のような男たちだった。ときどき人ごみやバーや通りで、愛情や理性や品格を頑固なまでに見せまいとしている人間に出会うものだ。野卑で残酷で頑固そのものという雰囲気なので、思わず背を向けてしまう。そういうタイプの男たちが、ひとつしかない出口のところに立っている。客が近づくと彼らは包みを破って開く——そのときも私には、包みのなかに何が入っているのかまだわからなかった。そうされると客はみんな、自分の買ったものを見て非常に罪深いことをしたような様子を見せる。人間を屈服させるあの力だ。中身を開かれ恥じ入っている客はドアのほうに押し出される——なかには蹴飛ばされる者もいる。ドアの向こうには暗い川が見えた。そしてうめいたり泣いたりしている恐ろしい騒音が聞えた。客はグループごとにドアのところに立ち、私には見えないが、自分たちを運び去っていく車を待っていた。何千人もの客がマーケットのなかをワゴンを押している。注意深く謎めいた様子で商品を選ぶ。そしてのしられてどこかへ連れ去られてゆく。この光景は何を意味しているのだろう?

次の日の午後、私たちは雨のなかジャスティーナを埋葬した。死者は決して少数者《マイノリティ》ではない。しかしこのプロクシマイア・マナーの町では、彼らの喜びのない王国は町はずれに作られている。墓地というよりごみ捨て場といったほうがいいかもしれない。死者はそこに、悪党か、ならず者のようにこっそりと運ばれてきて、横たえられ、そして忘れられてゆく。ジャスティーナの人生は模範的なものだったが、死んでしまうとその遺体は私たちを辱めているように見えた。司祭は友人だった。葬儀を立派に行なってくれた。しかし、リムジンのうしろに身を隠している葬儀屋とその助手はそうではなかった。彼らこそ、私たちがもっとも悲しみに沈んでいるときに、そのそばで、死はスミレの匂いのするキスのように素敵なものだという彼らは、われわれに苦難をもたらす連中ではないか？　死を理解しようとする気持のない人間が、どうして愛を理解したいと思うだろう？　誰が、人はいずれ死ぬと警告を発してくれるのだろう？

私は墓地から会社に戻った。宣伝コピーが机の上に乗せてあった。そこにマクファーソンが油性ペンで「なんだこれは。この役立たず。やり直し」と書き込んでいた。私は疲れていたが悔い改めるような気持はなかった。きちんと仕事をして上司に従うのが現実的な態度だったが、無理をしてそんなことをするつもりはなかった。私は新しくコピーを書いた。「放射能を過剰に浴びたのが原因で愛する者を失ってはいけない。骨にストロンチウム90が入ったからといってダンス・パーティで壁の花になってはいけない。放射能の犠牲者になってはいけない。三十六丁目の娼婦が色目を使ってきたら身体はこちら心はあちらとばらばらになりはしないか？　心のなかでは彼女を階段の上まで追いかけ彼女の肉体を飽きるほどすみずみまで味わいたいと思っているのに、身体はブルックス・ブラザーズかチェイス・マンハッタン銀行の外国為替のカウンターに行くようなことはないか？　諸君はシダの大きさ、草の瑞々しさ、サヤエンドウの苦さ、新発見の蝶の鮮やかな模様に気づいていないのか？　諸君はこの二十五年間、人を死に至らしめる放射性廃棄物を吸い続けてきた。諸君を救ってるのはエリクシアコールしかない」

私はこのコピーをラルフィーに渡した。十分ほどしてまたコピーは戻されてきた。油性ペンでまた書き込みがあった。「まじめにやれ」マクファーソンは書いていた。「さもなければ殺すぞ」。私は疲れ切っていた。新しい紙をタイプライターに入れてこう書いた。「ヱホバはわが牧者《ぼくしゃ》なり　われ乏《とも》しきことあらじ　ヱホバは我《われ》をみどりの野《の》にふさせいこひの水濱《みぎは》にともなひたまふ　ヱホバはわが霊魂《たましひ》をいかし名《みな》のゆゑをもて我《われ》をたゞしき路《みち》にみちびき給《たま》ふ　たとひわれ死《し》のかげの谷《たに》をあゆむとも禍害《わざはひ》をおそれじ　なんぢ我《われ》とともに在《いま》せばなり　なんぢの笞《しもと》なんぢの杖《つゑ》われを慰《なぐさ》む　なんぢわが仇《あた》のまへに我《わ》がために筵《えん》をまうけ　わが首《かうべ》にあぶらをそゝぎたまふ　わが酒杯《さかづき》はあふるゝなり　わが世《よ》にあらん限《かぎ》りはかならず恩恵《めぐみ》と憐憫《あはれみ》とわれにそひきたらん　我《われ》はとこしへにヱホバの宮にすまん」*。私はこのコピーをラルフィーに手渡し、家に帰った。

＊邦訳は「旧約聖書　詩篇　第二三篇　ダビデのうた――『旧新約聖書』（日本聖書協会刊）」による。

父との再会

最後に父に会ったのはグランド・セントラル・ステーションでだった。そのとき僕は、アディロンダックスの祖母の家から、母がケープに借りていたコテージに遊びに行く途中だった。僕は父に、列車の乗り換えの時間が一時間半くらいあるから昼食を一緒に出来たらいいんだけどと手紙を書いた。父の秘書が返事をくれた。父が正午に、グランド・セントラル・ステーションの観光案内所で僕を待っている、と書いてあった。十二時ちょうどに、父が人ごみをかきわけながらこちらにやってくるのが見えた。父は僕には他人同然だった――母は父と三年前に離婚し、それ以来、僕は父に会っていない。しかし、姿を見るとすぐに僕は、この人が父であること、僕の肉体と血を作った人であり、僕の未来にも運命にも関わりを持っている人であることがわかった。大人になったら僕も彼のような人間になるのだろうと思った。彼以上にも彼以下にもならないだろう。父は大柄で、見ばえのする男だった。僕はまた父に会えてとてもうれしかった。父は僕の背中を叩き、握手をした。「やあ、チャーリー」と父はいった。「やあ、お前。行きつけのクラブに連れて行きたいところなんだが、六十丁目界隈にあって少し遠い。早めの汽車に乗りたいんなら、どこかこの近くの店にしたほうがいいだろう」。父は腕を僕の肩に置いた。僕は、母がバラのにおいをかぐように父のにおいをかいだ。ウィスキー、アフター・シェーブ・ローション、靴磨きのクリーム、ウール、それに大人の男のいやなにおい、そうしたものがたっぷりと混じり合ったにおいだった。僕は、誰かが僕たちが一緒にいるところを見てくれたらいいと思った。一緒のところを写真に撮ってもらいたかった。ふたりが一緒にいたという証拠が欲しかった。

父と僕はグランド・セントラル・ステーションを出て、横丁に入り、あるレストランに行った。時間はまだ早かった。店には客は誰もいない。バーテンダーは配達係のボーイと口論していた。台所のドアのそばに赤いコートを着た、とても年取ったウェイターがいた。父と僕は席に着いた。父は大声でウェイターを呼んだ。「ケルナー！」と父はまずドイツ語で大声でいった。「ギャルソン！　カメリエーレ！　ユー！」。客の誰もいないレストランでこんな大声を出すのは場違いに見えた。「サーヴィスをお願いしたいんだが！」と父は大声でいった。父はそれからパン、パンと手を叩いた。それに気づいて、ウェイターが足をひきずりながら僕たちのテーブルにやってきた。「私に手を叩いたんですかね？」ウェイターがいった。

「落ち着いて、落ち着いて、ソムリエ」父がいった。「こんなお願いをしてよろしいかどうか……、あなたのお仕事を増やすことになったら申し訳ないのだが……、ともかくビーフィーター・ギブソンを二杯いただきたいのだが」

「手を叩かれるなんてご免ですな」ウェイターがいった。

「笛を持ってくればよかったかな」父がいった。「私は笛をひとつ持っているんだが、うまい具合にその笛の音を聞けるのは年寄りのウェイターだけなんだ。さて、メモと鉛筆の用意が出来たらこう書きとめてくれ。ビーフィーター・ギブソンが二杯。私のいったことを繰り返してくれよ。ビーフィーター・ギブソンが二杯、だ」

「他の店に行かれたほうがいいんじゃないですか」ウェイターが早口でいった。

「なんと」父がいった。「これまでこんな素晴しいご忠告をいただいたことはありませんな。チャーリー、行こう、こんな店は出よう」

僕は父のあとについてレストランを出て別の店に入った。父は今度は騒がしくしなかった。飲みものが来た。父は僕に野球のシーズンのことをあれこれ質問した。それから父は、ナイフで空のグラスのふちを叩いて、また怒鳴り始めた。「ギャルソン！ケルナー！ カメリエーレ！ ユー！ お邪魔して申し訳ないが、同じものをふたつ持ってきてくれませんかね」

「こちらさまはおいくつです？」とウェイターが僕を見ていった。

「そんなことは」父がいった。「お前さんにはなんの関係もないことだろ」

「申し訳ないのですが、お客さま」ウェイターがいった。「未成年者にお酒を出すわけにはいきません」

「わかった、よく聞けよ」父がいった。「面白い話を聞かせてやるよ。ニューヨークにはレストランはこの店だけじゃないんだ。角のところに新しい店がオープンしたんだよ。さあ、行こう、チャーリー」

父は勘定を払った。僕は父についてレストランを出てもう一軒の店に入った。ウェイターたちは狩猟用のコートのようなピンクのジャケットを着ていた。壁には馬具がたくさん架かっている。父と僕は席に着いた。父はまた大声を出し始めた。「狩猟犬係！　こういうときはホーホーとでもいうんだっけ。馬に乗って狩りに出かけるまえに一杯飲みたいんだがね。ギブソン・ビーフィーターが二杯だ」

「ギブソン・ビーフィーターを二杯ですか？」ウェイターは笑顔を見せながらいった。

「注文がちゃんとわかってるのか」父が怒っていった。「ビーフィーター・ギブソンを二杯。急いでな。古き良きイングランドでも時代は変ってきてるそうだ。友人の公爵がそういってるよ。本物のイングランドの店がどんなカクテルを出してくれるのか楽しみだな」

「この店はイングランドの店ではございません」ウェイターがいった。

「口答えなんかしなくていい」父はいった。「いわれたことをやればいいんだ」

「お客さまがどのお店にいらっしゃるのかわかっておいでになるのかと思いまして」ウェイターがいった。

「我慢できないことがひとつあるとすれば」父がいった。「無礼な召使のいる店だ。出よう、チャーリー」

四軒めに行った店はイタリア料理店だった。「今日は」父はいった。「注文をお願いしたい。アメリカ式のカクテルをふたつ。強いのを、強い酒を。ジンをたくさん、ベルモットは少なめに」

「イタリア語はわからないんですが」ウェイターがいった。

「冗談はやめてくれよ」父がいった。「イタリア語はわかってるんだろ。注文が何かは先刻ご承知なんだろ。アメリカのカクテルを二杯お願いしたい。すぐに」

ウェイターは僕たちのテーブルから離れ、ボーイ長と何か話をした。ボーイ長が僕たちのテーブルのところに来ていった。「申し訳ないのですがこの席は予約が入っておりまして」

「わかった」父がいった。「別の席を用意してくれ」

「どの席も予約済みでして」ボーイ長がいった。

「わかった」父がいった。「こんな客はいらない。そういうことだな？　よし、貴様なんか地獄におちろ。地獄に行っちまえ！　行こう。チャーリー」

「僕、もう汽車に乗らなくちゃ」僕はいった。

「いや悪かった」父はいった。「悪いことをした」。父は腕を僕の肩に乗せて、僕の身体を強く抱いた。「駅まで送ってゆくよ。行きつけのクラブに行く時間があったらよかったんだが」

「気にしないでよ、パパ」僕はいった。

「新聞を買ってやろう」父はいった。「汽車のなかで読む新聞を買ってやろう」

それから父はニュース・スタンドのところに行っていった。「お手数をおかけして大変申し訳ないのですが、そこにある、くっだらねえ、つまらねえ、夕刊紙を一部いただけますか？」。売店の男は父に背中を見せて雑誌の表紙に目を落とした。「無理なお願いとは存じますが」父はいった。「ご無理なお願いをして申し訳ないのですが、その俗悪なイエロー・ジャーナリズムの見本を一部お売りいただけないでしょうか？」

「僕、もう行かなくちゃ、パパ」僕はいった。「汽車に遅れてしまう」

「まあ、少し待てよ、坊や」父はいった。「少し待てよ。この男をちょっと怒らせたいんだから」

「さよなら、パパ」と僕はいって、階段を降りて予定の汽車に乗った。これが僕が父に会った最後だった。

海辺の家

毎年私たちは海辺に家を借りる。そして、夏のはじめに、犬と猫と子どもたちとコックを連れて、車でその家に出かけてゆく。日が暮れる少し前にはじめての場所に着く。海への旅は儀式のような興奮がある。もう何年も続けているのだが、出かけるたびに、ちょうど夢のなかでいつもそう感じるように、自分たちが移民か放浪者になったように思えてくる。少なくとも鋭い感受性を持った旅行者のように思えてくる。私は借りる家をあらかじめ調べておくことをしないので、夕暮れの海からの最後の光のなかにぼんやりと現われてくる、塔のついた木の城や、大邸宅や、バラでおおわれたスタッドフォードシャー風の別荘や、南部風の邸宅は、どれもみんな大きな未知の魅力を持って迫ってくるように見える。そこに着くとまず、隣の家の人から、潮風で錆びついた鍵を受け取る。鍵をあけて、暗い、あるいは明るい玄関に足を踏み入れたとたん、夏の休暇が始まろうとしているのを感じる――これから一か月、何にもわずらわされずにすむ。しかし、この、休暇が始まるという楽しい気分にもまして強いのは、他人の生活に入り込んだという気持だ。家を借りる契約は業者を通してしているので、私にはその家にどんな人間が住んでいるかはわからない。しかし、彼らの存在は必ず家のなかのものや、雰囲気に残されているもので、そのことには驚かざるを得ない。われわれが日常していることは、たしかに空気や水のなかに書き込むことはできないが、しかし、それは擦り切れた壁下の木、香り、家具や絵画の趣味のなかに刻印されていくようだ。私たちが借りた家に足を踏み入れると、その家の住人の雰囲気が、ちょうど天気の変化が浜辺にあらわれているように、家のあちこちに感じられてくる。ときには長い廊下を歩いているときに新しい、純粋な、明るい感情が伝わってきて、私たちはその感情に反応する。前に住んでいた人間が非常に幸福だったときは私たちは、彼らの所有している浜辺と一本マストのヨットだけでなく、彼らの幸福も借りることになる。ときには家の雰囲気が謎めいていることもある。その謎は八月に家を出るときまで謎のままで残る。二階の廊下にかかっている絵のなかの女性は誰なのだろう？　アクアラングは誰のものだったのか？　ヴァージニア・ウルフの全集は誰のものだったのか？「ファニー・ヒル」〔最初の近代的性愛文学〕を磁器の食器棚に隠したのは誰か、ツィターを弾いたのは誰か、揺りかごで寝たのは誰か、かぎづめ形の足のついたバスタブの釘に赤いエナメルを塗ったのは誰か？　そのとき彼女の人生はどんなだったのか？

犬と子どもたちは浜辺に駆け降りてゆく。私たちは荷物を家のなかに運び入れる。見知らぬ住人が作った歴史を通り過ぎているような感じがする。革ズボンは誰のものだろう、絨緞にインク（あるいは血）をこぼしたのは誰だろう、食料貯蔵室の窓を壊したのは誰だろう？　そして『結婚生活の幸福』『結婚生活を性的に楽しむための図入りガイド』『セックスの幸福を求める権利』『夫婦のための性生活の知恵』といった本が並んでいるベッド・ルームの本箱をどう使ったらいいだろう？　そのとき窓の外で波が岩を叩く音が聞えてくる。波は家が建っている崖を揺るがす。家の漆喰や木材を通して波のリズムが伝わってくる。そして最後に、私たちはみんな海岸に降りてゆく――結局、それが目的でここに来たのだから。崖の上の家は、灯りがともって燃えるように輝いている。それは、私が切実に求めていてまさに求めていたとおりにあらわれる、あの幸福なイメージのひとつである。たとえば、若木の森のなかで釣りをしているとき、何気なく野生のミントを踏んでしまう。すると、急にいい香りがしてきて、それがその日のエッセンスに思えてくることがある。あるいは、古代の遺跡にも生活にもあきて、ローマのパラティノの丘を歩いているとき、一羽のフクロウが、皇帝セヴェルスの宮殿の遺跡から飛び立つのが見える。すると突然、いままでの生活も、あの猥雑で騒々しい街もすべてが意味を持ってくる。あるいはまた、ベッドで横になり、タバコを吸い込むと、その赤い火が腕、胸、腿を照らし出す。世界がその周りを回るように見える。こうしたイメージは、私たちのもっともいい感情の残り火のようなものだ。そして、最初の日、海辺に立っているとこうした残り火のようなイメージをあつめてひとつの炎を作り出すことができるように思えてくる。日が暮れると私たちはカクテルを作る、子どもたちを寝かしつける、そして他人の石鹼の匂いの残っている見知らぬベッド・ルームでセックスをする――そうすることで、その家の所有者の気配を消し、現在の所有者は私たちなのだと安心できるようになる。しかし、真夜中に風もないのにテラスのドアがバタンと大きな音をたてて開く。妻がねぼけながらいう。「あの人たち、なぜ戻ってきたのかしら？　なぜ戻ってきたのかしら？　何を忘れたのかしら？」

夏のあいだ借りた家のなかで、私がもっともよく憶えているのは、ブロードメアにあった家である。私たちはいつものようにそこに夕方着いた。大きな白い家だった。崖の上に建っていて南に面している。海岸はそこで外洋に広がっていた。私は庭の向こうの家に住んでいる南部出身の婦人から鍵をもらい、ドアを開けた。玄関があり、カーヴした階段につながっている。家の持ち主のグリーンウッド家の人間はその日になって家を出たように見えた。実際一分前に家を出ていったように見えた。花瓶には花がさしてある。灰皿にはタバコの吸がらがある。テーブルの上には使ったままのコップがある。私たちはスーツケースを家のなかに運び込み、子どもたちを海岸に送りだした。私はリビング・ルームに立って妻が来るのを待った。グリーンウッド家の人間があわただしく出て行った騒がしい雰囲気が、まだあたりの空気に残っているようだった。私は彼らがあわただしく、嫌々ながら家を出て行ったと感じた。彼らは夏のあいだ他人に家を貸すのは嫌だったに違いない。部屋には海に面した出窓があったが、黄昏どきで家のなかは殺風景に、陰気に見えた。スタンドをつけた。しかし、電球の光は暗かった。グリーンウッドという男は倹約家で、けちなのではないかと思った。彼がどんな男であれ、家のなかに彼の存在を強烈に感じる気がした。本棚の上に、彼が十年以上前に獲得した小さなヨット競技のトロフィーがあった。本はほとんど読書協会を通じて揃えたものだった。棚から、ヴィクトリア女王の伝記を抜き取ってみたが、本の綴じが固かった。誰も読んでいないのだろうと思った。本のうしろに空っぽのウィスキーの瓶が隠してあった。家具は実質本位のものでいい趣味に見えた。しかし、この部屋にいると幸福な気分にも気楽な気分にもなれなかった。部屋の角にアップライトピアノがあった。調子が合っているかどうか確かめるために軽くドレミファを弾いてみた（調子は合っていなかった）。それから何か楽譜がないか、ピアノの椅子のふたを開けてみた。ポピュラー音楽の楽譜が何枚かあった。空っぽのウィスキーの瓶がもう二本そこに入っていた。なぜ彼はふつうの人間のように空の瓶を捨てないのだろう。彼は人に隠れて飲んでいるのだろうか。部屋が陰気なのはそのためなのか。彼は音をたてずに瓶のふたを開けることができるのか、それに、グラスと瓶を傾けてウィスキーが音をたてないようにグラスに注ぐという難しい技術を修得したのか？妻が、空っぽになったスーツケースを持って部屋に入ってきた。私は、それを屋根裏部屋に運んだ。屋根裏は清潔できちんと片づいていた。道具とペンキにはすべてラベルが貼ってあり、所定の位置に並べられていた。雑然としたリビング・ルームとは対照的なこの部屋の清潔さは、グリーンウッドという男の誠実さと人格の高潔さを感じさせた。彼は屋根裏部屋で多くの時間を過ごしたに違いない。あたりはだんだん暗くなってきた。私は浜辺にいる妻と子どもたちのところに行った。

海は波が高くなっていた。波が岸にぶつかって白く泡立っている。その白く長い線が、見渡す限りどこまでも動脈のように続いている。私たちは海岸に立っていた。妻と私は、軽く腕をお互いの身体に回した――妊婦用の水着を着た美しい妻とその美男の夫も、曲がった足を水につけている年老いたカップルも、胸がときめくようなロマンスにあこがれて沖の海原を見ている若い男の子と女の子も、海辺に来るときは、みんな恋人どうしになるのではないだろうか。夜になって寝る時間になると、私はいちばん下の男の子にお話をしてやった。彼は、東向きの居心地のいい部屋で眠った。部屋の向こうに岬の上の灯台が見えた。灯台の光が窓を通して部屋に入り込んだ。そのとき私は、部屋の隅の壁下の板の上に何かくっついているのに気づいた。はじめ、糸か蜘蛛の巣だろうと思った。そしてひざまずいて何だろうとよく見た。小さな字で誰かがそこにいたずら書きをしていた。「パパは嫌な野郎《ラット》だ。もう一回いう。パパは嫌な野郎《ラット》だ」。私は子どもにお休みのキスをした。そしてみんな眠った。

日曜日は素晴しい日になった。いい気持で目覚めた。しかし、朝食前に家のまわりをぶらぶらしているとき、イチイの木のうしろにまたウィスキーの瓶が隠してあるのを見つけた。私は昨日リビング・ルームで最初に感じた陰気な雰囲気を思い出した――ほとんど絶望に近い雰囲気だった。グリーンウッドという男が気になり出した。彼に興味を覚えた。彼は、逃れがたい苦境に陥っているように思えた。村に出かけていって、彼のことをいろいろ聞き出してみようと思ったが、そういう好奇心は紳士的ではないように思えた。その日遅くなって、シャツを入れておく引出しのなかに一枚の写真を見つけた。額のガラスは壊れていた。彼は空軍の少佐の制服を着て、長い、夢みるような顔をしていた。彼がいい男だとわかって、ヨット競技のトロフィーを見つけたときと同じようにほっとした。しかし、トロフィーと写真だけでは、この陰気な家の雰囲気を取り去るのに充分ではなかった。この家が好きになれなかった。そのことが私の気分にも影響しているようだった。あとで、いちばん下の男の子に、ころがし針を使った磯釣りを教えようとしたが、彼はすぐに糸をからませたり、リールを砂だらけにしてしまうのでケンカになってしまった。昼食のあと、私たちは車で、この家の住人が持っている小型ヨットが置いてある艇庫に出かけた。ヨットのことを聞くと艇庫の主人は大声で笑った。ヨットはもう五年間も使われていなくてボロボロになっている。がっかりしたが、グリーンウッドのことを嘘つきといって怒る気にはなれなかった。収入がどんどん減ったために、恥ずかしいことに、ヨットを放ったらかしにせざるを得なくなった彼に同情した。その夜、リビング・ルームで彼の本のひとつを読みながら、ソファのクッションがふつうよりも堅く感じられるのに気がついた。クッションの下を探ってみるとヌーディストを扱った雑誌が三冊出てきた。三冊とも靴以外身体に何もつけていない裸の男や女の写真がたくさん載っていた。雑誌を暖炉に放り込み、マッチで火をつけたが、紙が特殊加工をされているためになかなか燃えなかった。なぜ私は、こんなに腹が立っているのだろう? なぜ私は、この孤独でアル中の男にこれほどこだわらなくてはならないのだろう? 二階の廊下でいやな臭いがした。おそらく、しつけの悪い猫のせいか、排水の具合いが悪いためか、どちらかなのだろうが、私はその悪臭が、したくなくてしてしまったケンカからにじみ出た臭いのように思えた。

月曜日は雨になった。子どもたちは朝、クッキーを焼いた。私は海辺を散歩した。午後みんなで村の小さな博物館に出かけた。剥製のクジャクがひとつ、傷だらけのドイツ軍のヘルメットがひとつ、さまざまな爆弾の破片、蝶の標本、それに古い写真が何枚かあった。博物館の屋根に降る雨の音が聞えた。月曜日の夜、不思議な夢を見た。夢のなかで私は、クリストファー・コロンブス号に乗ってナポリに向かっている。船室ではひとりの老人といっしょになった。老人の姿は見えなかったが、彼の荷物は下のベッドに積み上げられていた。油で汚れたフェルトの帽子、使い古されたこうもり傘、ペーパーバックの小説、それに便秘薬の錠剤がひと瓶。私は酒が飲みたくなった。私はアルコール依存症ではなかったが、夢のなかでふつうの男が味わう肉体的、精神的苦しみをすべて経験していた。船のバーに行った。バーは閉まっていた。バーテンダーはいたがレジに鍵をかけているところだった。ボトルはすべてテーブルクロスでおおわれてしまっている。彼にバーを開けてくれと頼んだが、彼は十時間も一等船室の掃除をしていたのでもう休みたいといった。私は、彼に酒をひと瓶売ってくれないかと聞いたが、彼はだめだといった。それで——彼はイタリア人だった——私は、自分のためではなく、娘のために酒瓶を買いたいのだと嘘をついた。すぐに彼の態度が変った。娘さんのためなら喜んでさしあげましょう、しかし、何かきれいな瓶にしなくてはと彼はいった。バーのなかを探しまわってから、彼は白鳥の形をした、リキュールがいっぱい入った瓶を持って戻ってきた。私は、娘はこれは気にいらないだろう、娘が欲しがっているのはジンだといった。バーテンダーはようやくジンをひと瓶くれて一万リラですといった。目がさめると、私はグリーンウッドの見る夢と同じ夢を見たような気がした。

水曜日にはじめて人が訪ねてきた。ホワイトサイド夫人、鍵をもらったあの南部出身の女性である。彼女は五時にベルを鳴らし、イチゴをひと箱くれた。十二歳くらいの娘のメアリー・リーがいっしょだった。ホワイトサイド夫人は礼儀正しく威厳があったが、娘のほうは化粧のしすぎだった。まゆ毛を抜いていたし、まぶたにも化粧していた。顔じゅうべたべた色を塗っている。他にすることがなかったのだろう。私は、グリーンウッド家のことを聞きたかったので、ホワイトサイド夫人にいろいろ質問した。「この階段、きれいでしょう?」彼女は玄関ホールに入ると私にいった。「あの人たち、娘さんの結婚式のためにこの階段を作らせたのよ。ドロレスがまだ四つのとき。あの人たち、自分の娘が白いドレスを着て窓のそばに立って、結婚式に出席した友だちに花を投げる姿を想像するのが好きだったのね」。私はホワイトサイド夫人をうやうやしくリビング・ルームに案内して、シェリーのグラスを渡した。「あなた方が来てくださってうれしいわ、オグデンさん」彼女はいった。「また子どもさんたちが浜辺を走るのを見られるのは楽しいわ。でも、こんなことといったからといって、グリーンウッドさんたちがいなくなっても寂しくないというんじゃなくてよ。あの人たち、とても素敵だわ。これまで一度も家を貸したことはなかったんですよ。夏のあいだ浜辺を離れて暮すのは、あの人たちにとってははじめてのことなの。あの人ったら、本当にブロードメアのことが好きなんですよ。ここで暮していることが、あの人たちの喜びで、誇りなのね。よそで暮さなければならないなんて気の毒だわ」。グリーンウッド家の人間が、彼女のいうように素晴しい人間なら、隠れて酒を飲んでいるのはいったい誰なのだろう？「グリーンウッド氏はなんの仕事をしているんです？」と私は聞いた。立ち入った質問をしたのを取り繕うように、酒を取りにいって、彼女にもう一杯シェリーを注いだ。「紡績関係ですよ」彼女はいった。「ただ、あの人、もっと面白い仕事を探しているところだと思いますけれど」。それを聞いて私は、彼のことが少しわかる気がした。彼女の言葉は彼のことをよく知る手がかりになった。「つまり、彼は仕事を探しているわけですか？」私は急いで聞いた。「はっきりはわかりませんわ」彼女は答えた。

彼女は、いわば橋の下を流れる水のように穏やかな老婦人のひとりだった。しかし、私には強い個性を持った人間に見えた。彼女は、村の人間について辛辣な意見を持っていながらその毒をかくしているように見えた。彼女はこれまでさまざまな苦しい絶望を体験してきたために（夫のホワイトサイド氏はすでに死んでいた。遺産はほとんどなかった）、人生の流れから押し出され、たえまない不幸のなかで堤に坐らされ、他の人間が流れに乗って勢いよく海に向かって行くのを傍観しているように見える。つまり、私がいいたいのは、彼女の美しい声のうしろに、毒のある辛辣さがあふれていることに気づいたということだ。結局、彼女はシェリーを飲んだ。

彼女は帰ろうとした。「それじゃあ、これで。あなた方をお迎えできてよかったわ」彼女はいった。「子どもたちがまた浜辺を走るのはいいことだわ。グリーンウッドさんたちは素敵な方ですけれど欠点もあるんですよ。もちろんあの方たちがいなくなったのは寂しいけれど、あの方たちのケンカを見なくてすむのは正直ほっとしているんですよ。あのご夫婦は、去年の夏など毎晩ケンカしていたんですよ。あの人、いろんなことをいってたわ！　あのふたりは、いわゆる相性が悪いというんでしょうね」。彼女は、目を娘のメアリー・リーのほうにやったが、それはまだ話したいことがたくさんあるといっているしぐさに見えた。「私は、ときどき日中の暑さが終ったあと、庭に出て花の手入れをするのが好きなんですが、あのふたりがケンカしているときには家の外に出られなくなってしまうんですよ。ドアと窓をぴたりと閉めなくてはならない時もあるんです。こんなことあなたにいいたくはないんですけれど、いずれすべてわかりますよ、そうでしょ?」彼女は立ち上がって玄関に向かった。「さっきいったようにあの人たち、娘さんの結婚式のために階段を作ったのよ。それなのに、かわいそうにドロレスは妊娠八か月で自動車修理工と市役所で結婚したの。あなたが来てくださってうれしいわ。さあ、いらっしゃい、メアリー・リー」

私は、望んでいた情報を得たといってよかった。彼女の話を聞いていて、この家がなぜ陰気なのか、よくわかった。しかし、私は、なぜこんなに娘の幸福な結婚を願う哀れな男の話を聞いて心を動かされたのだろう。階段が出来上がったとき、彼ら夫婦が玄関のところに立っている姿が目に浮かぶようだった。ドロレスは床の上で遊んでいる。彼らふたりは腕を軽くお互いの身体にまわしている。彼らはアーチ形の窓を見て、そこに品のいい自分たちにふさわしい、いつまでも続く幸福な生活が映っているように感じてほほえんでいる。しかし、その幸福な生活はみんなどこに行ってしまったのだろう? こんなつつましい願いがどうして不幸に終ってしまうのだろう?

朝、また雨になった。コックが突然、ニューヨークにいる姉が死にかかっているから家に帰らせてくれといった。私の知る限り、彼女には、ここに来てから手紙も来ていないし電話もなかったが、私は彼女を車で飛行場まで送ってゆき、家に帰らせた。それからいやいや家に戻った。この家のことが嫌いになっていた。プラスチックのチェスのセットを見つけたので息子にチェスを教えようとしたが、最後にはまたケンカになった。他の子どもたちはベッドでマンガを読んでいた。私は誰に対してもいらいらしていたので、みんなのために一日か二日、ニューヨークに戻ることにした。急用が出来たと妻に嘘をついた。次の日の朝、妻は私を飛行場に送ってくれた。飛行機に乗り、ブロードメアの陰気さから離れるとほっとした。ニューヨークは暑く、日差しが強かった。もう真夏になったような匂いがした。私は夜遅くまでオフィスにいた。そして帰りにグランド・セントラル・ステーションのバーに立ち寄った。坐って数分たったとき、グリーンウッドが入ってきた。もう夢見るような顔はしていなかったが、シャツの引出しにあった写真で、ひと目で彼だとわかった。彼はマティーニと水を一杯注文した。そして、まず水を飲みほした。まるで水を飲みに来たようだった。

ひと目で彼もまた、マドリッドやダブリンやクリーヴランドでの新しい仕事を夢見てマンハッタンのミッドタウンを亡霊のようにさまよっているサラリーマンのひとりだとわかった。彼は、髪を油でなでつけていた。顔は、野球場か競馬場で日焼けしたように真っ赤だったが、手が震えているのを見ると顔が赤いのはアルコール依存症のためだとわかった。バーテンダーとは顔みしりで、ふたりはしばらく何か話していたが、やがてバーテンダーはレジのところへ行って、彼の伝票を計算した。グリーンウッドはひとり残された。彼はそれを感じとった。顔にそう出ていた。彼は自分が無視され取りのこされたと思っている。夜遅かった。急行列車はもうみんな出ていってしまっただろう。そして残りの連中、つまり、他の幽霊たちがさまよい込んでくるだろう。彼らがどこから来るのか、どこへ行くのか誰にもわからない。暮し向きもよく、身だしなみもいいのに夜遅くまでひとり町をさまよっているこの連中は、醸しだされる仲間意識にもかかわらず、決して他人に話しかけようとはしない。彼らはみんな読書協会で揃えた本のうしろとピアノの椅子のなかに酒瓶を隠している。私は、グリーンウッドに名前を名乗ろうかと思ったが、考え直した。私は彼から、大事にしている家を奪った男なのだ。彼は私に冷淡な態度をとるはずだ。彼の人生にこれまでどんなことがあったかはわからないが、だいたいどんな変転があったかはおぼろげながらわかる。父親は彼が子どものころに死んだか、家出している。男親がいないということは、残された人生の刻印から容易に読み取れるものだ。彼は母親と叔母に育てられた。州立の大学に行き（おそらく）商業を専攻した。戦争中はＰＸの物資担当係をさせられていた。戦後は何もかもうまく行かなかった。彼は、娘と家と妻への愛情と仕事への興味を失った。しかしそれだけでは彼の苦しみと困惑を説明できない。本当の原因は、彼にも私にも誰にもわからない。この時間の駅のバーがどこか謎めいて見えるのはそのためだ。

「そこのばか」彼はバーテンダーにいった。「お忙しいところすみませんが、もう一杯いただけませんかな」

これは彼の醜悪さの最初の現われだった。以後は醜悪さ以外ほとんど何もなくなる。彼は意地の悪い人間になる。やせていようが太っていようが、不機嫌だろうが陽気だろうが、若かろうが老人だろうが、幽霊たちはみんないずれいやしい人間になってゆく。最後にようやく彼らはふらふらしながら家に帰り、ドアマンを礼儀知らずだといって怒り、妻に贅沢しすぎると毒づき、おろおろする子どもたちを恩知らずだといって説教し、それから客間のベッドで服を着たまま眠り込んでしまう。しかし、私が気にかかって忘れられないのは、彼のそうした姿ではなく、新しい玄関に立ち、白いウエディング・ドレスを着た娘が階段の上に立っているのを夢見ている父親としての彼の姿だった。私たちはこれまで言葉をかわしたことはなかった、私は彼のことを知らない、彼が失くしたものは私のものではなかった。にもかかわらず私は、彼の喪失感を自分のもののように強く感じたので、その夜ひとりで過ごす気になれなかった。それで、その夜を私と同じオフィスで働いている身持の悪い女性と過ごした。朝、飛行機で海辺に戻った。海辺はまだ雨が降っていた。妻は台所の流しのところで鍋を洗っていた。私は二日酔いになっていた。自分が堕落した、罪深い、汚れた人間のように感じた。泳ぎにいったら気分がよくなるかもしれないと思い、妻に水泳パンツはどこにあるかと聞いた。

「どこかそのへんにあるでしょう」妻は無愛想にいった。「どこか足もとにころがっているわよ。濡れたままベッド・ルームの敷物の上に捨ててあったからシャワー・ルームにかけておいたわ」

「シャワー・ルームにはないよ」私はいった。

「そう、それじゃどこかこのあたりでしょ」彼女はいった。「食堂のテーブルの上は探したの？」

「おい」私はいった。「なぜきみは私の水泳パンツをそんなふうに邪険にいわなければならないんだ。まるで水泳パンツがひとりで家のなかをうろついて、ウィスキーを飲んだり、おならをしたり、女性がいる席で下品なジョークをいったりしているみたいじゃないか。まともな水泳パンツを探しているんだ」それからくしゃみをした。そしてくしゃみのあといつもそうするように彼女が「お大事に」といってくれるのを待ったが、彼女は何もいわなかった。「それにまだひとつ見つからないものがあるんだ」私はいった。「ハンカチーフが見つからない」

「クリネックスで鼻をかんだらいいでしょう」

「クリネックスなんかで鼻をかむのはごめんだよ」私はいった。ホワイトサイド夫人が、メアリー・リーに家に入るようにいって、窓を閉める音が聞えたところを見ると、私は声を荒らげていたに違いない。

「何よ、今朝のあなたにはうんざりだわ」

「こっちはもう六年間もうんざりしているよ」

私はタクシーで飛行場に行き、午後の飛行機でニューヨークに戻った。結婚生活は十二年になっていた。結婚前の恋人期間が二年あったからそれを入れると、私たちは十四年間いっしょだったことになる。そして私はその後、彼女に会っていない。

いまこの文章は、別の海辺の家で書いている。私には新しい妻がいる。私は椅子に坐っている。時代も様式も定かでない椅子に坐っている。クッションはカビの匂いがする。灰皿はローマのエクセルシオール・ホテルからくすねてきたものだ。ゼリーの容器をグラス代わりにしている。いまこれを書いているテーブルの脚は壊れかかっている。スタンドの光は暗い。妻のマグダは髪を染めている。オレンジ色に染めるのだ。週に一度は染め直す必要がある。あたりには霧が出てきている。私たちが借りた家は、あちこちにブイで標識をつけた水路のすぐ近くにある。信心深い村の日曜日の朝のように、ベルの音がたくさん聞えてくる。船のベルの音で高いもの、低いもの、海の底から聞えてくるようなものと、さまざまだ。マグダが眼鏡を取ってきてくれというので私は静かにポーチに出た。家のなかからもれてくる光が霧のなかで光っていて、実体のあるもののように見える。その光の束につまずきそうな気がした。湾曲した海岸の向こうに幽霊のような人間たちの住むコテージの灯りが見える。どの家でも住人は幸福、あるいは不幸の利子を増殖させており、それが八月にやってくる入居者や来年訪れる人間に受け渡される。本当に私たちはこんなによく似ているのだろうか？　私たちは、自分たちの重荷を見知らぬ人間に押しつけなければならないのだろうか？　誰もが苦しまなければならないという思いは、これほどまでに逃れがたいものだろうか？　「眼鏡、私の眼鏡、持ってきて！」マグダが叫んでいる。「眼鏡を持ってきてって何回頼まなければならないの？」。私は彼女の眼鏡を取ってくる。彼女が髪を染め終ると、私たちはベッドに入る。真夜中、ポーチのドアが突然開く。しかし、私の最初の、やさしい妻はもうここにはいない。「あの人たちなぜ戻ってきたのかしら？何を忘れたのかしら？」といった妻はもうここにはいない。

世界はときどき美しい

以前とは別の海岸の、別の海辺の家で私はこの原稿を書いている。テーブルの上には、ジンとウィスキーの瓶の丸い跡がついている。光は暗い。壁には、花飾りのついた帽子をかぶり、絹のドレスを着て、白い手袋をはめた子猫を描いたカラーのリトグラフがかかっている。空気はかび臭いが、私には快適な匂いに思える。一般には不快と思われている船底にたまった水の匂いや、陸風の匂いが、私には、人を元気づけてくれる肉感的な匂いに思えるのに似ている。高潮で、断崖の下の海の水が防護壁やドアにまで強くぶつかる。ドアの鎖にも強くぶつかってくるので、テーブルの上のスタンドが上下に揺れる。私は土曜日の午後、庭いじりをしていたときから始まった一連の出来事を忘れて休息をとるために、ひとりでこの別荘にきている。土曜日の午後、庭の土を鋤で一、二フィート掘ったとき、靴墨が入っていたと思われる小さな丸い缶を見つけた。ナイフで缶をこじあけた。なかには油布で包んだものがあった。布を開くと罫紙に書いたメモが出てきた。それにはこう書いてあった。「私、ニルス・ユングストラムは二十五歳までにゴリー・ブルック・カントリー・クラブの会員になれなければ首を吊ることをここに誓います」。私の家のあたりは、三十年前は農地だった。おそらく農家の子どもがゴリー・ブルック・ゴルフ場のフェアウェイを眺めながら誓いを立て、それを土のなかに埋めたのだろう。私はこの途切れたコミュニケーションに感動した。こういう言葉を見るといつも感動する。ひとは自分のいちばん大事な感情をこういう相手に伝わらないやり方で表現するものだ。メモを見てから私は、衝撃的にロマンティックな恋にとらわれたように、いつもより深く考え込んでしまった。

空は青かった。音楽のようだった。私は芝生を刈り終えたところだ。芝の匂いがあたりに満ちている。その匂いをかいでいると若い頃よく感じた恋の予感、きっと恋が始まるに違いないという気持を思い出した。徒競走を終えたあと、燃え殻を敷き詰めたトラックのそばの芝生の上に身を投げ出して荒い呼吸をする。思い切り強く学校の芝生を抱きしめる。その強さがあればこれからの人生を生きていくことが出来るような気がしてくる。そんな若いころの幸福な思い出にふけっていたとき、黒いアリが赤いアリを全滅させて、その死骸を片づけているのに気がついた。空を見るとコマドリが一羽飛んでいた。それを二羽のカケスが追いかけている。ネコがツバメを狙ってスグリの垣根に潜んでいた。オリオールが二羽、白いくちばしで突つき合いながら飛んでいった。それから私は、立っているところから一フィートばかり離れたところで、一匹のマムシが黒い冬の皮から脱皮しようと最後の努力をしているのに気づいた。そのとき私が感じたのは恐怖とも不安とも違った。私は、こうした一連の自然界の死に心の準備が出来ていなかったので、ショックを受けたのだ。マムシに嚙まれたら毒で死ぬ。その毒は、小川を流れる水と同じように自然の一部で、驚くには当たらなかったが、私にはそう考える余裕がなかったのだと思う。ショット・ガンを取りに家に戻ったが、そのときうっかりして、飼っている二匹の犬のうち年取った犬のほうに会ってしまった。この犬は銃を怖がる。銃を見るなり犬は本能と恐怖で無慈悲に引き裂かれたように吠えたて、悲しそうに鳴き始めた。一匹が吠えたのでもう一匹の犬も階段を走って降りてきた。こちらは生まれつきの猟犬で、いつでも撃ったウサギや鳥をすんで取りにゆく。一匹は喜んで吠え立てる。もう一匹は恐怖で吠え立てる。二匹の犬を従えて私は庭に戻った。ちょうどヘビが石壁のところに消えていくところだった。

そのあと車で町に出て芝の種を買い、それから妻に頼まれたブリオッシュ・パンを買うために国道二十七号線にあるスーパーマーケットに行った。近年、土曜日の午後のスーパーマーケットを記録するにはカメラが必要だろう。言葉ではもう表現できない。私たちの言葉は昔から使われてきたもので、何世紀にもわたる意志の伝達によってできたものである。だから新しいものを表現するのに適さない。ところが、私が順番を待っているパン売り場には、ケーキ類の形体の他には昔からのものはもはやひとつもないのだ。客は六、七人いた。老人がひとりいていろいろ買っていたのでみんな待たされていた。老人は食料品の買物の長いリストを持っていた。私は彼の肩越しにそのリストを見た。

卵　六個

オードブル

老人は私がリストを読んでいるのに気づくと、用心深いトランプのプレイヤーのように紙を胸のところに隠した。そのとき急に有線放送の音楽がラブソングからチャチャチャに変った。私のそばの女性が恥ずかしそうに眉でリズムを取り、ステップを踏み始めた。「踊っていただけますか、マダム?」私は聞いた。彼女は美しくはなかったが、私が腕を差し出すとそのなかに身体を寄せてきた。私たちは一、二分踊った。彼女は踊りが好きそうに見えたが、この顔では男に踊りを誘われる機会は多くはないだろう。それから彼女は顔を赤らめ、私の腕のなかから離れ、ガラスのケースのところに行った。そしてボストン・クリーム・パイを眺めた。いいきっかけが出来たから先が楽しみだと私は思った。ブリオッシュを買い、車で家に戻るときいい気分になっていた。エイルワイヴス通りの角で、警官がパレードを通すために、私の車をとめた。パレードの先頭は女の子だった。ブーツをはきショートパンツをはいていたので、ももの美しさが目立った。彼女は大きな鼻をしていた。イギリスの近衛兵がかぶる毛皮の高帽子をかぶりアルミのバトンを上下に振っている。彼女のうしろにはもうひとり女の子が続いている。もっときれいな、肉付きのいいももをしている。彼女は、極端に腰を突出して歩いているので、背骨が奇妙に曲がって見える。二重メガネをかけている。自分の歩き方に自分でもうんざりしきっているように見える。男の子たちのバンドが〝ケイソン・ゴー・ローリング・アロング〟を演奏しながら行列のしんがりをつとめている。行列のあちこちには髪の白くなった老練の演奏者が配置されている。このパレードは旗を持っていなかった。はっきりとした目的も目的地もなかった。私にはそれがとてもおかしなことに思えた。家に帰る途中ずっと大声で笑った。

しかし、家に帰ると、妻は悲しそうに沈んでいた。

「どうしたんだ、お前?」私は聞いた。

「私、自分がテレビのコメディ番組に出てくる人間じゃないかと思ったの」彼女はいった。「たしかに私は見てくれはいいわ、いい服も着てる。ユーモアがあって可愛い子どもたちもいる。でも私、自分がテレビ番組の出演者のひとりで、誰かがテレビを消してしまえばそれで終りって考えて怖くなったの。私は簡単に消されてしまうのよ。そう思うと怖いの」。妻はときどき悲しみに沈んでしまうことがあるが、それは実は彼女の悲しみが本当の悲しみではなかったからだ。彼女は本当に嘆き悲しんでいないから嘆き悲しむのだ。本当につらいわけではないからつらいと思うのだ。妻に、悲しまなくてもいいときに悲しんでいると、人生の苦しみというスペクトルにまたひとつ色を加えることになるといっても、それは慰めにならないだろう。ところで、私はときどき妻と別れることを考える。妻と子どもたちがいなくてもやっていけると私は思う。友人たちがいなくてもやっていける。しかし芝生と庭と別れることは出来ない。自分で修理してペンキを塗ったポーチのスクリーン・ドアと離れることは出来ない。サイド・ドアとバラの庭のあいだに作った、曲がりくねったレンガの散歩道と別れて暮すことは出来ない。私を家に縛りつけている鎖は、芝生とペンキでしかないが、私は死ぬまでその鎖から逃げることは出来ないだろう。しかしそのとき、私は妻がいったことに感謝した。妻は、自分の人生を外から見ると、確かなものではなく、夢のようにはかなく消えてしまうのかもしれないといったのだ。それは一理ある。たしかに、スーパーマーケットや毒へビや靴墨の缶のなかのメモといったものはしょせん妄想かもしれない。そんなものに比べれば、私のもっとも非現実的な空想ですら複式簿記のような確かさがあるだろう。人生の外側だけ見れば、人生は夢のようにはかないものかもしれない。そのはかない夢のなかで、私たちは落ち着いた生活の良さを見つけているだけなのだと考えるとうれしくなった。私はそれから家のなかに入った。家のなかでは、洗濯仕事に来ている女性がエジプト煙草をかすめて吸いながら、破ってゴミ箱に捨てた手紙を継ぎ合わせていた。

私たちはその晩夕食にゴリー・ブルックに出かけた。私はメンバーのなかにニルス・ユングストラムがいないかどうかリストを調べてみたが彼の名前はなかった。彼は首を吊ったのだろうか。何のために？　クラブのなかはいつもどおりだった。百万長者の葬儀屋の一人娘グレイシー・マスターズがピンキー・タウンゼントと踊っていた。ピンキーは株の不正操作の罪に問われていたが、五万ドルの保釈金で出所していた。保釈が決まると彼は現金で五万ドルぽんと出した。私はミリー・サークリフと最初のダンスを踊った。音楽は〝雨〟〝ガンジス河の月の光〟〝赤い、赤いロビンがぴょん、ぴょん、ぴょん〟〝彼女は五フィート二インチ、目はブルー〟〝朝のカロリーナ〟〝アラビアの酋長〟だった。私たちはしばしば日常生活のことを忘れたかのように踊りを楽しんだ。しかし、格好だけ革命的になったところで、どこに新しい日があるのか、来るべき世界があるのか？　次の曲が始まった。音楽は〝パレスティナから来たレナ〟〝泡を永遠に吹き続けて〟〝ルイヴィル・ルー〟〝スマイル〟、そしてまた〝赤い、赤いロビン〟。〝赤い、赤いロビン〟になるとみんな思わず飛び上がる。しかし、バンドの連中が、楽器にたまったつばを振り落としているのを見たとき、私は、彼らが頭を振りながら私たちのことをこの奇妙な連中はなんと不道徳なのだろうと思っているのがわかった。ミリーは自分のテーブルのところに戻った。私はドアのところに立ち、曲が終ってみんながダンス・フロアを去るのを見ると、決まって悲しくなるのはなぜだろうと不思議に思った。海岸を埋めつくした人間が、夕方、崖の影が海と砂浜をおおうころになると荷物を片づけて、浜辺を去ってゆく、まるでそれを見るときのように悲しくなる。そういう、人が立ち去っていく姿のなかには、何か人間の力ではどうしようもない人生の圧倒的な力と無慈悲さが感じられる。だから立ち去ってゆく人を見ると悲しくなるのだ。

私たちは隅にいて他人を眺める側でいたいのに時がくるとその特権を奪われてしまう、と私は思った。隅っこにいる私たちもいつ、（アテネの）グラン・ブルターニュ・ホテルのロビーで誰にも気づかれないと思って、下手なフランス語で大声でしゃべっているふたり連れのような気恥しい存在になってしまうかもしれない。誰か他人間に他人を眺めるのには格好の鉢植のシュロのうしろの場所を取られてしまう。バーの片隅の静かな場所を取られてしまう。そしてこんどは私たちが人目にさらされ、いや応なく他の観察場所を求めてゆく。そのとき私が自分のものと思いたかったのは事実のつらなりではなく、そのエッセンスだった――人生のなかで昂揚した気持を生んだり絶望を生んだりするのは、一貫した事実のつらなりというより、説明不可能な偶然の衝突なのだ――それに似たものだった。私が望んだことは、このとりとめもない世界で私の夢に正統性をあたえることだった。夢のほうが、現実よりも確かなものではないのかと考えたかった。こんなことを考えていても一向に気が滅入ることはなかった。私はダンスをして酒を飲んだ。一時ごろまでバーでお喋りをした。そして家に帰った。テレビをつけてコマーシャルを見た。その日見た他の出来事と同じように、おそろしくおかしな内容だった。寄宿制の学校に特有のアクセントをした若い女性が視聴者に語りかけていた。「濡れた毛皮のコートの悪臭でひとに迷惑をかけていませんか？　五万ドルもするセーブルのケープもちょっと雷雨で濡れればキツネを追いかけて沼を走りまわった猟犬よりももっとひどい悪臭がします。濡れたミンクほどいやな臭いのするものはありません。仔羊、オポッサム、ジャコウネコ、テンといった、値段の安い、あまり質のよくない毛皮も、ちょっと霧に濡れるともう動物園の換気の悪いライオンの檻のようにひどい臭いがします。毛皮を着る前にエリクシアコールを軽くお使いください。それだけであなたはもう困ったり心配したりすることはありません……」。彼女は夢の世界の人間だった。テレビを消す前に私は彼女にそういった。

月の光を浴びて眠った。そしてある島の夢を見た。

私は他の人間たちと一緒だった。ヨットでそこに着いたらしい。私は日焼けしていたのを覚えている。あごに触ってみると不精ひげが三日も四日もそのままになっていた。島は太平洋にあった。あたりにはむっとするような食用油の悪臭がした――どこか中国大陸の海岸に近い証拠だった。島に上陸したのは真っ昼間だった。私たちにはすることがなかった。町の通りをぶらぶら歩いた。ここも軍隊に占領されているか、軍隊の中継基地になっているかだった。店のショウウィンドウの広告文字が、英語に似せて書いてあるからそう判断できる。東洋風の床屋の看板には「クルゥ・カト出来ます」と書いてある。店の多くはアメリカのウィスキーの偽物を飾っている。ウィスキーは「ウィキー」と書かれている。他にすることもなかったので、私たちは町の博物館に行った。弓、原始的な釣針、仮面、ドラムが展示されていた。博物館を出てレストランに行き、食事を注文した。島の言葉を喋ろうと苦労したが、驚いたことに私はすでに島の言葉を喋ったことがあるようだった。上陸する前に私は島の言葉を学んでいたようだ。ウェイターがテーブルに来たとき、私は、ちゃんと文章を作って口にしたことをはっきりと憶えている。「ポルポゼク　チービー　ニイ　プロゼ　ドルザニン　アルボ　ジョルポズ　チウェゴ」と私はいった。ウェイターは微笑んでお愛想をいった。夢から醒めてもその言葉をはっきり覚えていて、そのために太陽のなかの島、島の人間たち、博物館が本当らしく、生き生きとして、ずっと消えずにあるように思えた。穏やかで親切な島の人間たちや、彼らの単純な生活を思い出して羨ましくなった。

日曜日はあちこちのカクテル・パーティをまわっているうちにあっというまに楽しく過ぎた。しかし、その夜、私はまた別の夢を見た。夢のなかで私は、ときどき家族で借りるナンタケットの海辺の家の寝室の窓辺に立っていた。南の、きれいにカーヴした浜辺を見ている。その浜よりもっときれいで、白く、素晴しい浜辺を見たことがあったが、目の前の黄色く輝き、弓形にカーヴしている浜辺を見ていると、私はいつもこの湾をずっと見ていれば、何か大事なことが明らかにされるのではないかという感じになってきた。空には雲が出ていた。海の水は灰色をしていた。日曜日だった――なぜそのことを知っているかはわからなかったが、夜遅い時間だった。宿屋からは皿を並べる心地よい音が聞えてきていた。何組もの家族が、古い板張りの食堂で日曜日の夕食をとっているのだろう。それから私は、浜辺を誰かがこちらに歩いてくるのに気づいた。牧師か司祭のようだった。杖を持ち、ミサの冠をかぶり、儀式用のマント、長衣《スータン》、祭服《カズラ》、礼服《アルバ》を着ている。服はどれもごてごてと金で飾られていて、ときどき海の風に持ち上げられている。顔はきれいにひげが剃ってある。暗い光のなかでは、顔ははっきりと見えなかった。彼は窓辺に立っている私に気づき、手を上げて叫んだ。「ポルポゼク　チービー　ニイ　プロゼ　ドルザニン　アルボ　ジョルポズ　チウェゴ」。それから彼は儀式用の杖をステッキのように突きながら砂浜を急いだ。歩くたびに着ている服がかさばって歩きにくそうだった。彼は、私が立っている窓辺を通り過ぎ、断崖が岸辺にのしかかるように海に迫っているところで姿を消した。

月曜日には仕事をした。木曜日の朝四時ごろ夢から覚めた。夢のなかで私は、タッチ・フットボールをしていた。勝っているチームに属していた。得点は六対十八だった。どこかの家の芝生で行なわれている日曜日の午後のアマチュアの試合だった。妻や子どもたちは芝生の外で試合を見ている。そこには椅子とテーブルと飲み物が用意されている。試合を決めたのは長いエンド・ランだった。タッチダウンが決まると、ヘレン・ファーマーという大柄のブロンドの女性が立ち上がって女性たちの音頭取りになって声援を送った。「ポルポゼク　チービー　ニイ　プロゼ　ドルザニン　アルボ　ジョルポズ　チウェゴ。ラー、ラー、ラー」

この夢には当惑するものは何ひとつなかった。これはある意味で私の望んだものだった。未知のものを発見したいという願望は、人間にとって抑えられないほど強い力ではないのか。この不思議な言葉が夢のなかに繰り返しあらわれたので、私は発見の興奮をおぼえた。勝っているチームに属しているという事実もうれしかった。私は上機嫌で朝食を食べに下に降りて行ったが、私の目には台所も夢の国の一部に見えた。洗濯がきくピンクの壁、冷たい電気の光、はめ込み式のテレビ（牧師が何か説教している）、人工の植物の鉢植え。そうしたものを見ていると、自分が見た夢が懐かしくなってきた。そして妻が鉄筆と、朝食に何を食べたいかを書き込むのに使っている文字板を渡してくれたとき、私はそこに「ポルポゼク　チービー　ニイ　プロゼ　ドルザニン　アルボ　ジョルポズ　チウェゴ」と書いた。妻は笑って私に、それは何の意味かと聞いた。私がその言葉を繰り返すと——実際、私がいいたかったことはそれしかないようだった——妻は泣き始めた。妻の苦しそうな涙を見ていると、私は、休養を取ったほうがいいと思った。ホウランド医師が家に来て鎮静剤をくれた。その日の午後、私はフロリダ行きの飛行機に乗った。

夜も更けた。私はミルクをコップに一杯飲み、睡眠薬を飲む。麦畑で美しい女性がひざまずいている夢を見る。彼女の明るい茶色の髪はふさふさして、ドレスのスカートも大きくふくらんでいる。彼女の服は古風なものだ——私が生まれる前のもののようだ——私は夢のなかでどうしてそれがわかるのか不思議に思う。そして祖母が着ていた古風な服を着ている見知らぬ女性に、なぜやさしい気持を抱くのか不思議に思う。しかし、彼女は本当にそこにいるように現実的に見える。東に四マイル行ったところにある、バイキング料理店やジャイアンティック・バーガーの店のあるタミアミ・トレイルの町よりずっと現実のものに見える。サラソタの町の裏通りよりずっと現実的に見える。私は彼女に、あなたは誰かとは聞かない。私には彼女の返事はわかっている。しかしそのとき、彼女は微笑んで、私がその場を去ろうとする前に話し始める。「ポルポゼク　チービー……」。彼女はそう話し始める。それから私は絶望的な気持で目が覚める。あるいはシュロの上に降る雨の音で目が覚める。私は雨音を聞いている農夫のことを考える。彼は不自由な足を伸ばし、雨が自分の畑のレタスやキャベツ、干し草やカラスムギ、アメリカボウフウやトウモロコシの上に降り注ぐのを感じて笑顔を見せる。私はまた配管工のことを考える。彼もまた雨の音で目覚め、あらゆる排水管が奇跡的にきれいになり、水がスムースに流れてゆくという素晴しい世界を考えてひとり微笑む。直角の排水管も、曲がった排水管も、詰まった排水管も、錆びた排水管もすべてごぼごぼと水が流れてゆき、なかの水を海へと吐き出してゆく。私はあの夢のなかの老婦人のことを考える。彼女も雨で目が覚め、『ドムベイと息子』の本を庭に置き忘れてきたのではないかと思う。ショールはどこにやったのだろう？　椅子にかぶせたのだろうか？　そして、私には雨音は恋人たちも目覚めさせることがわかる。恋人たちはあの雨音の強い力を感じながら抱き合うだろう。それから私はベッドに坐り、自分に向かって大声でいう。「勇気！　愛！　美徳！　同情！　輝き！　やさしさ！　知恵！　美！」。こうした言葉は大地の色に彩られているように思える。そして私は、この言葉を繰り返しているうちに、心のなかに希望があふれてきて、夜の暗闇のなかで心が平和になるのを感じるのだ。

橋の天使

ロックフェラーセンターのアイススケート場でワルツを踊っている私の母を見た人がいるかもしれない。母は今年七十八歳になるが針金のように痩せている。赤いヴェルヴェットの服を着てショート・スカートをはいている。肌色のタイツをつけて眼鏡をかけている。白髪に赤いリボンをつけている。母はリンクの係員か誰かとワルツを踊っている。母がアイススケート場でワルツを踊っているのを見ると私は困惑してしまう。どうしてだかはわからないがともかく困惑する。冬のあいだ私は出来るだけリンクに近寄らないようにしている。絶対にリンクのレストランで昼食をとらない。一度リンクを通りかかったとき見知らぬ男が私の腕を取って母のほうを指さしながら「あの頭のおかしい婆さんを見ろよ」といったことがある。私は恥ずかしくて仕方なかった。母があの年齢で自分の趣味を持ち、息子に負担をかけないで暮していることは感謝すべきことなのだろうが、私は母がもう少し目立たない趣味を見つけてくれたらと心から思ってしまう。品のいい老婦人が、菊を生けたりお茶を注いだりするのを見るたびに私は、世界で三番目に大きな都市の真ん中で、クロークの女の子のような格好をして、給料をもらっているリンク係員を引っ張ってリンクを滑る、母の姿を思い出さざるを得ない。

母はセント・ボトルフスというニューイングランドの小さな村でフィギュアスケー

トを覚えた。そこは私たちの故郷だ。だから彼女にとってはスケートでワルツを踊ることは過去への愛情の表現なのだ。母は年を取るにつれてますます子ども時代の消え行く田舎の生活を懐かしむようになっている。母はいうまでもなく気丈な女性だが生活の変化は好まない。一度夏に母のためにトレドに行き、旧友を訪ねるという計画を立てたことがあった。私は車でニューアークの飛行場に母を送っていった。彼女には空港の待合室が苦痛だったようだ。光がちかちかする広告、丸天井、そしてひっきりなしに聞えてくるタンゴの騒音に合わせて演じられる感動的で胸が裂けるような別れのシーン。彼女にはそんなものは面白くも美しくも思えないようだった。セント・ボトルフスの鉄道の駅に比べれば、飛行場の待合室はたしかに出発の舞台としては奇妙なところだった。出発便は二時間遅れた。私と母は待合室に坐っていた。母は疲れて急に老けて見えた。三十分たったとき母の呼吸が苦しくなってきた。誰の目にもわかった。母は手をドレスの胸のところに広げて深く息をしはじめた。苦しそうだった。顔色が変り赤くなった。私は気がつかないふりをした。搭乗のアナウンスがあったとき母は立ち上がると大声でいった。「家に帰りたいわ！　ぽっくり逝くにしたって飛行機でなんてまっぴらよ」。私は母の切符を払い戻して家《アパート》に送っていった。この発作のことは、それから母にも他人にも一度もいったことはないが、母が気まぐれからか、おそらくは精神症からか、飛行機事故で死ぬのをこわがったのを見て、私ははじめて年を取るにつれて母の人生には、目に見えない岩やライオンが立ちふさがっていったこと、彼女をとりまく世界が大きくなり、理解しがたくなるにつれて、彼女の生き方がエキセントリックなものになっていったことが理解出来た。

この原稿を書いている現在まで私自身は何度も飛行機に乗っている。ローマ、ニューヨーク、サンフランシスコで仕事があった。ときにはそうした都市を一か月に一度の頻度で往復した。私は空を飛ぶのが好きだった。高度の高い空の、真っ白な輝きが好きだった。東回りの空の旅がどれも好きだった。飛行機の窓から、夜が次々にアメリカ大陸の上に広がってゆくのが見える。カリフォルニア時間の四時にはニューヨーク州のガーデンシティの婦人たちが夕食の皿を片づけはじめる。スチュワーデスが二回目の酒のサービスをはじめる。目的地に近づくにつれて機内の空気は淀んでくる。乗客は疲れている。座席の布地の金ラメがちくちくする。一瞬見捨てられたような感じを覚え、無視されてふくれている子どものような気がする。もちろんいい乗客もいる。退屈な乗客もいる。しかしこんな高度でも人間はたいしたことはしていない。世俗的なことばかりだ。北極の上を飛んでいるあの老婦人は、パリにいる妹に仔牛足ゼリーを持っていくところだ。彼女の隣の男は、人造皮革の靴の中敷のセールスマンだ。ある暗い夜、西回りの飛行機に乗っていたときだった――飛行機はロッキー山脈の分水界を越えたところだったが、ロサンゼルスまでまだ一時間あって下降をはじめていなかった。まだ地上の家、町、人間の存在が感じられない高度にいた――そのとき私の目に、ある形が、光の線が、岸に沿って輝いている光のように見えた。そのあたりに海岸があるはずはなかった。あの光の線は、砂漠のへりなのか、絶壁なのか、それとも山なのか、私にはわからなかったが、その正体がはっきりしないままに――とくにこの速度と高度では――その光の線は新しい世界の始まりをあらわしているように思えた。私は次第に取り残されてゆく。人生の晩年を迎えてゆく。これまで見ていたものがわからなくなってくる。あの光はそうしたことをやさしく暗示しているように思えた。静かに老年を迎えるのだと思うと心地よかった。それは、誰の目にも明らかな人生半ばの難関にさしかかった人間が、これまでのことを後悔することもなく、また、これから先の人生を息子にも理解してもらえると、自信を持っている安心の境地だった。

繰り返しいえば私は飛ぶのが好きだった。母のような不安を持ったことは一度もなかった。母の、一度決めたことは守る性格、頑固さ、銀食器、それに常軌外れを受け継いだのは母のお気に入りの兄だった。ある晩、兄は――兄とはもう一年以上も会っていない――私に電話してきて夕食に行っていいかと聞いた。私は喜んで兄を招待した。私の家はアパートメント・ハウスの十一階にある。七時半に兄は下のロビーから電話してきて下に降りてきてくれといった。何か私とふたりだけで話したいのだろうと思ったが、ロビーで彼に会ってみると、彼は話もせず私と上に行くエレベーターに乗った。ドアが閉まるとすぐ兄は、以前飛行場で母が見せたと同じ恐怖感の兆候を見せた。汗が額ににじみ出てランナーのように荒い息をした。

「いったいどうしたんです？」私は聞いた。

「エレベーターが怖いんだ」彼は打ちのめされたようにいった。

「何が怖いんです？」

「ビルが倒れると思うと怖いんだ」

私は声を出して笑った。冷たい笑い方だったと思う。なぜなら、ニューヨークのビルが、ボウリングの九つのピンのように、音をたててぶつかり合い倒れていくという彼の妄想は、おそろしくおかしなものに思えたからだ。私たち兄弟は、常に互いにかすかな嫉妬を抱いていた。私は無意識に、兄は私より稼ぎがいいし、私よりいろいろなものを持っていると感じている。だから彼が恥ずかしそうにしている――打ちのめされている――のを見ると悲しくなったが、同時に思わず、私たち兄弟の関係の根底にある優劣の争いで私のほうが大きくリードしたと感じたことは事実だった。兄は長男で、母のいちばんのお気に入りだったが、エレベーターのなかの兄のみじめな様子を見ていると、兄は不安にとらわれただけの哀れな男でしかないと思った。兄は、廊下で、落ち着きを取り戻すために立ちどまり、一年以上もこの恐怖症で苦しんでいると説明した。精神分析医に通っているといった。私にはそんなことをして効果があるとは思えなかった。兄はエレベーターから出るとまた元気になったが、よく見ているといつも窓から離れたところにいた。帰る時間がきて私は、兄を廊下まで送っていった。私は好奇心にとらわれていた。エレベーターが来たとき兄は私のほうを振返って「階段にするよ」といった。私は兄を階段に案内した。私たちはゆっくりと階段を十一階ぶん降りた。兄は手すりにつかまっていた。ロビーで私たちは別れた。私はエレベーターで上にあがり、妻に、兄がビルが崩れ落ちるのを怖がっていることを話した。彼女には奇妙で悲しい話に思えた。私にもそうだった。しかし、同時になんとも面白い話にも思えた。

一か月後、兄の会社が新しいオフィス・ビルの三十二階に引っ越し、兄が会社を辞めたと聞いたときは、面白い話どころではなくなった。兄がどういう退社理由を挙げたのかは私にはわからない。それから六か月たって、彼は三階にオフィスのある会社に就職した。ある冬の夕暮れどき、私は、兄がマディソン街と五十九丁目の角で信号が変るのを待っているのを見かけた。彼は知的で、洗練され、身だしなみのいい男に見えた。兄と並んで通りを渡ろうと信号を待っている男たちのなかには、兄と同じように、通りが激流に見え、近づいてくるタクシーの運転手が死の天使に見えてしまうという馬鹿げた妄想に苦しみながら生きている人間がどれくらいいるだろう。

兄は地上にいるときは元気そのものだった。妻と私は、ある週末、子どもたちを連れてニュージャージーの兄の家に遊びに行った。兄は健康で元気に見えた。私は、兄に恐怖症のことは聞かなかった。日曜日の午後、私たちは車でニューヨークに戻った。車がジョージ・ワシントン・ブリッジに近づいたとき、ニューヨークは雷雨になっているのが見えた。橋を渡っている途中、車が一陣の強風に巻き込まれた。私はハンドルから手を放しそうになった。この大きな構造物が揺れているように感じられた。橋の真ん中で私は、道路がたわみはじめたと思った。橋が崩壊する兆しはどこにもなかったが、あと数分で、橋は真っ二つに裂け、日曜日のマイカーの長い行列は、橋の下の暗い水のなかに放り出されるに違いないと思った。その惨劇を想像すると恐ろしかった。足から力が抜けてしまい、必要なときにブレーキを踏むことができないのではないかと不安になった。次に呼吸が苦しくなった。空気を吸い込むには口を大きく開けてあえぐしかなくなった。血圧が高くなってきた。目の前が暗くなるのを感じた。

恐怖というものは、いつも決まったコースを歩むように思える。頂点に達すると、身体と精神は、新しく新鮮な力の源泉を使って自己防衛する。橋の真ん中のところで苦痛と恐怖が消えはじめた。妻と子どもたちは、嵐に歓声をあげていた。彼らは私の発作に気づいていないようだった。私は橋が崩れ落ちるのではないかということと同時に、妻と子どもたちにパニックを悟られることを恐れていた。

なぜジョージ・ワシントン・ブリッジが雷雨のなかで吹き飛ばされてしまうという馬鹿げた恐怖心にとらわれたのか、それを説明するような出来事が何かあったか、その週末のことを思い出してみた。楽しい週末だった。どんなに子細に点検してみても、あの病的な神経症、不安の原因になるようなものは見つけ出せなかった。その週の終り、車でオールバニに行かなければならなかった。いい天気で風もなかったが、このあいだの発作の記憶は強く残っていた。私は、ずっと北にあるトロイまで川岸に沿って走った。トロイには小さな、昔風の橋が架かっている。その橋なら不安を感じずに渡れそうだった。そこまで行くのは、十五マイルか二十マイルも回り道をすることになった。それに、無意味で目には見えない障害物に旅を邪魔されるということは屈辱的なことだった。私は、オールバニから、車で同じ道を通って家に帰った。次の朝、かかりつけの医者のところに行き、橋が怖いといった。

彼は声をたてて笑った。「よりによってきみのような人間がね」彼は軽蔑するようにいった。「しっかりしてくれよ」

「しかし、母も飛行機恐怖症なんです」私はいった。「それに兄はエレベーターが嫌いときてます」

「きみのお母さんはもう七十過ぎじゃないか」医者はいった。「それに、彼女は私の知る限り、もっとも素晴しい女性のひとりだよ。お母さんのせいにしちゃいけないよ。きみに必要なのは、もう少ししっかりした心の支えだ」

医者がいったのはそれだけだった。私は、彼に精神分析医を紹介してくれといった。彼は、精神分析を医学と認めていなかったので、そんなことをしても時間と金の無駄だといった。しかし、最後に医者は患者の役に立たなければならないという義務感に負けて、精神分析医の名前と住所を教えてくれた。その分析医は、私の橋恐怖症は、心の深いところにある不安が表面にあらわれたもので、充分な分析が必要だといった。私は時間も金もなかったし、それに分析医に自分をゆだねてしまうほど精神分析を信じてもいなかったので、なんとか自分でなおすよう努力しますといった。

本当の苦しみと偽の苦しみには明らかに違いがある。私の苦しみは偽ものだった。しかし、知覚と本能に、どうこのことを納得させたらいいのか。青年時代と少年時代、私は苦労した。喜びも多かった。その、起伏の多い過去の反動としていま高所恐怖症になっているのか？　人生は、本人も意識していない心のなかの障害によって決定されるという考えは、私には受け入れられなかった。私は、かかりつけの医者の忠告を受け入れ、自分にもっと厳しくしようと思った。その週の終りに、アイドルワイルド空港まで行かなければならなかった。バスやタクシーに乗るより自分で車を運転して行ったほうがいい。トライボロー・ブリッジの上で、私は意識を失いそうになった。空港に着いてから、コーヒーを一杯注文した。しかし、手が震えてコーヒーをカウンターにこぼしてしまった。隣の男が面白がって、ゆうべ相当無茶しましたねといった。昨夜は、しらふで早く寝た、ただ橋が怖いんだ、とその男に説明することは出来なかった。

その日の午後遅く、私はロサンゼルスに飛んだ。着いたとき私の時計では一時だった。カリフォルニアではまだ十時だった。疲れていたので、タクシーでいつも泊まるホテルに行ったが、眠れなかった。ホテルの窓の外には、若い女性の大きな像が立っていた。ラスベガスのナイトクラブの広告だった。彼女は、光を浴びながらゆっくりと回転している。午前二時に光が消えるが、彼女はひと晩じゅう休みなく回転している。私は、彼女が回転をやめるところを見たことがない。その夜、私はいつ彼女の心棒に油をさすのだろう、彼女の肩はいつ洗うのだろうと不思議に思った。彼女に親近感を覚えた。私も彼女も安眠できないのだ。彼女にはどんな家族がいるのだろう。——母親は、たぶんステージ・ママだ。しがない、夢破れた父親がいる。彼はウェスト・ピコ線の市バスの運転手か何かだろうか? 通りの向こうにレストランがあった。見ていると、セーブルのケープをはおった酔っ払った女性が、車のほうへ連れ出されるところだった。彼女は二度倒れそうになった。開いたドアからもれてくる光、夜更け、酔った女性、彼女のそばにいる男の心配そうな様子。そうした道具立てのために、この光景が、不安と孤独の印象を与えている。サンセット通りを競走しながら走ってきたらしい二台の車が、私の窓の下の信号のところでとまった。それぞれの車から三人の男がばらばらと飛び出してきて、殴り合いを始めた。拳が骨や軟骨にぶつかる音が聞えた。信号が変ると、彼らはまたそれぞれの車に戻り、競走しながら走り去っていった。そのケンカは、以前飛行機のなかから見た光の輪のように、新しい世界がはじまる兆しのように見えた。しかし、今度は残酷と混沌の出現する世界だった。それから、木曜日にサンフランシスコに行く予定になっていることを思い出した。バークレーで昼食の約束があった。ということはつまり、サンフランシスコとオークランドの間にあるベイ・ブリッジを渡ることだ。私は往復タクシーに乗ること、サンフランシスコで借りたレンタカーはホテルの駐車場に置いておくこと、と改めて心に決めた。

橋が落ちるかもしれないという恐怖をどうして持つようになったのか、またその理由を見つけようとした。何か性的な不満があってその犠牲になっているのか？　たくさんの女性とつきあい、気ままに暮してきたため、これまで人生は私にとって喜びだった。その人生に、専門家でなければ掘り起こせないような秘密が隠されていたのだろうか？　私が楽しく生きてきたのは、実は偽りであり、真実を回避しようとしていただけだったのか？　私が本当に愛していたのはスケート用の服を着た母だったのか？

朝の三時にサンセット通りを見下ろしながら、私の橋恐怖症は、実は世界がこれからどうなるのかという心の奥底に不器用に隠された、未来への恐怖心のあらわれではないかと思った。確かに私は、クリーヴランドとトレドの郊外を、不安にかられることなく落ち着いて車で走ることが出来る——車でポーランド・ホットドッグの発祥の地、バッファロー・バーガーの店、中古車売り場、同じような家が並んだ町を通り過ぎてゆく。日曜日の午後、ハリウッド大通りを散策することでさえ楽しいといえる。ドーニー大通りに植えられた外国産の、葉の絡みあったヤシの木が、幾重にも重ねた濡れたモップのように、白く輝く空を背景に立っている。そのヤシの木の向こうに広がる夕方の空を私は美しいと思う。ミネソタ州のダルースとイースト・セネカも魅力的な町だ。そうでないと思ったら、そっぽを向くだけだ。サンフランシスコ、パロ・

アルト間の道路はひどい眺めだが、それは善良な男女がまともな住居を求めた結果に過ぎない。同じことはサンペドロをはじめ西海岸のすべてについていえる。このように偽善的に仕方なく受け入れるものはまるで鎖のようにつながっている。しかし、橋の高さという一点だけはこの鎖の一環としてはめ込むこともできないし、鎖に結びつけることもできない。いや、本当のことをいえば、私は高速道路とバッファロー・バーガーを憎んでいる。外国産のヤシと、同じような家が並んだニュータウンを見ると気が滅入る。特別料金の列車にひっきりなしに流れている音楽は私の感情を痛めつける。私は昔からあるランドマークが壊されてゆくことが嫌いだ。友人たちが不幸になったり、アルコール依存症になったりするのを見ると心が深く痛む。私は人を騙すような行為が大嫌いだ。そして橋の弧のいちばん高いところに立ったときにはじめて私は、現代文明を自分がどれほど深く苦々しく感じているか、もっと生き生きとして簡素で静かな世界に暮したいという私の願いがどれほど深いものかと気づいたのだ。

しかし、私にはサンセット大通りをよくすることは出来ない。それが出来るまではサンフランシスコ、オークランド間のベイ・ブリッジを車で渡ることは出来ない。私に何が出来るだろう。私に出来ることはせいぜいセント・ボトルフスの村に戻り、ノーフォーク・ジャケットを着て、暖炉のある家でトランプのクリベッジ・ゲームをして遊ぶことくらいだろうか？　あの村にはひとつだけ橋があった。石を投げれば向こう岸に届くほどの川だった。

土曜日にサンフランシスコから戻った。娘が週末を過ごしに家に帰っていた。日曜日の朝、娘はニュージャージーの学校まで車で送ってほしいといった。娘の通っている学校は修道院が経営している学校である。娘は九時のミサまでに帰らなければならなかった。私たちは七時少し過ぎにマンハッタンの家を出た。私と娘は笑いながらお喋りをした。気がつくと車は、ジョージ・ワシントン・ブリッジに近づき、橋の上にいた。橋恐怖症のことはすっかり忘れていた。こんどはなんの前触れもなかった。いきなり発作がきた。足から力が抜け、あえいだ。視力が消えてゆくような恐ろしい感じがした。同時に発作に襲われたことを娘に気づかれないようにしようと心に決めた。なんとか橋を渡り切ったが身体は激しく震えてきた。娘は気がつかないようだった。私はそれでも遅れずに娘を学校に送りとどけた。別れのキスをして家に帰ることにした。またジョージ・ワシントン・ブリッジを渡るのは論外だった。北のニアックまで行き、タッパン・ジー・ブリッジを渡ることにした。私の記憶ではその橋は、ずっと穏やかに、安全に岸につながれているように思えた。川の西側のハイウェイを北上した。いま必要なのは空気だと思い、車の窓をすべて開けた。新鮮な空気のおかげで気分がよくなったが、一瞬のことでしかなかった。現実感がどんどん失われてゆくのを感じた。道路が、そして車自身が夢のなかのものより希薄に思えてきた。この近所に友人が何人かいる。車をとめて彼らの家に行って酒を飲ませてもらおうと思ったが、まだ朝の九時を少しまわったところだ。こんな朝早く酒を飲ませてくれといったら彼らは驚くだろう。それを考えると友人たちの家に行くことも出来なかった。誰かと話をしたら気分が少しはよくなるかもしれないと思い、ガソリン・スタンドに寄ってガソリンを入れた。しかし、店の人間は無口で、おまけに眠そうだった。彼に、何か話してくれたら私の命を救ってくれることになると説明することは出来なかった。そのときには有料道路を走っていた。橋を渡る以外に手はなかった。妻に電話してなんとかしてくれるように頼むことも出来たが、私たちの夫婦関係は自尊心と面子の上に成り立っていたので、そんな馬鹿なことをあからさまにしたら結婚生活の幸福が壊れてしまう。ふだん利用している修理工場に電話して、人を寄こして私を家まで送ってくれと頼むことも出来た。車をとめてバーが開く一時まで待ち、それからウィスキーを満タンにすることも出来た。しかし、所持金の残りをガソリン代に払ってしまった。運を天にまかせることにして、私は、橋に入る道に車を進入させた。

あの恐怖感の症状がすべてよみがえってきた。今度は前よりもひどい。最初の発作で呼吸ができなくなった。平衡が狂ってしまい、車が他の車線に入り込んだ。道路のわきに車を寄せて、ハンドブレーキをひいた。ひとりきりで苦境におちいっていることが恐ろしかった。叶わぬ恋をしてみじめな気分になったとしても、病気で苦しんだとしても、獣のように酔っ払ったとしても、いまよりもっと威厳を保っていられるだろう。私はエレベーターのなかの青白い、汗に汚れた兄の顔を思い出した。赤いスカートをはき、係員の腕に身体を預けてゆっくりと後ろ向きに滑りながら片足を優雅に上げている母の姿を思い出した。私たち三人は苦痛に満ちた、汚れた悲劇の主人公のように思えた。私たちは降ろすことの出来ない重荷を背負い、まといついた不運によって他の人間からへだてられている。私の人生は終ってしまった。もう二度と戻らないだろう。私が愛したすべてのもの——青空のような勇気、欲望、生来の洞察力。それはもう二度と戻らないだろう。私は田舎の病院の精神病棟で、橋が、世界じゅうの橋が落ちていると叫びながら一生を終えるのだ。

そのとき、ひとりの女の子が、車のドアを開けてなかに入ってきた。「橋の上で車に乗せてくれる人がいるとは思わなかったわ」と彼女はいった。彼女は厚紙のスーツケースを持っていた。なんと——それは破れた防水布に包んだ小さなハープだった。

ライトブラウンのまっすぐな髪の毛はきれいにブラシされている。ところどころブロンドの入った長い髪はケープのように肩に広がって垂れている。彼女は明るく楽しそうな表情をしていた。

「ヒッチハイクかね？」

「ええ」

「きみくらいの年の女の子が危なくないのかい？」

「ぜんぜん」

「旅はよく？」

「いつもよ。ちょっと歌を歌うの。コーヒーハウスで演奏するのよ」

「どんな歌？」

「いつもはフォークソングね。ときどきは古い歌も――パーセルやダウランドの。でもたいていはフォークソングね。……〝私は恋人に種子のないチェリーをあげた〟」。彼女は飾らない可愛い声で歌った。「〝恋人に骨のないニワトリをあげた。恋人に終りのない話をした。泣かない赤ん坊を産んであげた〟」

橋を越えるあいだずっと彼女は歌を歌ってくれた。驚くほどセンスのよい、永遠に続く歌のように思えた。知的な人間が、私が簡単に車で走れるように作った、美しい建築物のようにさえ思った。下を流れるハドソン河は美しく静かだった。すべてのものがまた私に戻ってきた――青空のような勇気、活発な最高の気分、陶酔に誘い込むような静けさ。東岸の料金所に着いたとき彼女は歌い終えた。礼をいって、さよならと車から降りた。私はどこでも行きたいところまで乗せていってあげようといったが、彼女は頭を振って歩き去った。私はマンハッタンに向けて車を走らせた。いま世界は再び私のところに戻ってきて素晴しく順調に思えた。家に着くと私は兄に電話してこの出来事を話そうと思った。もしかしたら兄にもエレベーターの天使が現われるかもしれない。しかしハープ――あのたったひとつの小道具――のことを話したら彼は、私がふざけているか、気がふれたかと思うだろう。そう思って電話するのをやめた。悩める私を救ってくれる慈悲深い人間というものが人生にはいつも必ずあるものだといえたらどんなにいいだろう。しかし、私は自分の幸運がこれからも続くとは信じていない。だからたとえトライボロー・ブリッジとタッパン・ジー・ブリッジは簡単に渡れるにしても、ジョージ・ワシントン・ブリッジにはこれからも近づかないようにするだろう。

兄はまだエレベーター恐怖症がなおらない。母は少し身体が硬くなったがそれでもまだ氷の上をぐるぐる回っている。

訳者あとがき　サバービアの憂鬱

本書は、ジョン・チーヴァーの短篇六十一篇を集めた"The Stories of John Cheever"(Knopf, 1978)のなかから、日本では未訳の十五篇を選んで構成したものである。原書は七百ページ近くもあるぶあつい本で、カバーが赤いところからアメリカ文学愛好者のあいだでは「赤い本」としてよく知られている。チーヴァーの晩年に編まれた集大成で、出版された一九七八年にピューリッツァー賞を受賞、現在もなお版を重ねている現代の古典である。

ジョン・チーヴァーは一九八二年に、ガンのために七十歳で死去したが、死後ますます評価を高めている作家である。一般の読者も多いが、どちらかといえば玄人受けのするいわゆるWriter's writer(作家が愛する作家)で、レイモンド・カーヴァーからチャールズ・バクスターまで、現代アメリカ文学のなかで短篇の名手といわれている作家は、ほとんどがチーヴァーの影響を受けている。チーヴァーがピューリッツァー賞を受賞した年のもうひとつの候補作はジョン・アーヴィングの『ガープの世界』だったが、アーヴィングは受賞がチーヴァーに決まったとき「尊敬するチーヴァーが受賞したのだから文句はない」といっている。ふたりは（年齢はチーヴァーのほうが三十歳も上だが）、一九七〇年代のなかばにアイオワ大学の創作科でともに教えた仲である。一九九二年の五月、私は、アメリカでジョン・アーヴィングにインタヴューする機会を持ったが、彼はアイオワ時代、チーヴァーとよく酒を飲んだり、フットボールを見たりした、彼は大作家だったのに自分のような（当時）無名の人間にもわけへだてなく付合ってくれたと懐しげに語ってくれた。そのあとチャールズ・バクスターにも会ったが、彼もまた影響を受けた作家としてジョン・チーヴァーの名前を挙げた。いまもなおチーヴァーがWriter's writerであることがうかがえる。

ジョン・チーヴァーは、長篇小説も書いているが（『ワップショット家年代記』一九五七年、『ワップショット家の醜聞』一九六四年、『ブリット・パーク』一九六九年、『ファルコナー』一九七七年）、本領はなんといっても短篇にある。ジョン・アプダイクはチーヴァーの短篇を評して「天使の羽根のペンで書かれた作品」といったが、その作品は、繊細で、精妙で、静かな緊張感に満ちている素晴しいものばかりである。

チーヴァーの最初の短篇は二十三歳のときに、ハロルド・ロスが編集長をしていた『ニューヨーカー』誌に掲載されたが、以後、この都会的な雑誌がチーヴァーのホームグラウンドとなり、チーヴァーというと、J・D・サリンジャー、アーウィン・ショウ、ジョン・アプダイクらと並んで〝『ニューヨーカー』派の作家〟〝都会的な、洗練された作家〟と評されることが多くなった。

チーヴァーは、マサチューセッツ州に生まれたWASPである。いわゆるニューイングランド人である。その作品の舞台は、ほとんどが、ニューヨークやボストンを中心にしたアメリカ東部であり、主人公は、そこに住む白人のミドルクラスである。多くの主人公はニューヨークに職を持っている。家はマンハッタンのアッパーイーストサイドや、郊外のウェストチェスター郡にある。夏になると、マサチューセッツ州の海辺の町ケープコッドあたりで休暇を過ごす。本書で紹介する短篇も「美しい休暇」（イタリア）「故郷をなくした女」（ヨーロッパ）を除いた作品はすべて、ニューヨークとその近郊を舞台にしている。そこから自らチーヴァーの世界が決定されてゆく。

マンハッタンの古いブラウンストーンのマンション、避暑地のサマーハウス、緑に囲まれた郊外住宅、マンハッタンに向かう通勤列車、ハドソン河に架かる橋、日曜日の芝生の上のカクテルパーティ、公園、バーモント州のスキー場……、そうしたミドルクラスの生活風景のなかで、彼らの、一見幸福に見えながら、その底に沈んだ冷んやりとした疎外感、孤独が、抑制された文章で静かに語られてゆく。

とりわけチーヴァーが好んだ舞台は、サバービア（郊外住宅地）で、彼自身がニューヨークの北に位置するウェストチェスター郡のスカーボロー、オッシングなどの町に住んだので、そこをモデルにすることが多い。どこもハドソン河に沿った白人中産階級の町で、ニューヨークに列車で通う人々が、同じような小作りだが清潔な家に住んでいる。ロバート・デ・ニーロ、メリル・ストリープ主演の「恋におちて」で、彼らの家があったのがだいたいチーヴァーの描くサバービアと同じ場所である。

チーヴァーはそのサバービアの町を〝シェイディ・ヒル〟と架空の名前で呼んでいる。ちょうどブラッドベリにおけるグリーンタウン、スティーヴン・キングにおけるキャッスルロックと同じように、シェイディ・ヒルは、チーヴァーにとっての〝物語の場所〟であり、〝作家の故郷〟である。本書のなかでは「ひとりだけのハードル・レース」「ライソン夫妻の秘密」「兄と飾り簞笥」「ジャスティーナの死」がこのシェイディ・ヒルとその周辺を舞台にしている。

シェイディ・ヒルは典型的なサバービアである。マンハッタンのグランド・セントラル・ステーションから列車で約四十分ほど。小さな駅を降りると小さな商店街があり、その先は、木々に囲まれた住宅地が広がる。家はこぢんまりとしているが、清潔で秩序が保たれている。生活は落着いていてカリフォルニアのように派手ではない。しかし、一見、幸福そうに見える彼らの生活のなかには、深いところで疎外感や孤独が潜んでいる。日がかげると、明るい芝生の上にふっとかげりが出来るように、彼らの生活の底には、他人にはわからないかげりが沈んでいる。親と子どものあいだにも、夫と妻のあいだにも、冷え冷えとした断絶がある。いや、ひとりの人間のなかにさえ、自分で統制出来ない精神のかげりが隠されている。ジョン・チーヴァーは、彼らのそうした孤独やメランコリーを、淡々と、祈りに似た静けさを持って描いてゆく。「サバービアの憂鬱」「日常のなかの孤独」――。

本書の作品の多くは一九五〇年代のものである。チーヴァーが四十代の成熟期のものである。従ってどの作品もアメリカ文学に多い青春小説ではない。大人の小説である。主語は「僕」ではなく、あくまで「私」である。「私」は、結婚し、子どもを作り、家を持ち、安定した生活を始めているのに、心の底に言葉にならない不安、孤独をかかえこんでしまっている。成熟期の孤独だけにより深く、重い。他人にはいえず、どんどん内向化してゆく。ただ、チーヴァーは、それを決して仰々しくいいたてたりはしない。あくまでも抑制された、禁欲的な文章で描いてゆく。それがチーヴァーの大人の魅力である。

一九五〇年代は、アメリカが世界でいちばん豊かで、輝いていた時代である。ヨーロッパは第二次世界大戦の疲弊から立ち上がれないでいたし、日本をはじめアジア諸国は世界の隅に置かれていた。アメリカだけが、豊かで自由な社会を謳歌していた。いわゆるベスト・イヤーズである。大統領のアイゼンハワーは悠然たる退役軍人という風貌でゴルフばかりしていた。サバービアという中産階級のためのきれいな住宅地が一九五〇年代に発展していったのも、この時代、アメリカが世界のどこよりも豊かで、普通の中産階級でも少し努力すれば、郊外に芝生とプールのある家を買うことが出来るようになったからである。サバービアとはいわば、一九五〇年代のアメリカン・ウェイ・オブ・ライフの象徴だった。私などの世代の日本人が子どものころ、アメリカのテレビドラマ「パパは何でも知っている」や「うちのママは世界一」で、溜め息をつきながら見ていた〝豊かなアメリカの家庭〟が、いまにして思えばサバービアの生活だった。

しかし、一九五〇年代は、アメリカ人にとって、必ずしも平和で豊かであったばかりではない。ソ連との緊張（冷戦）があったし、そこからマッカーシズムのような非民主的な赤狩りの恐怖も生まれた。朝鮮戦争もあった。人類がはじめて手にした原爆という世界破壊の兵器の出現によってカタストロフィの恐怖にもおびやかされた。ジョン・チーヴァーは、そうした時代の不安にも敏感だった。「ライソン夫妻の秘密」に描かれる原爆への恐怖や、「世界はときどき美しい」に描かれるスーパーマーケットに象徴される物質的画一主義への恐怖は、一九五〇年のアメリカ人の心の底に沈んでいた、漠然とした不安感から生まれたものである。

ただ、チーヴァーは、ここでも、その苦悩や恐怖を大仰に突出させることはない。ペシミズムが作品全体をおおいつくすことはない。いつも、最後には、木洩れ日のような救いの予感を残している。「橋の天使」の、神経症気味の主人公がハドソン河にかかる橋の上で偶然出会った、フォークソングを歌う少女によって救われたように、どこかにかすかに救いがある。「小さなスキー場で」のようにまったく救いがない作品もあるが、それすらもチーヴァーの「天使の羽根のペン」によって描かれることで、静かな感動を与える。子どもを失なった（元）夫妻は、チーヴァーという確かな目を持った作家に見つめられることで明らかに慰められている。励まされている。

フランスの詩人ジャック・プレヴェールの詩「われらの父よ」にある「地上はときどき美しい」という言葉は私の好きな言葉だが、それにならえば、「ペシミズムの詩人」といわれるジョン・チーヴァーの作品では「世界はときどき美しい」。

ジョン・チーヴァーは一九一二年五月二十七日、マサチューセッツ州クインジイに生まれた。チーヴァー家は十七世紀から続いている古い家系である。ただ父親は、靴のセールスマンなどをしたが人生の失敗者で、チーヴァーは、父親の愛を受けずに育った。伝記"John Cheever"(Random House, 1988)の作者スコット・ドナルドソンは、チーヴァーの作品をおおうペシミズムはこの幼時体験にあるとしている。家が貧しかったので早くから独立志向が強く、十代のころに、七つ歳上の兄とともにボストンに出て自立し、そのころからひそかに小説を書くようになった。前述したように二十三歳のときに「ニューヨーカー」に短篇が掲載され、注目された。しかし、本格的に作家活動に入るのは、四年間の兵役を終えた(実戦の体験はない)あと、第二次大戦のあとである。

四〇年代後半から「ニューヨーカー」に次々に、短篇を発表し、洗練された、無駄のない文体で〝「ニューヨーカー」のお気に入り〟になった。サラ・ローレンス大学出の名門出身の才女メリー・ヴィンターニッツと一九四一年に結婚(三人の子どもが生まれる)、一九五一年に前述したようにニューヨーク北部のサバービア、ハドソン河沿いのスカーボロー、その後さらにオッシシングに移り、サバービアを好んで描くようになった。

スタティックな作品世界とは逆に、ジョン・チーヴァーの私生活は、意外に情熱的でボヘミアンのところがあった。スコット・ドナルドソンはそれをチーヴァーの「二重性」と呼んでチーヴァーの特色のひとつにしている。家庭人ではあったが、女性とのロマンスを求め続けた。とくに五〇年代のハリウッドの清純派女優ホープ・ラング（「バス停留所」「若き獅子たち」、監督のアラン・J・パクラの夫人）との関係はよく知られている。また、いい作品を書きながらも経済的に恵まれない（アメリカでは短篇は売れない）不安からアルコール依存症になり、六〇年代後半から七〇年代にかけて、敗残者のようになってしまった時期もある。さらに――、これは、近年、娘で作家のスーザン・チーヴァーが明らかにしたことだが、中年になって、ホモセクシュアルになった。スコット・ドナルドソンも、ユタ大学の創作科で教えていたときの教え子が、その〝恋人〟だったと明らかにしている。

オッシングの町にあった有名なシンシン刑務所で囚人を相手に文学講座を持ったこともある。刑務所を舞台にした『ファルコナー』（一九七七年）は、その時の体験から生まれている。

東部のＷＡＳＰ、いわゆるニューイングランド人に特有なピューリタン的禁欲さを持つジョン・チーヴァーが、他方でそうした情熱（あるいは狂気）を持っていたことは興味深い。「サバービアの憂鬱」は、彼の「内なる憂鬱」と呼応していたのだろう。

チーヴァーはアメリカではよく読まれているのに、日本では残念ながら読者が多いとはいえない。長篇『ブリット・パーク』や短篇の代表作「べらぼうなラジオ」など訳されたことがあるが、今日ではもう絶版で手に入らない。フランク・ペリー監督、バート・ランカスター主演の秀作「泳ぐひと」（一九六八年）の原作者がチーヴァーであることも案外知られていない。チーヴァーの愛読者としては、そうしたことがなんとも歯がゆかった。いつかチーヴァーを訳したいと思い続けてきた。レイモンド・カーヴァーやジョン・アーヴィングが広く読まれるようになった現代なら、チーヴァーも読まれるのではないか。

そんなことを漠然と考えていたときに「ぜひ、やりましょう」といってくれたのが、アメリカン・エクスプレスのカード会員誌『インプレッション』編集部の日置徹氏と永留法子さんだった。本書の作品は、新しく訳出した「さよなら、弟」（以前、大江健三郎氏が高く評価した作品である）を除いて、すべて「インプレッション」に発表したものである（いずれも初訳）。おふたりの心やさしい友情と理解がなければ、チーヴァーは陽の目を見ることはなかった。とりわけ原稿の遅い私をいつも励ましてくれ、夜中とはいえ原稿を待ってくださった永留法子さんには感謝の言葉もない。また、訳文の綿密なチェックをしてくださった島田孝夫さんにも心から感謝したい。島田さんという名リリーフがうしろに控えていて下さったからどうにか仕事が出来た。また、難解な箇所で大いに助けてくださったバレリー・ケインさんにも、お礼を申し上げたい。

単行本にするにあたっては河出書房新社の川名昭宣氏にお世話になった。また「遠い声」(扶桑社)に続いて、宮いつきさんの装画と渡辺和雄氏の装幀に助けられたのもうれしいことである。

一九九二年五月

川本三郎

追補一、訂正とお詫びがある。最後の作品"The Angel of the Bridge"を単行本時に「橋の上の天使」と訳したが、これは正しくは「橋の天使」。

追補二、イタリアの愛すべき映画「親愛なる日記」(一九九三年)の監督ナンニ・モレッティの新作「チネチッタで会いましょう」（二〇二三年）には、モレッティ自身が演じる主人公の映画監督が次回作に考えているのは、チーヴァーの「泳ぐ人」。モレッティもチーヴァーが好きなようだ。

さよなら、弟—— Goodbye, My Brother
小さなスキー場で—— The Hartleys
クリスマスは悲しい季節—— Christmas Is a Sad Season for the Poor
離婚の季節—— The Season of Divorce
貞淑なクラリッサ—— The Chaste Clarissa
ひとりだけのハードル・レース—— O Youth and Beauty!
ライソン夫妻の秘密—— The Wrysons
兄と飾り箪笥—— The Lowboy
美しい休暇—— The Golden Age
故郷をなくした女—— A Woman Without a Country
ジャスティーナの死—— The Death of Justina
父との再会—— Reunion
海辺の家—— The Seaside Houses
世界はときどき美しい—— A Vision of the World
橋の天使—— The Angel of the Bridge

本書は、一九九二年六月二日に河出書房新社より刊行された『橋の上の天使』を文庫化したものです。

ちくま文庫

チーヴァー短篇《たんぺん》選集《せんしゅう》

二〇二四年十二月十日　第一刷発行

著者　ジョン・チーヴァー
訳者　川本三郎（かわもと・さぶろう）

発行者　増田健史
発行所　株式会社　筑摩書房
東京都台東区蔵前二―五―三　〒一一一―八七五五
電話番号　〇三―五六八七―二六〇一（代表）
装幀者　安野光雅
印刷所　中央精版印刷株式会社
製本所　中央精版印刷株式会社

ISBN978-4-480-43995-6　C0197